MARCOS H. GUIMARÃES

ESCALAFOBÉTICO

KOTTER EDITORIAL

Coordenação editorial: Sálvio Nienkötter
Editor-executivo: Raul K. Souza
Editora-adjunta: Isadora M. Castro Custódio
Editores assistentes: Daniel Osiecki e Francieli Cunico
Capa: Jussara Salazar
Editoração: Carlos Garcia Fernandes
Produção: Cristiane Nienkötter
Preparação de originais e revisão: o Autor

Dados Internacionais de Catalogação na Publicação (CIP)
Angelica Ilacqua CRB-8/7057

Guimarães, Marcos H.
Escalafobético/ Marcos H. Guimarães. -- Curitiba : Kotter Editorial, 2020.
320 p.

ISBN 978-65-86526-11-0

1. Ficção brasileira I. Título

CDD B869.3

20-2052

KOTTER EDITORIAL

Kotter Editorial Ltda.
Rua das Cerejeiras, 194
CEP: 82700-510 - Curitiba - PR
Tel. + 55(41) 3585-5161
www.kotter.com.br | contato@kotter.com.br

Feito o depósito legal
1ª Edição
2020

MARCOS H. GUIMARÃES

ESCALAFOBÉTICO

Se você decidisse queimar toda sua fortuna, alguém deixaria?

O Escalafobético é o primeiro romance do jornalista, contista e poeta Marcos Henrique Guimarães. Guimarães é autor do livro de contos "Os Três Quartos de Vênus" (2004) e "O Melhor de Mim apesar de Mim Mesmo" (crônicas, contos, poesias e humor). Ganhador do concurso literário do extinto Jornal Nicolau, um dos mais importantes suplementos literários do país, o autor também teve vários de seus contos publicados no caderno Cultura G, do jornal Gazeta do Povo, o principal jornal paranaense.

O Escalafobético narra a estória de um homem misterioso, supostamente lunático ou místico, que retorna a sua pequena e exótica cidade natal - situada em algum lugar da América do Sul - e decide queimar, em uma praça central, toda a fortuna acumulada pela sua família de políticos, poucas semanas antes das eleições. Os quase centenários adversários de Godofrino "Queima-Dinheiro" são os não menos corruptos Emengardos, que dominam politicamente o redil e imaginam que a queima do dinheiro não passa de uma manobra para ganhar o pleito eleitoral. O cenário da pacata vida da cidadezinha assume tons apocalíticos com a vinda de milhares de famélicos, fanáticos e ambiciosos que querem que o protagonista doe-lhes o dinheiro e não o queime. Na trama, além da metalinguagem, um complicado caso de amor não resolvido com uma meretriz, uma filha abandonada e uma gama de personagens extravagantes como políticos, prostitutas e jornalistas, que dão o toque de humor necessário para que se deguste o conteúdo didático político-econômico do livro de forma saborosa. Ambicioso, o romance pretende reconstituir, numa pequena vila interiorana, as relações da constituição rudimentar da República, abordando um tema tão caro hoje para o entendimento do mundo global: a Dívida Pública e a dependência econômica globalizada dos países periféricos dos centrais.

PREFÁCIO

Uma cavalgada frenética

Não suba nesta carruagem, se não é das viagens alucinantes. Não há invernada ou posto de descanso para os cavalos. Uma tomada de fôlego nas encruzilhadas e seguimos avante. O final é revelado no início da marcha. Será a Pompéia desintegrada sob o magma incandescente. Ou a metáfora de uma nação em queda! Uma psicologia reversa, que busca desvendar os traumas do psicanalista aos pés do divã, uma nova experiência junguiana, uma história de coronéis e um manifesto anti-pecuniário, a insanidade retórica e o ridículo do palanque eleitoral, ou o inverso disso tudo: o aprendizado de que a política é o braço sangrento da economia!

"Eles levaram nossos dias de sol em nome dos invernos!"

+

A ânsia de contar acelera as frases, o trecho é longo e nem mesmo as curvas, frenagem das vírgulas, são respeitadas. Conte-se tudo imediatamente e as palavras se engalfinhem antecipando a história. A análise frenética de tudo e de todos, um novo clarão a desvelar os nomes dos estupradores de uma cidade. Mas os heróis estão ausentes. Porque renunciaram ao heroísmo. E a renúncia tem seu próprio gosto e configura uma virtude. O gosto de se perder!

"O fulano perdeu-se na vida, dizem. E perguntamos, com certa inveja: mas como conseguiu isso?"

Perca-se nestas rememórias, seja o próprio autor no torvelinho, arraste tudo sem pensar em consequências e não volte para ver os estragos. Porque a própria vida se encarrega de chorar, e este mesmo choro encharcará a terra aviltada e tudo voltará ao florescer.

Luiz Francisco Guil - escritor

Introdução do autor

Não sei em qual lugar li certa vez que um papagaio, ave até então desconhecida dos europeus, teria desmontado na Real Sociedade de Londres toda a teoria da voz, elaborada, durante décadas, por estudiosos a partir do formato da cavidade bucal. É bem possível, em uma sociedade que desdenha de princípios elementares não só biológicos, mas econômicos. Constato estupefato que a Dívida Pública brasileira alcança a cifra astronômica de mais de cinco trilhões. E isto sem que quase ninguém constate sua veracidade? E como isto é possível em uma sociedade na qual pessoas supõem-se eretas? Aliás, como são possíveis tantas violações explícitas do conceito de humanidade, em um mundo que se proclama racional? Ah! Claro! Faltam ao mundo, indubitavelmente, papagaios! Qualquer ser aí que não reproduza o tom monocórdio da voz do Grande Irmão nos noticiários. Loucos? Visionários? Escalafobéticos? Que sejam... E minha intenção foi exatamente esta: aproximar o tema da Dívida Pública de meu país ao mundo dos amantes da literatura e do "povão"... Apesar de ter escolhido um caminho escatológico, o fim último foi o de tornar o tema da Dívida corriqueiro, banal até... Porque depois da Grécia, sabemos que os tentáculos dos banqueiros são mais terríveis do que qualquer monstro alienígena inventado pela ficção. É preciso que os enfrentemos de todas as formas e maneiras. Com palavras... com humor... com ficção... como se utilizássemos sabres e adagas! Dizem, é em número de seis vezes o dinheiro fictício com relação ao montante real de divisas existentes no planeta, isto depois do brutal saque de aproximadamente 17 trilhões de dólares às finanças mundiais, afirmam especialistas, a partir de 2008, pelos banqueiros e rentistas, na chamada "Crise Mobiliária": dinheiro sem lastro, grana-imaginária, constante apenas em relatórios e que, ao final, deverá ser violentamente extraída de qualquer forma, exista ou não exista, dos mais frágeis através de guerras sangrentas: o caos implantado pelo "sistema que está dando certo"! Não só o Brasil, mas o mundo é Capinaim, a cidade perdida e exótica e seus personagens surrealistas não estão distantes daqueles que concebem uma economia sem paralelo no mundo real.

Sumário

Capítulo I

O Cenário da Hecatombe

Koyaanisqatsi - palavra do vocabulário dos índios Hopi: "Vida louca, em desequilíbrio, em desintegração".

É uma praia de pó vermelho Capinaim, espargida como uma gotícula no mapa, esquecida, a cidadezinha com seus carros de boi, galinhas e cabritos e bodes e porcos que desfrutam da mesma comodidade das ruas de terra batida com a que seus cidadãos maltrapilhos a utilizam, os quais andam e vivem e comem e dormem e fazem amor com um silêncio de tal modo sepulcral que o ruído do zunir infernal de insetos pode, mesmo durante o ato sexual de seus habitantes, ser ouvido a quilômetros de distância (é imperativo assim o coito ao modo de "A Classe Operária vai ao Paraíso", o de não poderem se dar ao luxo do romantismo, da entrega das almas ao sentimento: mecânico, brutal, patriarcal, sem comunhão de gemidos e êxtase, rápido como convém a bestas de carga). Levantam-se eles, os cidadãos, pontualmente às cinco da manhã para as mais diversas tarefas braçais, físicas, sob o chicote do Capitão do Mato - agora, depois do advento da República há cerca de meio século, promovido a capataz - para o corte de cana, a colheita de algodão, de milho, de feijão, enfim, de tudo que escoa pelas estradas rudimentares em cima de velhos FNMs ou Fordes ou Mercedes ou vagões de trens, quando não em carroças, em direção a entrepostos, silos, grandes fazendas, até alcançarem o Oceano Atlântico através de portos distantes, para enriquecerem a poucos num país com a pior distribuição de terras do mundo. E por este motivo, nem o tempo psicológico do amor abafa o zunir incessante das asas das moscas ao longo de todo povoado, precisamente cento e cinquenta quilômetros, de um extremo ao outro delimitado por Coral e Marreca dos Índios, ao sul e ao norte, Pedra Branca e Xapinhal, a leste e a oeste: tudo moscas! E nem nos preocupemos em precisar geograficamente o local exato da América Latina e do Brasil, no qual se situa ou não o tal reduto tribal, mas sim o essencial: moscas, sim, moscas, de várias espécies e tamanhos, verdes, azuis, de todas as cores, com olhos miúdos ou enormes, e seu bater de asas retumbante, frenético, neurótico, dias e noites, devido à proximidade do município com o Rio das Mortes, onde por décadas abatedouros despejaram carcaças de animais abatidos em seu leito - numa bem alicerçada Parceria Pública Privada (PPPs), na qual grandes patrões monopolistas comumente entram com seus lucros e o estado com a isenção de impostos, infraestrutura e o passivo ambiental, para supostamente gerar trabalho escravo com salário minguado o que vulgarmente chamam de empregos, na grande zona que se transformou o mundo, muito bem descrito por Viviane Forrester em "Horror Econômico" - até que foram embora, para a China talvez, deixando para trás uma minúscula "Detroit" na qual, ao invés de carcaças de automóveis, acumularam-se miríades de insetos loucos por sangue, forçando a um diário e inconsciente toque de recolher dos habitantes aos seus casebres de barro, quando muito de madeira, e o contínuo abanar de rabos de cavalos, chapéus ou qualquer coisa que afastasse os verdadeiros donos do local - já que os intrusos eram, na verdade, os que não possuíam asas e a capacidade de zunir e procriarem-se aos milhões - as moscas!

A terra ali, fértil, de tudo dava, desde a época da Revolução Verde, quando, sob a batuta dos ditadores militares, financiados pelos gringos produtores de veneno de multinacionais, foram lentamente impondo a Capinaim e regiões circunvizinhas o modelo "plantation" de monocultura com poucos proprietários, os quais, pari passo, foram também os articuladores da política local e dela historicamente usufruíram as benesses. E à terra, como alvéolos, estende-se também a religiosidade, porosa, ambígua, comensal: em um altiplano, à rua principal do vilarejo, afigura-se ao longe a imponente Igreja Ortodoxa - duas altas abóbadas douradas ocultam parcialmente sinos que simbolicamente regem o escoar do tempo de suseranos, de seis em seis horas, de domingo a domingo, coroas de um reino "cristão" terrestre que nunca existiu, longe disto, o inverso, a cumplicidade na exploração - a qual destoava, pelos adereços nobres externos e internos, em ouro e prata e cobre, da miséria reinante. A Ortodoxa, enxertada em passado recente por descendentes de eslavos que, além dela, trouxeram o costume do acúmulo de grãos e mercadorias, a propriedade privada, as cercas de arames cortantes, antes não existentes na primitiva comunidade de bugres e mestiços que criavam seus animais em comum em áreas denominadas Faxinais, onde praticavam o escambo. Os caboclos, tidos como rudimentares pelos imigrantes - pelo fato de não dominarem o ofício da tecelagem e outras escassas "tecnologias de ponta", que de sorte já eram de conhecimento dos antigos Incas no continente Sul Americano - não o eram menos do que aqueles colonos semianalfabetos vindos do além-mar pelos simples fato de terem atravessado o Atlântico de navio tendo entre eles poucos homens letrados ou cultos, e quando o eram, o eram acreditando no fato de que o sol literalmente "parou" no espaço, como descrito no Livro de Josué, metáfora lendária - muito distante de Hypatia que, aos 300 D.C e "lá vai pedrada", descobrira as elipses, e Copérnico e Ptolomeu e Galileu Galilei, os quais enfrentaram a fúria dos fundamentalistas fanáticos, e lá vai pedrada, abaixem-se! - como sói acontecer com todos os "apóstatas" que ousam contestar os cânones ditos sagrados, com a ciência em punho.

A obra completa do desenho urbano e civilizatório do vilarejo é, pois, semelhante à soma do zurrar de um burro e o coaxar de um sapo, como veremos adiante, porém, como uma nuvem de átomos bailando uma valsa desconexa no cosmos, propensa inexplicavelmente a formar nebulosas e constelações e planetas do nada, particularidades exóticas incomuns a qualquer civilização latino-americana haveriam de se fazer brotar do éter de Capinaim, por mais improvável que pudesse parecer. Eis o que narro...

Neste sítio esquecido por Deus, nada acontecia do que se pudesse considerar importante, pois até a morte, limítrofe da fronteira dos mentalmente sãos, era tida como fato corriqueiro, por mais bizarra que fosse. A algum visitante, atento observador - se é que alguém teria algum prazer ou interesse em observar as planícies de Marte - sulcos na poeira deixados no tabuleiro de damas na praça pública denunciavam a última jogada racional daquele fim-de-mundo, e cujo autor do lance, por algum motivo (sabiam-no muito bem as autoridades: assassinato por outro "velhinho" que não aceitou ser, supostamente, surrupiado pelo seu rival, sendo que aquele lamentavelmente "caiu acidentalmente" em seu próprio canivete com cabo de madrepérola, como convém a inquéritos natimortos pela ausência de interesse, tendo como testemunhas cegos e surdos) deixou-a inacabada...

Era assim a cidade opaca, nem criada em seu início por decreto, nem por luta pela independência, nem por derramamento de sangue, cicatrizes, desejo ou vontade, apenas deixada à conveniência de olhos voluptuosos: de posto de passagem de tropeiros, meretriz de todos, em seguida entreposto comercial, mendiga, mas depois fruto da cobiça da emancipação por alguns mercenários que viram a possibilidade em algum século de exercerem o rufianismo através de impostos públicos municipais e salários pagos a seus administradores salteadores, mecanismos burocráticos próprios das Repúblicas Liberais, semelhantes ao modo como parasitas e carrapatos aderem à pele de algum bezerro já por sua própria condição de subnutrido prestes a sucumbir, ou a alguma flor murcha da qual sugam a vida e a cor: grileiros de terras de caboclos poceiros, ladrões de prata, ouro, cavalos, madeira, qualquer coisa, em suma, vampiros, aos quais bastava agregar a toga de um semierudito, organizar hierarquicamente a máfia, construir uma cadeia logo abaixo do Judiciário e do Parlamento, contumaz nos idos - para que quem ousasse questionar os desmandos fosse oficialmente considerado criminoso - e pronto, eis um município emancipado. Uma fórmula bastante eficaz de "civilizar" os rebeldes com ideias pecaminosas de liberdade e justiça, a qual parece ter tido bastante êxito ao longo de séculos em um país de castas ainda pior que a Índia, no qual 10% de "predestinados" ficam com mais de 50% da riqueza do país... E assim foi, tanto que a sacralidade dos papeis do casamento de Capinaim com a República veio muito depois de já se ter estabelecida a corriola nomeada por si mesma, intendente, prefeito interino, juiz ocasional, delegado "calça curta" do município vizinho; a cidade, como uma amante escondida, a qual não valia a pena questionar os laços do matrimônio, já que ela não queria mesmo e convinha que assim o fosse pela usurpação de qualquer "direito" que poderia se desprender de uma relação assumida em cartório. Capinaim apenas cresceu como uma adolescente pobre estuprada em praça pública, cujos gritos de socorro foram abafados pelas propinas dispendidas para algum político sabichão da

Comarca, outro Coronel senador safado, outro juiz corrupto e pelo anonimato dos jornais, todos eles cúmplices de um bordel afastado a quem convinha manter segredo enquanto as pernas da prostituta continuassem abertas e pudessem a qualquer hora obter os favores de sua genitália... Até que por fim, por necessidade dos votos contabilizados com mais rigor, com a evolução (?) da "República", sendo tantos já os clientes da prostituição desenfreada que não se podia ocultar-lhe a existência - e por consequência a necessidade de aumentar o suborno de tal modo que sobrava cada vez menos para os cafetões - achou-se por bem dar-lhe um alvará e libertá-la nua na mesma praça pública na qual fora estuprada, porém deixando-a nas mãos dos mesmos usurpadores que dela sempre tiraram proveito. Este é um breviário, uma súmula não constada em ata, mas a realidade empírica da história de Capinaim, que de resto não daria uma lauda de narração linear oficial, como se uma tribo de bárbaros desconhecida dos arqueólogos houvesse ocupado por um pequeno espaço de tempo um território dos Visigodos, com a anuência destes, por pura falta de importância e por não oferecer nenhum perigo à supremacia dos bárbaros em maior número - ao contrário, os mais covardes e subservientes, ao ponto do riso - não se deixara registrar ao menos uma pegada na areia da história, a não ser talvez um pequeno artefato de uma inscrição em argila, quebrado, incompleto, uma ponta de flecha, qualquer indício minúsculo, e isto descoberto depois de muita insistência por algum pesquisador abnegado... E mesmo assim, vítima de toda sorte de violação de sua autoestima, de sua decência, de sua integridade moral e física, Capinaim permanecera passiva, assistindo docilmente que se lhe imputassem como nome de suas ruas e praças e monumentos, os mesmos daqueles que lhe haviam praticado o coito forçado: e ainda aplaudiam entusiasmadamente com desmerecido louvor, em dias de festas, com fitas cortadas e foguetórios, as solenidades que sacralizavam sua condição de... puta, putíssima, meretriz, Jezabel, mariposa, mas benzida diuturnamente pelo ortodoxo Miroslavo Josafat, sob moscas, em longas missas que sacralizavam uma suposta sociedade justa e fraterna, vigiado o padre pelos olhos serenos e esverdeados de sua amante que sentava logo a primeira fila nos bem entalhados bancos esculpidos e envernizados em imbuía - um luxo que não se encontrava nem na casa do prefeito - com cara de virgem santíssima, a concubina, disputando com o Sacrossanto a atenção do globo ocular do pároco que, ao longo dos anos, já se conformava vesgo, tal o malabarismo que se fazia necessário na tentativa de conciliar o reino carnal com o celestial...

Capítulo II

O Domus do Ungido

Mas toda a pasmaceira secular de Capinaim estava prestes a chegar ao fim de modo vertiginoso como a erupção do Vesúvio em Pompéia pegou de surpresa o casal de camponeses no leito de amor - emoldurando-o para a eternidade num altar improvisado pela tragédia: o que pensavam? Dormiam? Nem ao menos tiveram tempo de um adeus prolongado! O que se sabe é que, supostamente, pelo acômodo das caveiras petrificadas, miravam-se mutuamente abraçados com lânguido olhar de carinho. E antecipo, assim o será para o vilarejo, a julgar pelos objetivos amalgamados pelo cérebro de um estranho homem, cuja carcaça segue incólume o ritmo do chacoalhar dos vagões que em breve irão ancorar na estação que leva o nome de Potiguá - homenagem póstuma a um capitão ladrão de botas do exército na Guerra do Contestado, exterminador de caboclos e, justamente por isso, condecorado, além da estação em Capinaim, até com nome de rua em um bairro nobre da capital, como mormente acontece num país de heróis forjados à macunaímas...

Desta forma, não foi sem espanto - numa manhã fria e modorrenta de junho, cujos parcos raios de sol existentes perambulavam pelas sombras úmidas dos pés de Ipês e Jabuticabais deixados nascidos espontaneamente e sem ordem linear ao derredor do Coreto da Praça Quintino Emengardo - apesar dos arroubos surrealistas do anti-herói desta história (ora, eu mesmo, se não percebeu ainda, que estou sendo onisciente na narração) serem conhecidos desde a juventude, a comunidade sórdida do povoado, com suas moscas, iria tomar conhecimento, poucas horas depois de sua chegada, do Manifesto de Godofrino IV, que acabaria deteriorando ainda mais as já corroídas veias imorais e viciadas daquela querência, como afiadíssimas agulhas envenenadas, injetadas em forma de algarismos romanos em papel nobre da capital, que denunciavam em cada "pau de fogo" - no linguajar dos caboclos e indígenas, "postes de energia elétrica", recém instalados, os quais inauguravam no vilarejo a era do Futurismo de Marinetti: mas sem queimarem bibliotecas, pois estas nem as tinham - um intento magnificamente vil: ridicularizar o dinheiro e, por consequência, quem retirava dele seu prestígio, status quo ou pretenso poder hierárquico sobre os demais.

Se a narração antecipa os acontecimentos num "buraco-de-minhoca" de tempo, este fato só se deu porque depois de longa ausência por mais de uma década - sabendo-se lá onde esteve precisamente - o solteirão Godofrino IV retornou sem mais nem menos ao povoado, da noite para o dia, abrindo os enormes portais enferrujados da entrada do mausoléu - o qual habitara até os trinta e poucos e distava um quilômetro e meio do Coreto Central - diante do qual se podia ver, nitidamente, erguia-se uma longa escada de pedra, monumental, encravada na lateral de uma parte da montanha construída para dar acesso ao "Domus" - localidade denominada incialmente Abaitara (em Tupi: Homem-que-Voa, e não me perguntem como indígenas tinham em seu vocabulário tal palavra, mas a tinham), e depois transmutada em "Delfos" por influência de um helênico saltimbanco que por ali passou vendendo elixires – percorrendo uns cem metros, a residência esculpida num platô, parte em pedra, parte em mármore, com umbrais paquidérmicos, anarquias de coluna jônicas e jogadas vigas sem sentido como personagens dadaístas ou camponeses num quadro de Hieronymus Bosch; pois que assim fora sendo construída a Esfinge por este ou aquele arquiteto de passagem, quando não pelas mãos de qualquer um que soubesse colocar uma pedra sobre a outra e se autodenominasse artífice, num misto de várias formas arquitetônicas, da rudimentar silvícola até as mais requintadas espalhadas pelo mundo, mas sempre incompleta, irregular, desconexa, tanto que logo à entrada destoava em sentido vertical o equilíbrio do que se imaginou um Taj Mahal, como projetado para ser inicialmente, mas inclinado como a torre de Pizza, uma obra secular, de dito Primeiro Mundo ou clássico, tanto faz – algo que cheirasse "malemar" ao lustre do erudito, oriental talvez, mas, ao faltar mestres, plano, planta, desenho inicial detalhado ou material específico como o próprio mármore – por excelência pedante - tijolos, granito ou qualquer coisa sofisticada, que sempre faltara, pilastras de imbuía grossa e caibro substituíram a outra parte, assim como os próprios edificadores substituíam uns aos outros, e qualquer coisa substituía qualquer coisa, sendo impossível detectar de onde vinha a influência paisagística que predominava sobre o todo, se indiana ou africana, ou romana, ou grega, ou francesa, ou qualquer outra, já começando pelo lago, idealizado "Atrium" por tal Sir. Antenor Schuffer, de suposta descendência inglesa, morto por picada de cascavel, substituído anos depois por Valdemar Aquinne, notório só que não, arqueólogo italiano, atacado por tifo e febre amarela, que em seus delírios pré "mortem" - portanto proféticos, no entender dos incultos supersticiosos - desenhou em um rascunho em papel de embrulhar linguiça, algo parecido com as termais Incas, e por aí foi, seguido de um pitaco e outro de qualquer um que se julgasse entendedor do assunto por presunção, diletantismo, autodidatismo consensual ou mesmo crendice popular, benzedeiras ou druidas, pajés ou charlatões, os quais sempre prometiam tirar o "encosto", o "demônio" que atrasava e impedia a finalização do monumento ou ao menos tentar dar um sentido ao grande relógio universal com ponteiros e horas e minutos e segundos já tortos desde o início, como o famoso quadro do tempo dobrado de Dali no deserto, até que deu finalmente no que deu: um monstro arquitetônico sem pé nem cabeça, com jardins suspensos e outros não tão suspensos, outros soterrados mesmo por deslizamentos, lagos estapafúrdios que terminavam em outros através de canais nem sempre objetivos, nunca objetivos aliás, cascatas minúsculas que vertiam água ao léu ou em outras pequenas piscinas improvisadas que transbordavam, por não terem sido edificadas para tal ímpeto, volume de líquido, ora potável ou viscoso de nascentes da montanha, ora vinho ou até champanhe de uma cisterna acionada por alavancas quando chegava um convidado ilustre; acrescentando-se ao indecifrável, objetos de decoração requintados de várias partes do mundo ou rudimentares, dali mesmo, artefatos de escavações de esporádicos pesquisadores de civilizações antigas, ossos de preguiças gigantes, pontas rupestres de flechas, vasos, estatuetas de barros com símbolos misteriosos; sinuosos caminhos através dos bosques - que circundavam o Frankenstein – os quais igualmente davam em nada, acabavam abruptamente em paredes lacradas para conter o avanço voraz de lama da montanha ou pelo bel prazer de quem tinha uma estratégia inicial na cabeça, consertar o impossível, remendar o roto, mas que nunca conseguia por em prática cabalmente o projeto, ou desistia, ou partia sem explicação, ou morria: um quadro jamais imaginado por qualquer artista, por mais surrealista que fosse, mas que denunciava o poder político e financeiro de quem dominou com garras de aço Capinaim e cuja obra pretensiosamente aspirada pelos seus proprietários, desejava em seu início, a todo custo, não ser jamais e nunca dali, do redil das ovelhas, não dos explorados, das moscas, mas do mundo civilizado, e que acabou finalmente sendo... de lugar nenhum! E se o autor não consegue descrever com exatidão a imagem de tal objeto tido como arquitetônico é porque ninguém o faria neste mundo de meus deuses, onde homens, que se imaginam construtores pelo poder da ganância e do dinheiro - mas sem possuírem, no entanto, humanidade e o mínimo preparo intelectual e científico – acabam, em seus delírios de pretensa imortalidade, edificando "pirâmides" sem qualquer sentido, as quais dificultam a vida de estudiosos póstumos (seriam os deuses imbecis?), já que qual sentido haveriam de possuir triângulos de pedra descomunais em meio ao pleno deserto? De que modo às descreveriam esteticamente e sociologicamente, séculos depois, os historiadores e antropólogos? "Encontramos "triângulos" gigantes e pontiagudos em meio ao nada, cuja construção ceifou milhares de vidas?". Assim, o bólido emoldurado à montanha assemelha-se a qualquer coisa inexata, com torres medievais, arcos góticos, portas altíssimas esculpidas em Jacarandá, com maçanetas em prata, que emitiam algo parecido com o gemido de um moribundo ao empurrá-las fortemente, pelo peso, com dobradiças de aço feitas pelo ferreiro local, mas díspares e depois pintadas com cores douradas para arremedarem o metal das maçanetas vindas das "europas", e vasos de plantas tropicais, samambaias, orquídeas, lírios, gramíneas, pés de losna, capim de limão, malmequeres espalhados em hortas improvisadas ou em vasos romanos; cipós serpenteando janelas coloniais (em um castelo medieval ou sei lá o quê!) as quais não eram para serem e eram, enquanto outras fechadas por tijolos, resultado de outro projeto inacabado por algum suposto gênio Le Corbusier, para depois ser disfarçada, como tudo, pelo tempo que, ao final, engole todo orgulho humano de pretender deixar sua "marca no mundo".

De qualquer forma, há de se dizer que o impacto de tal visão era por si só, ao mesmo tempo, aterrador e magnífico: havia um todo desordenado que denunciava intenções e nenhuma verossimilhança com qualquer coisa que até os dias de hoje tenha sido construído pelas mãos humanas, nem mesmo no imaginário da ficção científica de Ridley Scott em "O Caçador de Androides", ou o palco de Mad Max num mundo apocalíptico. Sem projeto iniciou-se e sem solução ficou, mas depois de certa decantação sociológica alquimista, Godofrino IV deduziu ser este exatamente um resultado que, quisessem ou não os seus ancestrais idealizadores, bastava para seus propósitos: se não a imitação, pelo menos a grandeza! Se não o bom gosto, pelo menos a ostentação! Se não o projeto, pelo menos o pelo menos! Se não qualquer coisa racional, a força da aberração! Se não a elegância, pela menos o temor!

- "E quem não há de concordar que talvez seja esta mesma a essência daqueles que tem o poder político e econômico: o desejo de concretizar o caos estético, extensão de sua avidez de glória eterna, mesmo que dissimulado em um Empire State, um Big Ben, uma Eiffel? Um relógio enorme, um brinquedinho no centro de Paris, uma agulha espetada numa bolha de céu!" – pensara Godofrino IV, ao atravessar os umbrais entonando passos firmes e decididos em sua enigmática missão, subindo as escadarias em direção à casa de seus antepassados, afastando as moscas com o chapéu.

Mas, se permitem um adendo a este narrador mundano, não podemos entrar assim "de sola" – perdoem-me a expressão idiomática futebolística num texto secular - no arcabouço psicológico dos Godofrinos: decifrar-lhes a alma de forma simples como se fossem formigas, mesmo que formigas nada tenham de simples e saibam pelo menos construir um formigueiro adaptado as suas necessidades, coisa que a humanidade não faz minimamente com relação a milhões de seres humanos que sequer tem uma reles moradia. Isto porque, talvez, futuramente, arqueólogos descubram uma estranha obra arquitetônica no meio da Floresta Equatorial e dela tirem conclusões muito diferentes do que as nossas: a de que os Godofrinos eram seres muito além de seu tempo, ainda que tenham utilizado o sangue de centenas de "peões" para untar as pedras de seu enigmático castelo! Sua obra arquitetônica obtusa será visitada por milhões de turistas de todo o mundo, os quais sacarão fotos e comprarão souvenires emblemáticos do... "nada", da soberba humana, da irracionalidade... e quem se importará com os camponeses eloquentes com seus gritos contra a injustiça soterrados pela areia, semelhantemente às vidas humanas de várias nacionalidades concretadas às paredes de uma Itaipu Binacional, com a última revoada do pássaro aflito tentando salvar o filhote de seu ninho em uma escarpa das Quedas de Iguaçu? Ninguém... Ninguém se lembrará de nada... a não ser uns poucos que descobrirão uma voz solitária de um escravo egípcio esclarecido protestando solitária e veementemente pelo fato de sua vida ter sido devotada ao absurdo, ao delírio de um ditador, a um faraó, uma religião ou sistema político qualquer que ergue monumentos estapafúrdios em nome de si mesmo e dele é o espelho fiel: o caos!

Foi depois de apear e calmamente vislumbrar por alguns minutos o mausoléu de seus antepassados, meditando, entre um abano e outro para afastar os insetos, acerca do que, onipresentemente - que poder eu tenho sobre você, leitor, ao conhecer a história antecipadamente! - descrevi acima, que Godofrino IV, vulgarmente conhecido como "Queima Dinheiro", subiu torrencialmente os últimos degraus, empurrou as portas de Jacarandá da entrada, cujas dobradiças lembravam o gemido de algum fantasma de ópera como já se disse, e entrou rispidamente, à boca da noite, no salão principal do bólido, dando ordens imperiais - sem cerimônias ou quaisquer vestígio de emoção ou convenção social - ao seu capataz Sebastião, antes mesmo que o pálido homem (depois o descrevo melhor, porque ainda não é hora, ou estou no século passado do pensamento linear aristotélico?) se recuperasse do susto em vê-lo depois de anos, em carne e osso, mais osso que carne, vestindo um uniforme militar estilo eslavo que lhe cobria as ancas, duas cavas no lugar de olhos, monóculo agarrado a uma corrente, cachecol, chapéu coco inclinado para um lado que parecia estranhamente equilibrar-se em outro extremo através de uma bengala malabarista em uma de suas pernas bambas de Cantinflas, com uma enorme barba branca como que de puro algodão caindo-lhe a exatos cinco centímetros do esôfago:

- Distribua estes cartazes pelos postes da cidade durante a madrugada, começando pelos mais próximos e, centrifugamente, em direção aos mais afastados! Tome o dinheiro para baldes de cola, e que não me falte um destes mil quinhentos e cinquenta e sete exemplares, número exato de famílias deste fim de mundo! E faça-o com o rigor de sempre, sob pena de demissão compulsória! – afirmou rispidamente, como que para restituir a autoridade patriarcal caso esta supostamente houvesse sido diluída pela ausência prolongada - Estes três cartazes, em Braille, ponha-os no caminho dos cegos. Todos hão de saber que o que um Godofrino promete, um Godofrino cumpre!

- Pa-patrão???? Patrão...! – resmunga boquiaberto, não atinando as ideias imediatamente às ordens, o empregado, como se visse um ente penado: e quem disse que não o era? - Aonde esteve? – procurando alguma afetividade de quem servira fielmente por anos - Pensamos que havia sucumbido de febre amarela na Bolívia, no Equador, na Venezuela... ouvimos rumores... ficamos sem notícias por mais de dez anos...

- Detalhes... falatórios... suposições... Sou eu, não sou? E as ordens são essas! Trivialidades emotivas não nos convêm em circunstâncias escatológicas! Não recebestes o soldo pontualmente ao final do mês no Banco Mercantil Universal? – retruca secamente Godofrino, como se houvera ontem à noite partido e amanhecesse ali depois de mais de uma década – E morto paga soldos, se nem os vivos o fazem? E o dinheiro não é por acaso sinal da mais importante demonstração afetiva e emocional para os deste mundo? - Teremos à posteriori, apressadinho, nossa conversa com mais calma e detalhes sobre a personalidade desordenada do protagonista – eu mesmo - no decurso desta narração, para que não pensem que sou uma espécie de animal que trata rudimentarmente seus colaboradores... Consertarei isso contextualmente depois, ainda que por obrigação de civilidade... não porque vos deva a mínima obrigação, mas sim a mim mesmo pela veracidade dos fatos...

- Sim, sim... mas é que... – tenta entender ainda o servil capataz a súbita aparição de seu Senhorio no cotidiano do mausoléu, com os seus imperativos absolutistas, sem nenhuma contextualização ou apego às relações humanas de longa data. Não que este, o capataz, já não soubesse do modus vivendi do Estapafúrdio em se tratando de ataques convulsivos em eventos sociais, traduzindo pelo linguajar dos serviçais à boca pequena como "é louco mesmo!". Mas, como de outras vezes e nunca, Sebastião não obteve as respostas que esperava:

- Tenho mais coisas com que me preocupar do que com a tagarelice desmedida deste povo, meu estimado funcionário! E recomendo a você o mesmo proceder, para o bom desempenho de suas funções. Agora preciso descansar porque a viagem de volta foi longa. Siga minhas instruções e isso basta! – disse o Exótico, antes de dirigir-se ao seu quarto no andar superior, deixando com seus passos, no ranger da velha escada de madeira que prolongava o piso de mármore italiano, reticências infinitas do que fizera ou deixara de fazer em seus dez anos de peregrinação, sabe-se lá por onde.

E foi-se Sebastião, a cavalo, em trote apressado e o abanar contínuo e nervoso do rabo do animal para afastar as picadas de butucas, varejeiras, mosquitos de toda sorte, o capataz iletrado, sem entender patativa do que seria "centrífugo" e "Braille" e "compulsório" e "escatológico", a cumprir fielmente as ordens do Mestre, aliás, como sempre o fizera, sem entender jamais.

Capítulo III

A Dança da Vida e o Discurso Escatológico

"Eu não estou no Ofício, eu sou o Ofício" - Androide de Blade Runner.

Ao sol que me entrego, eu, Godofrino IV "Queima-Dinheiro", como Ícaro, ao pretender-me romance, o calor inaugural da vida através das mãos em torno da xícara de café quente do anjo caído de Wim Wenders, à morte do androide de Blade Runner soltando a pomba e salvando o humano, o sorriso secreto de quem beija a pétala e reflete na janela de águas um pedaço do céu distorcido procurando dar um sentido à vida, uma ave cujas asas rasgam o infinito em busca no Norte para fugir do frio, a coragem de trapezista para arriscar-se ao salto: absorto em memórias, esperando que estas impeçam a queda, sob a lona do circo, no tablado, dos braços de algodão de qualquer musa vestida com luvas brancas: quem não nega existir em pedras das margens de lagos escuros, cujo limbo carrega a força da espera do tempo, a construção lenta de uma armadilha a quem passa desatento? Escorregar na miséria humana, cair em suas fracas consciências, deslizar-lhes os detalhes sórdidos e estranhamente... continuar sonhando! Então, se tenho o olhar destes fracos é porque forte desdenho tudo que se repete... Se possuo e vibro asas de cera é porque carrego a certeza do meu destino de Ícaro de sonhar o sol... Se tenho este andar vago é porque sempre divago sobre se chego ou parto... Eu, romance, que acredito finalmente na dança da vida, a qual não se exaure ao fim da peça, emoldurada pelo autor à ópera, àquele a qual os menos exigentes supuseram derradeiro ao recolherem seus leques em um teatro, ao verem seus pares natimortos levantados, mesmo depois de uma ou duas retumbantes saraivadas de palmas, perfilaram em corredores estreitos com seus sorrisos pontuais dando-se ares de satisfação que logo se esvaíram em gestos mecânicos ao procurarem o mais rapidamente o conforto assimétrico de seus lares petrificados, seus cotidianos mofados de seivas endurecidas pelo tempo que formaram grossas epidermes insensíveis, mas nunca, nunca mesmo, para aquele que permaneceu só no teatro ao apagar das luzes, quando todos já partiram, incólume, extasiado, estático, meditativo, sonhador, altivo: para este, ímpar, digo, perpetua-se o movimento no gesto inacabado, brilha ainda na sombra projetada no fundo do palco há alguns instantes - quando se deu a mão púrpura à baila corpórea, milimétrica - a sílaba no ventre, e contorce-se a bailarina, bruxuleante que seja, num distante aceno disforme que avança, recua, sofre à vaidade, cambaleia, revigora-se, fênix, embebeda-se de sol, encharca-se de tristeza, emudece, sorri desvairada e cai soluçando, sim, mas não, não se acaba quando as cortinas parecem decretar o fim do espetáculo! A dança da vida permanece, brusca, suave, reticente, eloquente, frenética e louca, para depois repousar serena num canto qualquer, mas nunca deixando de ser bela! Falo a estes que realmente dispuseram-se à revolução em curto espaço de "mise-en-scène", de fagulha que pairou liberta ao espaço por um breve momento na noite escura e foi-se, para o encanto de todos num "gran finale" que refletiu sua magnífica existência...

O que diríamos então a este século supérfluo - de inconsciente plateia hedonista - o qual inicia vazio de espírito, prolongamento de outro nauseabundo que morreu de necrose? Geração a qual nem ao menos serviu para ser traída! Porque, se é verdade - como dizem - que todos sempre acabam traindo ou sendo traídos pela Revolução, com quais adjetivos qualificar àqueles que nenhuma Revolução fizeram? Nem se pode dizer que foram traídos, pois nem coragem revolucionária tiveram e, mormente, saíram-se com sermões pândegos, em seus púlpitos, como a de tal revolução pessoal, a de si mesmos! Ri-se às esbaldas: nunca entenderam que a Revolução é, e sempre o será, um ato coletivo, mesmo que antes individual, mas não uma coletividade onde se escondem os covardes! Uma soma de individualidades grandiosas que pensaram o Todo por elas mesmas, e uniram-se em torno da utopia. Ah! Disto, são incapazes, bem se vê! Por isso agora a sede de reacionários que pedem Ditaduras: para encontrarem refúgio seguro para suas covardias individuais e coletivas, sem saberem que aquelas, as ditaduras, já se consolidaram e, por serem vulgarmente consensuais, lhes lobotizaram consensualmente as almas e o espírito, dia a dia, sem o terem percebido! Há de se dizer que o hábito faz o monge, aos incautos de uma seita sem nome neste século, de tal forma que, apesar do esdrúxulo, caso trajem a um elefante com símbolos religiosos e sacros econômicos, tornar-lhe-ão Bispo imediatamente, apesar das trombas gigantescas e enormes orelhas, ouvirão incontinentes seus sermões de guinchos, beijar-lhe-ão as patas, tomarão a hóstia e irão radiantes para suas casas comentando-se entre si, paroquianos, que nunca houve no Condado um homem de deus tão santo, se é que logo não lhe imputarão milagres! E do mesmo modo, não causará estranheza se estes mesmos supostos milagres forem cegamente confirmados por milhares, senão milhões de fiéis que, após a morte do paquiderme, pedirão sua canonização e, pasmem, ser-lhes-á concedida sem maiores obstáculos pelos doutores e mestres concedentes de honrarias divinas! Este - calem-se! - é o mundo no qual vivemos: o que canoniza elefantes ou jumentos, tanto faz, bastando para isso, o consenso mundial de mídia, telejornais teleguiados jurando-lhes a mentira, construindo supostos terroristas e guerras de Orwell do Grande Irmão à conveniência do poder financeiro, sucumbindo países com dívidas fraudulentas através de banqueiros glutões, bombardeando hospitais, escolas, acampamentos da Cruz Vermelha... e todo este teatro de horrores, realizado em nome da civilização ocidental, da liberdade, da democracia e dos bons costumes!

Godofrino IV explica sem sucesso alguma coisa que chamam de literatura no contexto do hospício individual

Por isso, eu Godofrino IV, vulgo "Queima Dinheiro", tenho muito a contar sobre a vida. Ainda que minha voz tenha este tom resmungado, e pálido a ouça como não se fora dela o meu dizer de tudo - num picadeiro improvisado, trajado de saltimbanco, com um paramento revolucionário esfarelado pelo tempo, medalhas enferrujadas espetadas ao pelo, maltrapilho e percorrendo vielas escuras como o Libertador Bolívar ao final da vida, depois de atos heroicos em defesa do que é comum, da libertação de países inteiros ao custo de muitas vidas e de sua própria, encurralado pelo estrume que lhe foi lançado às fuças por crianças violentas – e o narrar assim pausado, calmo, nem triste, nem alegre, nem oscilante, pois me creia, tenho convicções, as quais vão muito além da aceitação popular e foram sedimentadas pelo cheiro do pó agro que me invadiu as narinas e deixou indelével à memória os rastros dos homens na história e nas estradas sinuosas de chão batido dos sertões da alma – da Guerra do Contestado à Eldorado de

Carajás, entre tantas - as mais distantes e impenetráveis aos rasos de espírito, sim, a minha própria história construída de sangrar o silêncio e escalar os altos muros dos castelos da sanidade às tardias horas de madrugadas impossíveis de monstros semelhantes àqueles imaginados pelos nautas portugueses ao atravessarem o oceano, esperando de súbito a queda do mundo plano, e mesmo, paradoxalmente, não duvidem, até mesmo o lúdico batuque do pandeiro de uma torcida do esporte criado pelos bretões - o futebol, então, aqui, coisa de bugre e preto – à convivência, mesmo com minha descendência supostamente nobre, com os engraxates de sapatos da Praça , na capital, por um tostão, o lustre no "pisante" do doutor, o olhar de soslaio ao cravo do cavalheiro guardado à lapela para alegrar a dama, ou a geada queimando como brasas meus pés descalços, até as músicas do Teixeirinha entrando sorrateiras pelas frestas de um ranchinho no interior, da roça de milho, feijão e mandioca plantada e carpida; à dor da porca que acompanhou-me à infância quando o patriarca resolveu cravar-lhe o martelo à cabeça (não sem que antes esta derrubasse as paredes do chiqueiro e o velho pedisse-me auxílio – logo a mim que havia me apegado a ela, peripatético - para completar o assassinato, quando tinha uns sete), e antes disso, o tropel do cavalo louco, desgovernado, pela ruela onde só cabia o FNM vindo em lado contrário e numa manobra de pura intuição desviou o progenitor a carroça para uma pilha de areia de uma fábrica de mármore: sim o pai, o herói, o carrasco, voltando durante quinze anos embriagado - um campo de concentração particular - despejando sobre nós toda sua frustração da luta de classes e sua doença, sua genialidade ginasial - sem ironia - mas também os hematomas, o corpo doído pelas pancadas, minha mãe ou minha irmã ensanguentada na sala, aos gritos de socorro não ouvidos propositalmente pelos vizinhos: quinze anos internado num hospício que talvez tenham começado aos dois de idade quando atirou-me à parede por estar... chorando demais! Sobrevivi? Não sei... Acho que sim, mas às vezes ainda parece que perambulo por aí apenas, não fora ter com minhas próprias mãos esculpido um ser no mínimo curioso, exótico, temperamental, atemporal, uma espécie de Kasper Hause contemporâneo - aquele deixado à masmorra pelo adulto quando criança, sem interação social - aprendendo a gaguejar meu mundo, balbuciante, tentando entender conceitos e esconder preconceitos interiorizados.

Descobri minha doença aos quarenta e três anos, hereditária, dizem... a mesma que provavelmente meu pai tinha e nunca fora diagnosticada: uma das tantas mal compreendidas ainda pelos médicos. O fato de ter entendido a deficiência mental que me acompanhava desde criança até a idade adulta, e que poderia ter vivido de outra maneira se houvera sido diagnosticado no início, causou-me um desencanto ainda maior: o que fazer com meu mundo passado? Qual lição dele poderia tirar, a não ser a angustia de ter perdido um tempo tão precioso por motivos que me eram alheios? E todo tempo culpando-me por isso, pelos arroubos, pela instabilidade emotiva, pela velocidade do pensamento que deveria ser contida a todo custo, como se dependesse só de mim a cura, e sofrido meu próprio exílio ao extremo: não ter podido ter sido eu mesmo com todo o potencial que imaginava possuir... pois, por estranho que pareça, a doença não me afetara o intelecto (como o ensandecido das páginas de Charles Dickens previra sua loucura em Aventuras do Senhor Pickwick), assim como não afetara o de todos os meus ancestrais com predisposições visíveis ou não à loucura - uma benção e uma maldição: pois se sente o perigo iminente e não se consegue dar a ele uma racionalidade por mais que se busque e, no entanto, só com esta busca pela racionalidade, compaixão e amor, torna-se possível a redenção! Com o tempo, vi na descoberta do lastimoso mal e na possibilidade de "quase cura" pelos remédios, uma maravilhosa oportunidade de recomeço! Este é o meu mundo, muito prazer, e posso dizer com orgulho "meu", agora posso dizê-lo, não ainda sem dor, mas também com orgulho, por que não? Sim, tenho um álibi com o qual antes não cogitava: e os que nada fizeram ou fizeram muito menos do que eu, sendo supostamente sãos? E os que nada construíram enquanto eu, a duras penas, sempre inquieto e angustiante, consegui? O que não poderia fazer agora? Um livro de memórias? E se tinha caminhado até ali em busca de uma racionalidade, de uma equação, de uma capacidade de afetividade e compreensão do mundo, ainda assim doando-me de forma imprevisível à ideologia, ao melhor da raça, à utopia, não tinha simplesmente o direito de desistir de um novo viver.

Durante a juventude, relembro, a tentativa de superação da doença associada à narração parcial do mundo: a possibilidade da linguagem e da arte como cura pelo transcender iniciara-se precocemente, antes refletida em fragmentados pensamentos que ao final possuíam uma unidade que só eu entendia ou intuía, mosaicos, mas místicos, parábolas, enxertos, tudo que me foi possível ser sendo o que se fatalmente era! E a fé... o primeiro refúgio plausível, em busca de alguma estabilidade, a religião, o protestantismo, de gênese familiar, calvinista, "predestinado": algum fator externo que desse o mínimo sentido a tudo, alguma segurança diante da fragilidade existencial incapaz de ordenar um mundo caótico, a começar pelo meu próprio. "Apocalítico": credenciara-me um professor nos bancos universitários, talvez fazendo referência à obra de Umberto Eco, ou, intuitivamente, ao meu próprio estado mental, já às vésperas do primeiro surto grave. Acho que foi Mário Quintana quem, metaforicamente, afirmou que as religiões também têm seu preço: devoram miolos! Então, antes, ainda adolescente, já havia experimento a mutação, a coragem de abandonar o conforto e dar-se ao salto no escuro de Kierkegaard, também não sem um alto preço a ser pago posteriormente, compensado aí sim, por outras drogas que, se por um lado aceleraram a compreensão do todo, resultaram na entropia e no primeiro internamento hospitalar. Esse é um resumo, um preâmbulo, para que compreendam o contexto pessoal desta história e que esta possa incentivar outros a lutarem contra seus próprios demônios: mas, pasmem, nada disso tem a ver com a minha literatura, não a diminui ou aumenta, é apenas fato e comento "an passant". Não é o mais importante! Contrariando todas as expectativas, inclusive as minhas próprias, superei tudo que não imaginava ter forças para superar. Poderia escrever um romance autobiográfico, mas isso não seria verdadeira literatura. Imponderável cutucar a ferida viva com longas unhas narcisistas, auto piedosas, estudo de caso, "autoajuda". Que vão todos para os diabos! Que enfrentem seus próprios demônios, rastejem, corroam seus corpos a partir das unhas e acabem, com seus maxilares, mordendo suas próprias jugulares como fiz: ora, são sãos mentalmente! Pois sim!

Então, não optei pela autobiografia disfarçada de literatura, ainda que pinceladas pós- impressionistas tragam inevitavelmente aos girassóis cores vivas de um sangue de orelhas decepadas. Optei pela literatura ficcional mesmo, porque esta foi a primeira tentativa pueril de expressar meu mundo ao mundo, como uma garrafa de um náufrago jogada ao mar: e por esta, a literatura, ter-me salvo da loucura, do exílio completo e da solidão, tenho os pés no sonho, o sol, e nele, sinto-me plenamente seguro! Por isso, pelos motivos expostos acima, não esperem o raciocínio linear-aristotélico, tenham paciência ou não a tenham, ao final, darei um sentido a tudo, como sempre fiz, por mais improvável que pareça. Desculpem a arrogância, sou universal, não porque o quis, não porque o busquei, mas porque a vida escolheu-me para assim o ser: intuir a música, a próxima nota, contínua ou breve, afirmar convicto como Max

Webber, que sim, a vida e a ciência, sem mistérios, sufocam a própria vida e o conhecimento: porque procuram delimitar e aprisionar, em compartimentos estanques, o que é incomensurável.

O que tento vos dizer, em definitivo, é que para escrever a vida é necessário não estar no ofício, mas ser o ofício, e cravar a mão dentro do peito e rasgá-lo: retirar o coração e colocá-lo ao altar, e ali, prendendo a respiração até o último segundo, vê-lo pulsar, admirando a dor e a beleza de estar provisoriamente e maravilhosamente vivo! É assim contar uma história, uma de uma vida toda: sentir de lampejo o fragmento do que somos no universo, carregar o peso dos passos que foram até o limite do ser, ressurreto levar nos olhos o céu dos Caldeus, os símbolos persas, o deus dos Hebreus, sentir as pedras jogadas em Hypatia pelos cristãos, a Igreja queimada pelos índios em Tibagi com os fiéis dentro - por estes terem atravessado o derradeiro limite da liberdade aborígene - ser o herege e o santo, o pecador e o converso, o primitivo e o civilizado, para compreender a memória, a dor, a alegria, e achar forças para amar uma raça que deixou ódio, injustiça e desgraça no mundo, mas ao mesmo tempo o coloriu de beleza, de música, dança, heroísmo e amor pelos séculos dos séculos...

Sim, creiam-me: esta é de fato uma estória!

E vos dou outro exemplo, neófitos! Logo cedo, nos pequenos vilarejos, donas de casa aflitas varrem o pó, aquele do mundo, o pó das eras, com gestos mecânicos, olhando para o "nada"... E isto, de certa forma, deduzo, organiza suas vidas: "Nascemos para varrer o pó do mundo!" – devem pensar! E toda tarefa para realmente nos preencher, deve ser infinita... Porque o pó, por certo, nunca desaparecerá! Creio que se só por um dia estas mulheres não varressem o pó do mundo, do seu mundo e o de todos os mundos imaginários, fatalmente enlouqueceriam... E como as amo em demasia, assim como à humanidade da qual fazem parte, levanto antes delas e, com uma sacola, perambulo pelas calçadas, jogando pó nos quintais... Isto é bem melhor do que vê-las varrendo o que não existe, o que nunca existiu, e serem tomadas por loucas! Então, se sou romance, pretendo-o para espalhar o pó em teus olhos, turvá-los para que possas ver o antes não visto e o sequer imaginado... e que sonhes, e continues a varrer o pó e nunca desistir!

Eis outra tarefa infinita para o escritor: transformar em realidade o que as pessoas imaginam por necessidade de sentirem-se úteis, mesmo que irracional ou ilusório! O sentido do real há de ser de pouca monta, o que importa deveras é ajudar as pessoas a atravessarem a ponte, compreender o mundo e por ele ser compreendido, mesmo que ambos estranhos um ao outro!

E, finalmente, saber lidar com as perdas com bom humor, com sagacidade e espirituosidade, inspirado nas palavras de Freud: "o humor é a vitória do ego sobre o princípio da realidade". Uma pérola, um axioma, presumo, porque o humor nos redime da bestialidade, de nós mesmos, da crueldade e da dor de perder as coisas... ou achá-las!

Capítulo IV

De como as coisas somem sem maiores explicações

A arte de saber perder as coisas intui a possibilidade de que o tempo realmente exista, o que pode não passar de uma mera ilusão: o passado, o presente, o futuro, não exatamente nesta ordem, nem em outra imediata. E por isso, "perder", sem dúvida, ao contrário de muitos, dá-me uma imensa sensação de alívio: "encontrei-me" perdendo-me! Estranho? Não necessariamente! Por exemplo, pode-se considerar apenas hipoteticamente, por enquanto, o que direi ao longo deste livro para continuar minha estória - se é que o direi - podendo interrompê-la ao meu bel prazer no momento em que bem quiser, sem nenhuma explicação e se alguém no futuro adquirisse o livro e o encontrasse abruptamente interrompido sem explicação... processar-me-ia? E quem se daria ao luxo de iniciar um livro criando no leitor tal expectativa: a de que as coisas deixam de existir sem maiores explicações? O leitor imputar-me-ia alguma falha moral ou julgar-me-ia inapto? Ou, ao inverso, se neste exato momento alguém parasse de ler o que escrevo, poderia contestá-lo judicialmente ou até mesmo eticamente? Seria um absurdo! – diria em coro a maioria, com poucos votos nulos e abstenções. Uma suposta injustiça é o que haveria de ser, isso sim, mas sem direito a qualquer tipo de reparo: caso um escritor genial - o que definitivamente não é o caso aqui - desenhasse uma obra descomunal, levando a vida toda para realizá-la, o que algum leitor tirano faria ou não com isso, não nos diz respeito, é do âmbito de sua vida privada! Caso ele, o leitor, você – reitero - movido por qualquer motivo banal, abandonasse o livro, seria deveras impossível proibi-lo! Não existe lei para isso: "Capítulo I – inciso IV, sei lá, torna-se obrigatória "até o final" a leitura de tal obra de Machado de Assis!" Não! Não existe isto! E enfatizo: é justo? Não é! Então não reclame! Não existe absolutamente nada neste mundo que me impeça, como escritor, de mandá-lo às favas, abandoná-lo, e vice versa. Procure o PROCON, a OTAN, a ONU, a risível OEA ou, em um último caso, o frívolo e venal Judiciário, não menos frívolo e venal que as outras instâncias que vigiam as regras civilizatórias do mundo. Não irá conseguir absolutamente nada! Então, apenas previno-o, e entenda como um lenitivo, caso aconteça! Mantenha-se em constante vislumbre do abismo a cada passo: posso abandoná-lo no ápice dos acontecimentos, faltando precisamente uma última página ou até mesmo uma última linha que daria sentido a toda estória e... faz parte da vida as coisas inacabadas! E justamente isto é que torna a vida interessante! Mas posso ir além de tudo isto do que vos preveni acima, nesta senda maquiavélica! Chantageá-lo, caro leitor, a fim de atingir certos objetivos pecuniários: deposite determinada quantia em dinheiro em uma conta bancária e conhecerá particularmente e exclusivamente o "final da estória de Godofrino Queima Dinheiro"! Uma midiática "Obra Aberta" dentro do molde capitalista, o qual tanto agrada aos espíritos subservientes deste século: quando alguns têm direito a tudo, mediante compensação financeira, e outros, a nada, nem ao menos ao final de uma leitura, semelhantemente aos "assessórios" cibernéticos, programas de computador que rodam exclusivamente no sistema tal de informática, dumping, trustes, alimentos modificados geneticamente e outras artimanhas que nos fazem menos do que ratos de laboratórios em um mundo que perdeu completamente a noção de valores básicos de decência! Ou ainda mais drástico e provável: e se não houver nenhuma motivação financeira ou racionalidade que explique o ato de decapitação em praça pública do conteúdo literário desta narração? E se não houver preço nenhum neste mundo que seja capaz de me demover da ideia de não terminar a estória, ou até mesmo revelá-la, finalmente, por puro deleite, somente a alguns seletivos? Cativá-lo, caro leitor, com um lindo romance, levá-lo por caminhos sinuosos, um labirinto em busca de supostos vilões ou heróis, depois de criar um deserto e um oceano de emoções, tecer uma teia intrincada de personagens, causas e consequências, todo um complexo mundo de relações sociológicas, psicológicas e históricas, para depois fazê-lo sumir, num estalar de dedos? E deixá-lo lá, leitor, boquiaberto, embasbacado com um maravilhoso poder criativo, em meio a uma tenebrosa floresta escura com todas as perguntas em aberto! Por quê? Como? Afinal, qual o sentido de tudo isto que disse ou tentou dizer sem finalizar? E tal proceder por masoquismo, vingança, mero divertimento ou sem motivo algum justificável, loucura, desprezo, por que quis simplesmente, perdi o interesse... e só! Vai-se lá saber... e não o saberás nunca, juro-te! Então não me provoques! Não me desafies! A partir do momento em que iniciaste a leitura deste livro serás meu escravo, ou então, abandona-me logo, foge sem olhar para trás... E isto, antes que este processo de autofagia e dependência inicie-se, se é que já não se iniciou, porque se de algum modo pretendes saber para aonde irei caminhar agora, querendo partilhar comigo o destino da minha estória - a qual, como já avisei, só a mim cabe decidir o final ou não no livro – estarás irremediavelmente prendendo-se cada vez mais à teia! E caso o faças, recomendo-te até certos "ares de humildade", diferente daqueles olhares que nossos ancestrais indígenas ousavam desferir aos invasores europeus, "colonizadores", os quais ainda não sabiam a grandeza de mirar nos olhos uns dos outros, julgando o "tête-à-tête" como se fora um desafio, uma afronta! Entendes? Daí nossa submissão histórica através do olhar dissimulado, para o chão: por entender na pele o estalido do chicote! Mas o bárbaro, o invasor, o Ostrogodo, aqui, sou eu mesmo, e quero-te assim romano, a passos do cadafalso, esperando sempre o perdão do Huno, de tal modo que sugiro uma leitura de "canto de olhos", de "soslaio", "furtiva", não encarando nunca o livro "de frente" - nada pessoal - parecendo-se completamente vesgo: "Estás lendo este livro?" - Posso indagar de repente, no banco de praça, no ônibus, em qualquer lugar, e responder-me-ás hipoteticamente, como sugiro: "Eu? Que livro? Eu... eu não, juro-te que não estava lendo! Apenas folheando as páginas, só!" – "Ah bom!" – retruco triunfante – " Por um momento deste-me a impressão de não seguir a minha recomendação: lia-o avidamente, encarando-o, engolindo-o com os olhos! Que falta de sutileza fitar assim nos olhos aos estranhos, de frente, altivo! És por acaso livre? Quem te libertaste? E se te libertastes, o fizestes por tua própria conta e risco! Não ele, o escritor, deste a ti a liberdade! Esse não, porque esse sou eu, e por qual motivo libertá-lo-ia assim tão facilmente?". Em seguida, arranco o livro de tuas mãos e saio em desabalada carreira! Não me convencestes! Estavas-me a encarar petulantemente! E não somente farei isso – furtar-te-ei o livro - mas contratarei "fiscais" para o fazê-lo! E pelo menos você, isso, você – não fui com tua cara - não irás saber o final da história quando quiser. Que vá comprar outro livro, ainda que não suponhas que o outro livro possa conter o mesmo embuste... é incompleto também! Risos universais!

E não me imputes regras do tal idioma erudito, flatulento, dócil às elites gramaticalmente: que fique bem entendido que troco de pessoa verbal, da primeira para a segunda, para a terceira, do singular para o plural, construo novas formas gramaticais, neologismos, gírias, e assim por diante, quando quiser! E mesmo assim, completo ou incompleto o livro, gramaticalmente correto ou não, já que tudo pode ser dito ou não dito, como bradava Franz Kafka do alto do Vitava, burlando deliciosamente as regras como meus mentores da contracultura o fizeram, ao final das contas, tudo pode não passar de um tempo maravilhosamente perdido... "juntos"! E se tem uma coisa melhor do que ter perdido algo sozinho, é perder alguma coisa junto com alguém. Podemos nos perder juntos? Que tal? Ambos procurando: estava aqui, não estava? Estava ou não estava? Jurei que tinha posto ali, você viu, né? É, mas não mais está! Foi-se! Onde estão minhas chaves, meu isqueiro, minha mulher, meus amigos de infância, meus documentos, meu texto, o livro, os cigarros, minha sanidade, minha vida? Ah! Que sensação enorme de prazer: irremediavelmente perdidos...

Vistes, reparastes agora mesmo? - Atenção, soldado! Olhes para o alto, cabeça erguida! Quero-o atento às fronteiras de Stalingrado, ou pensas que foram os norte-americanos, com suas filmadoras, plantando bandeirinhas em territórios inimigos ocupados por nós brasileiros e africanos maltrapilhos, e tantas outras nacionalidades olvidadas da glória da vitória nas batalhas, que ganharam a Segunda Guerra, impedindo que caíssemos nas mãos dos nazistas? - O que computastes como um erro no final de frase do parágrafo anterior (voltes lá e confiras: lustre as botas, limpe as armas, bata continência!) a construção inaudita da pontuação gráfica que se segue com maravilhosas "três vírgulas", sendo utilizadas em substituição às reticências? Nem percebestes? Verifiques! Não são reticências, porra! É comum a não observação acurada nesta geração de maus leitores, maus atores, maus cidadãos, maus artistas! Não me espanto! Mas, ao contrário das reticências, as vírgulas: justamente, o que antecede e supõe continuação ao texto não é de forma alguma um sinal gráfico de suspense, diluição lenta, indicação do desenrolar de um assunto contextualizado, eteceteras, mas uma infinidade de pressupostos, vírgulas infinitas de tua própria construção de vida, "rezeptionsgeschichte", teu próprio mundo, coisas perdidas e vagas, mas que estão lá, que dizem sem serem ditas e influenciam sutil e inconscientemente nossas vidas, a vossa leitura, a vossa compreensão do mundo, o vosso entendimento... E como representaria graficamente tal pressuposto? Como diria o teu mundo se não o conheço? Assim como em castelhano nos avisam antes, no início da frase, de que se trata de uma pergunta, com um sinal gráfico de interrogação (o gato indo-se embora: o hieróglifo egípcio, longe da magia, da sorte: a pergunta nos inquieta, nos deixa inseguros, sem "o chão", popularmente falando!), com esta nova pontuação gráfica, vírgulas sequenciais, alerto sobre o peso da carga semântica que cada palavra ou frase, ou a história minha própria ou a do leitor, possui especificamente no próprio mundo literário... que não é só o meu,,, Acabei de repeti-las, infame, para que as saiba, as decore, as suponha, o nosso inconsciente,,, Mas quando imaginamos este mundo perdido, quando menos esperamos: lá está ele! Achaste-o? E nem procurando mais estavas! Que alegria! Mas será mesmo? Terá valido a pena? Ou o fato de termos perdido algo não torna o que se perdeu muito mais importante? Por exemplo, imagino que "perder uma vida inteira" necessite ser algo muito bem concebido e definitivamente não é para qualquer um! "O fulano perdeu-se na vida!", dizem. E perguntamos, com certa inveja: mas como conseguiu isso? É quase impossível! Mesmo que queiramos... as pessoas e a razão não nos deixam! A vida não deixa! Como conseguiu perder-se? – perguntamo-nos, ávidos pela resposta. E é claro que não foi de propósito! Tentes perder alguma coisa de propósito: irás ver que não consegues! Queres perder um amigo? Tentes! Não adianta: ele vai estar lá, exatamente aonde o deixastes: isto porque sabes que o perdestes "de propósito". Com as chaves ou qualquer outro objeto, semelhantemente a pessoas e sentimentos, hipoteticamente perdidos de propósito, também ocorre o mesmo. Você sabe que estão lá, ou estavam, até que alguém os levou embora... mas eles eram teus e você os deixou lá propositalmente para "perdê-los"! Em sua mente eles vão ser seus eternamente! Azar de quem perde "coisas" propositalmente: aí é que não vai ficar livre delas nunca! Perder não é isto! Perder é perder mesmo, naturalmente, sem querer, é dar por falta de, e de repente... Aí dirás: onde está aquele meu velho amigo? É mesmo! Dou-me à consciência de que consegui perdê-lo! Que alívio... consegui! E não adianta procurar no facebook, aonde ias com frequência, na lista telefônica... foi-se, definitivamente, ainda que o tenhas procurado insistentemente! Culpa de ambos: perderam-se tanto o perdido como o que dele se perdeu. Ah! Não digas, perdestes a lógica linear do raciocínio? Não compreendestes de imediato? Vistes como é bom e fácil? Acostuma-te: perder é uma arte para poucos!

Em sua antítese, a vida de quem perde não é monótona: o sujeito vive procurando algo por algum tempo, às vezes sem achar, às vezes achando... mas o que importa mesmo é procurar, porque de outra forma a vida não teria sentido algum e aí sim a vida seria um tempo irremediavelmente perdido: caso não procurássemos nada ou não perdêssemos nada! Nascemos procurando e morreremos procurando: entenderam? Pessoas que supõe sempre sabem onde todas as coisas estão e como elas são exatamente, estas sim, são completamente loucas! É impossível alguém não perder nada durante todo o tempo... pois o próprio tempo sempre há de nos escapar pelo vão dos dedos, e isso desde o dia em que nascemos, mesmo que queiramos aprisioná-lo, calculá-lo, dominá-lo! Acumulamos a memória de ter tido "alguma coisa" durante algum tempo, e isso para mim é o suficiente: momentos, alegrias, sensações, vitórias, derrotas, chaves, isqueiros, canetas, roupas, bens materiais etc. Mas sabemos que nada será para sempre, nem mesmo a própria memória. Estejas preparado para arte de perder, amigo, pois a vida é essa mesma! Não te afinques com força demasiada às coisas, porém não as perca de propósito e nem deixe de procurá-las de todo coração. Mas caso as perca, esqueça-as ou lembre-se delas de saudosa memória, com melancolia ou afeto, mas saiba desta realidade: todo mundo, ao final, perde, e perdendo, muitas vezes, se ganha!

A maioria das pessoas, no entanto, tem grande dificuldade com o sentimento da perda. Paradoxalmente, a minha preocupação sempre foi exatamente outra: e se por acaso alguém achar até o que não está procurando, de tanto andar por aí sem querer perder nada? Aí é que se danou mesmo! E tudo que vos falei tem um propósito...

Godofrino quer saber quem o está lendo e convida, não tão gentilmente, seus hipotéticos e incógnitos leitores a se colocarem em seus devidos lugares!

Sinto informar com certo pesar, ironia e contentamento – três sentimentos concomitantes preenchem a alma - que os capítulos introdutórios foram somente uma desculpa esfarrapada para o que há de vir. Pura enrolação, "mise-en-scène"! Queria, na verdade, verificar tua capacidade de leitura! É este o motivo! Deves passar pelo meu crivo. Não quero qualquer um aqui! É verdade que, confesso, comecei a contar uma estória e estimulei conscientemente, até certo ponto, um relacionamento emocional com você, através de uma armadilha tentadora: o humor! Mas é que é um tanto estranho escrever - se é que me irás entender filosoficamente ou psicologicamente – e por metástase estar compartilhando algo com um ser completamente desconhecido, ou seja, dividindo algo, mesmo que seja uma ficção, com alguém que definitivamente não conheço. Possuo um temperamento forte e uma alma intrincada - o que muitas vezes me salvou vida - e você, leitor, há de perceber isso:

muito mais do que conhecer a mim mesmo pela arte de escrever e dizer-me através dela, tenho maior curiosidade em saber de ti, que me estás lendo: quais são os reais motivos para enfiares a fuça em meu livro? Sou eu que vos indago: o que quereis de mim? Tens certeza? Porque, reitero: eu mesmo não tenho, nesta empreitada, o ávido desejo de saber acerca de mim mesmo mais do que já sei... mas sim o que não sei! Escrever, para mim, não é a arte de "encontrar-me", como o é para muitos iniciantes, mas a arte de perder-me! Então, o fato que me incomoda não é esse, o de perder-me: o que me incomoda é o fato de não saber se o que irei dizer poderá acabar mostrando o que de fato tu és! Então corro um enorme risco: o de estar por aí andando pela rua, distraído, e chegar uma espécie de lunático - que no caso seria quem me está lendo, você mesmo - que diga: "Teu livro mudou minha vida!" Eu hein! Não tinha a mínima pretensão! Vou levar um tremendo susto: e se forem milhares de pessoas a dizerem isto? Vou viver escondido, daí? Vou andar disfarçado e criar fama de ser um daqueles escritores excêntricos? Metidos a besta? Ah! Eu conheço muito bem a humanidade, sei como vocês são, mas, desculpem, só quero levar uma vida normal que é coisa que nunca tive! E aí você vai deixar? Vai fingir que não me vê? Tá! Finja então que não me conhece ou aproxime-se, calmamente, falemos sobre o resultado do jogo de futebol, ou de qualquer coisa banal, tá bom? Não fale nada a respeito de intelectualidade - que leu o livro, que me conhece literariamente - até ter se tornado de alguma forma um pouco íntimo através de assuntos informais como pessoas supostamente "normais" fazem. Tudo bem? Bem nada! Dialético e voraz: para poder escrever mais tranquilamente torna-se imperioso saber quem é você, você que me lê, e isto... antecipadamente! Disse e repito: **an-te-ci-pa-da-men-te**! Ah! Você acha ser impossível tentar explicar quem é você se não estou nem aí com você ou perto de você ou faço parte de seu círculo de amigos pessoais? Não! Não é impossível! Já tenho, de modo geral, uma vaga intuição sobre como as pessoas deste século são! Duvida? Quer seguir adiante por tua própria conta e risco? Pois bem, como dizem nossos colonizadores, os portugueses, "estou a escrever" (agora importaram da mãe pátria lusa - por motivos comerciais - a construção gramatical pouco usual, ironicamente, nossas operadoras de telemarketing e secretárias: sinal dos tempos, a linguagem nos revela à moda portuguesa: "Estou a escutar o mundo!") e cuido de cada vírgula para que você não se perca em você mesmo, mas nada é premeditado, caso aconteça. Sou honesto até aonde a palavra "honesto" comporta o mundo contemporâneo: não há como ser verdadeiro com o Sistema, e se você cavalgou até aqui de forma solitária como eu – como nos velhos filmes de faroeste - sabe do que estou dizendo: somos todos cúmplices! Houvera a humanidade, em sua caminhada, merecido coisa melhor do que o Sistema que aí está, haveria de tê-la conquistado! Um mundo sem guerras, com paz, entendimento, cordialidade, leis que realmente funcionassem, harmonia e tudo isto que faria do nosso mundo um planeta melhor! Mas nós não conseguimos!

Na verdade, nós não quisemos! E você faz parte deste desastre tanto quanto eu! Ainda que, presumo e subestimo, por conhecer tão bem a humanidade, que você é só um "parafuso", uma "roldana", uma peça a mais nesta merda de máquina e, com raras exceções, muito pior do que eu sou, porque jamais ousou abrir a boca para contestar porra nenhuma acerca de qualquer coisa, ou tentou encontrar alguma solução conjuntural para nossos problemas universais, mas vai achar-se no direito de julgar qualquer coisa que não se pareça com você - no caso eu - já que sou mais estranho do que a maioria! E não levante da mesa agora! Sente-se aí, tome um trago! Tenho-o sob mira! Nada pessoal e tudo pessoal, ínfimo substrato de uma geração que vive daquelas que nos antecederam há pelo menos dez mil anos! Fosse você, leitor, aquele homem que procura emprego em uma mina de carvão de Zolá, em Germinal, em uma noite escura, teria o meu mínimo respeito! Mas você não é ficção: nem isso você é! É uma ilusão mal acabada de si mesmo, que se construiu, deduzo, a partir de contextos sociais uniformes de uma civilização pasteurizada, e por isso, nem maluco presumo seja, o que já seria alguma coisa! – Sim, até os malucos contemporâneos não são nada de novo - E esse hábito de desmoralizar completamente quem me está lendo, como já disse, faz parte de um teste primário, realizado em nível mundial, cujo resultado já é amplamente conhecido: coletivamente o mundo que está aí espelha o que a maioria é! Então, afinal, quem é você que ousa ler o que escrevo? Estou preocupado com isso! Não quero que meu livro e tudo que acumulei durante tantos anos de luta pela minha sanidade, tenha como depositário um idiota completo, o qual vai citar minhas frases, sem entender intuitiva e sagazmente o conteúdo, se é que o livro tem ou terá algum conteúdo, distorcendo-o à conveniência deste século: eis uma geração que merece o escárnio completo! Apesar de toda arrogância tecnológica, tem de minha parte pouco respeito! Uma geração "senso comum", que não lutou por nada que realmente mudasse o destino da humanidade! Não abriu mão de nada realmente importante pela construção coletiva do ser humano em sentido orgânico, de unidade, o esboço de uma nova sociedade igualitária e justa, apesar de ter recebido das gerações anteriores todo um cabedal incomensurável de conhecimento: de Kant a Foucault, de Henry Miller a Aldous Huxley, de Confúcio aos Incas e Tupis-Guaranis do Caminho de Peabiru, das Terracotas de Ur dos Caldeus aos manuscritos das Cavernas de Qumran, de Einstein a Stephen Hawking, de Marx ao Pernalonga, construíram exatamente o quê? Ah! A internet! É mesmo! Esqueci: a falsa Biblioteca de Alexandria do século XXI, a Babel de informações desconexas, sem, no entanto, a grandeza da leitura aprofundada, do sacrifício, da dedicação, do amor ao conhecimento, do sentimento genuíno de continuidade da raça, da grandeza de elaborar o novo e o belo, não somente do avanço tecnológico, mas assim, sociologicamente falando, de como tudo isto pode convergir para o político e ecologicamente justo... Falo do humano, da práxis do que eu e você somos de fato, olho no olho:

bons vivants, lacaios, cínicos observadores de um mundo desajustado, doente e burro, acomodados, flácidos, inertes... Falo de uma geração fria, sombria, de guetos, de pedantismo, de tribos, de isolamento, de violência individual e coletiva, de games e jogos narcísicos, de indústria de entretenimento para preencher um vazio existencial de falta de atitudes, e de uma profunda solidão - mas não semelhante a minha, nem venha: a solidão universal, essa, a maior de todas elas e a mais gratificante, porque é o desterro, é o exílio voluntário, é o desejo de ser o que se é por pior que se seja e ver-se a si mesmo sem falsos espelhos! Você é igual a mim ou a tantos, indignos de um Cheyenne, de um Xavante, de um Caingangue, que possuíam seus valores tão arraigados em si mesmos que morreriam pelos seus ideais? Minha geração, ao contrário - tenho-a por experiência própria - em sua maioria, como a de mercenários, vendilhões, negadores da essência da raça e isso das academias pedantes entregues ao deus mercado aos subúrbios das mansões do Primeiro Mundo: são vocês que querem que eu explique e diga algo profundo de minha experiência de vida, mesmo que através da ficção? O que vocês querem, de fato? Passar simplesmente o tempo, alguém para citar nas rodas de amigos, algum exótico? Ah! Por favor, poupem-me de tal vexame! Antes de qualquer coisa, minha geração é desmerecedora do sacrifício da escrita! Sejamos realistas: com exceção de alguns, como Julian Assange e Bradley Manning, entre outros, mas em número tão insignificante em nível mundial... que de resto, a grande maioria, rasteja, e bem poderia se foder na masmorra, no inferno de Dante, no desterro da solidão eterna, porque merecem e já estão tendo o que merecem. Então, que fique bem claro: escrevo para mim mesmo! Quem se animaria para escrever para uma geração de covardes como a minha? Eu é que não, covarde como sou... afinal, também sou desta geração!

Godofrino tenta seduzir e recrutar o leitor de forma cínica, com objetivos sórdidos, depois de tê-lo esculhambado... mas de voltar ao romance propriamente dito, nada ainda...

Tudo bem, calma! Estava só desabafando! Sinto-me melhor assim e queria saber se, de fato, você merecia estar lendo o que está lendo! Como continuas a ler, há algum tipo de merecimento, e eu também tentarei fazer por merecer tua companhia! Por que demorei? Ora fui comer alguma coisa. Afinal, tenho direito de viver minha própria vida, não tenho? Agora sou teu escravo? Bom, mas estou aqui, e isso é o que importa. Eu sei que você se sente sozinho! Você precisa de mim, mas agora já sabemos quem é que manda aqui, não é mesmo? E pode ter certeza que não é você, leitor, porque se assim o fosse, é você quem estaria escrevendo e não lendo, e quero que saiba que, pelo fato de voltar aqui, acabei queimando o meu bife! Mas voltei por você, porque sinto profundamente a tua solidão. Sinto até mesmo piedade! Kkkkkkkkk Ah! Claro que não!

Acreditou mesmo nisso? Se não tenho piedade nenhuma nem de mim mesmo, que dirá de você: nem o levo em conta! Lamentei perder o bife, isso sim! A casa está cheia de fumaça!

Bom, é verdade, não começamos bem nossa relação: antipatia mútua! Mas não vá embora, por favor, venha aqui, estou brincando, sei que você também precisa desabafar! Sente-se inseguro, afinal são poucos os autores que ousam destratar seus leitores e praticamente falei que você é bosta nenhuma! Praticamente não, assumo, falei mesmo! Mas vamos esquecer logo isso porque contarei um segredo que há de compensar minha suposta arrogância, mas suplico-te que não o espalhe: eu também já fui bosta nenhuma! Ah! Você acha que não fui? Que estou de falácias? Ah! Vamos, toque aqui "mano veio"! Falemos de "ex bosta nenhuma para bosta nenhuma mesmo"! E daí? Sou pedante? Pode acreditar que se alguém sabe o que é ser bosta nenhuma neste mundo, sou eu! Reaja! Dá-me cá um abraço, respire fundo, sou teu amigo, porra! Não percebestes? Ia estar aqui ainda, se não tivesse sido o que disse que fui, isto é, bosta nenhuma? Vamos combinar uma coisa daqui para frente, vamos selar um acordo com cuspida na mão ou sangue vertido e misturado na veia de ambos como nos rituais de nossos ancestrais: não o deixo, por mais ridículo que sejas, e sejas o que quiseres! Sinta-se completamente livre em minha presença! Queres cantar? Cantes! Queres dançar? Dances! Em nos tornando mais íntimos, perceberás que sou o tipo de escritor para o qual o leitor pode ser a pessoa mais esdrúxula do mundo. Mas antes, é bom que você saiba que quase acabei de desistir de você... ia assistir a "Por um Punhado de Dólares" – os filmes de Velho Oeste norte-americano dão-me às vezes a impressão de serem os únicos lugares nos quais se fala ainda em honra pessoal, claro, depois que deliberadamente exterminaram todos os índios no holocausto ocultado por Hollywood - e aí, também procurei uma xepa de cigarro no cinzeiro, dei uma volta pela casa, divaguei mundos impossíveis, mas finalmente decidi: vou ficar aqui mesmo e contar esta estória que anunciei contaria (contarei?), mas nesta noite não, jamais (espantar-te-ia saberes a hora em que escrevo: de madrugada, na solidão, aliás a mesma solidão do dia, mas com um quê de "noir", nostálgica, oculta pelas sombras): nada de Anna Karenina ou mesmo o próprio Leon Tolstoi plantando flores em sua fazenda ao final da vida e abraçando as crianças, de burgueses escondendo as pratarias enquanto o Tribunal Popular de Mao Tsé-Tung aproxima-se velozmente pelas aldeias da China e os patrões, cúmplices dos vendedores de ópio ingleses, procuram aliciar com chá quente e bolachas a seus antigos empregados, numa falsa demonstração de simpatia e igualdade de classes para depois não serem condenados por eles... Sim, morreu muita gente inocente e não, todos sabemos das injustiças deste mundo, os anglo saxônicos assassinando os aborígenes australianos, dizimando os indígenas da América com a bíblia na mão, e os portugueses, ah! os Bandeirantes no Brasil caçando bugres e índios como animais – a Igreja por cem anos não decidia se possuíamos alma - os espanhóis de

Pizarro, criador de porcos, chutando as portas do templo Inca e por aí vai na senda de uma humanidade louca varrida para baixo do tapete! Mas por quais motivos nos lembraríamos de coisas horríveis, numa noite tão calma, e sermos seletivos, assim, do tipo só nossas atrocidades capitalistas e imperialistas foram civilizatórias? Todos sabemos o preço que pagamos historicamente pela chamada modernidade, tanto à esquerda quanto à direita, e agora a indústria do entretenimento está aí para preencher este imenso vazio que existe dentro de você e de mim! Já alguns representantes da escola de Frankfurt acreditaram na capacidade de domesticação do ser humano através da sétima arte: ao ver-nos em ação, refletiríamos sobre nós mesmos! Ledo engando: apesar dos milhares de filmes "humanizantes", continuamos as mesmas bestas feras que sempre fomos! Então, vamos tomar um bom vinho e nos tornar amigos? O que custa...? Queres uma taça? Sentes aí, e vamos conversar, afinal, "nos achamos", não é mesmo? Apesar da minha tentativa insistente de fugir da tua história e não contar a minha...

Capítulo V

Fim do Início

Diante da execução da missão levada a bom termo por Sebastião, o capataz de Godofrino IV, ao entregar - nem tanto centrifugamente, mas minimamente heliocêntrica - o Manifesto, logo ao amanhecer, já meia dúzia se amontoava, dentre eles alguns vereadores e figurões da corriola, em frente à casa do atual prefeito de Capinaim:

- Aminoácido! Aminoácido! – alcunha que levava o Prefeito para os mais íntimos, resultado de ter tido um pai farmacêutico e depois refugar até quando pode o apelido nos bancos escolares, até que a alcunha pegou para sempre.

Mas quem sai é Josefina, ou "Dona Fina", a governanta, mulher de uma obesidade simpática e indecorosa, pelos abaixo do nariz que remontavam o Reino de Leon Y Castela, delatando sua origem portuguesa, com cabelos castanhos claros cobertos com uma touca branca, camisolão a lhe estrangular o pescoço com uma cordinha de amarrar, bochechas inchadas como as de um sapo e sobrancelhas grossas debaixo de uns olhos graúdos como ameixas:

- Avisa o Aminoácido que é uma questão de sacralidade e máxima urgência! – Esbraveja, entre tapas em si mesmo para tentar matar os mosquitos, o esquálido Teolino, já de terno e gravata apesar do horário matinal, o presidente da Câmara dos Vereadores, semicalvo, rosto miúdo, estatura mediana, óculos de contador, gesticulando nervosamente.

Mas, diante de tamanha algaravia dos ruminantes, o próprio prefeito afasta a tela de arame miúdo que impede as moscas de entrarem, e abre a janela colonial do andar superior do imenso casarão dos Emengardos - este sim construído de forma simétrica e perfeitamente condizente com as réplicas arquitetônicas da época dos Barões do Café ou Itararés ou barões qualqueres, ao invés do Bólido dos Godofrinos:

- Mas que diabos há de ser isto? – vocifera, ainda sem apontar a fuça de dentro do segundo pavimento do casarão - Uma guerra civil, para essa sangria desatada? Uma autoridade máxima não pode mais se dar ao sossego em sua própria cidade? Já não bastam estas moscas dos infernos azucrinando noite e dia?

- Guerra civil? Pior! Pior Augustíssimo! – grunhiu Teolino, balbuciante lá de baixo, de modo a alertar de forma respeitosa, porém convincentemente, o prefeito amanhecido - Adivinhe quem voltou para a cidade? O decrépito e ensandecido Godofrino IV! "E para seu conhecimento, já infestou a cidade inteira com um tal de 'Manifesto Contra o Dinheiro", no qual promete torrar toda sua fortuna em Praça Pública como se fosse esterco de cavalo! Tá tudo neste papel aqui ó, na minha mão! – mostra gesticulando o ávido escudeiro, como que suplicando para entrar logo na casa protegida dos insetos, bradando com o tal manifesto nas mãos, já diante dos olhos esbugalhados e assustados do político mor de Capinaim que resolvera entreabrir mais um pouco, por curiosidade, uma fresta pela outra cortina para ver o tamanho da comitiva que, pelo esgarçar, previra não ser pequena.

Depois de tirar as ceroulas rapidamente e jogá-las por sobre as perenas (acolchoados ucranianos feitos de penas de aves), vestir a indumentária própria para circunstâncias urgentíssimas (uma espécie de farda disfarçada de roupa civil, mas que lembrava perfeitamente o passado de heranças "caudilescas" – neologismo, mas não vou explicar toda hora, imagine alguma coisa! - belicosas da família e suas adesões às insurreições que lhes fossem politicamente convenientes), procurando enfiar à força um par de botas nos pés coalhados de joanetes, Emengardo III teve tempo de refletir, num átimo, o que provavelmente se avizinhava e empalideceu: as eleições aproximavam-se, a poucas semanas do pleito, e os já falecidos pai, avô e bisavô de Godofrino IV, apesar de evidente e prolongada degeneração genética da prole, constituíram-se durante décadas na única oposição política aos Emengardos. Na verdade, ambas as famílias revezaram-se no poder, desde a emancipação do município, se é que se pode chamar de emancipado um filho bastardo da República que barganhou, com galinhas e porcos assados para tropas insurretas das mais variadas tendências, sua independência, como um Acre comprado por dinheiro e não pela força do desejo de pertencer a um país (como diria Baudelaire, uma nação só tem heróis contra a vontade!). Único herdeiro vivo da família, Godofrino IV aprontou das suas na cidade até a meia idade sem nunca demonstrar maior interesse pela política, até que por fim largou-se pelo mundo, sem dar aviso, depois que seu pai falecera precocemente, em pleno exercício do poder, através de um enfarte fulminante causado pela descoberta - denunciada pelos Emengardos por meio de uma carte anônima enviada a então Primeira Dama, D. Argelina Petrouski Emengarda - de uma amante do marido pelo menos duas vezes mais velha que ela e muito mais feia:

- Mas... mas... o que este filho de uma ronca e fuça há de querer em meu redil? E logo agora? Você disse queimar dinheiro? Entendi direito? Não estava nas "Oropa" ou nas Venezuelas essa lepra? Esperem, já desço, já desço! – disse o prefeito afoito, conseguindo finalmente aprumar as botas, depois de um grande esforço, já que sua barriga enorme avançava duas vezes mais sobre o perímetro que o cinturão de couro da cinta comportava. Sem oposição de nenhuma espécie, os ratos de qualquer sistema engordam, e fora precisamente isto que acontecera aos Emengardos: tornaram-se todos obesos de tanto mamarem nas tetas do Município mais que Rômulo e Remo às da loba da lenda romana.

O nervosismo do alcaide não era desproporcional às circunstâncias políticas. As disputadas eleitorais pelo poder no município com os ascendentes de Godofrino deixaram marcas profundas nos Emengardos, ao ponto de qualquer estalido de um graveto assumir a dimensão de um estrondo provocado por dinamite. Por este motivo, o prefeito desceu o mais rápido que pode, pediu para a governanta preparar o café, e reuniu-se com seus asseclas. Em uma ampla sala de estar, com móveis rústicos, mas os cadeirões bem forrados com peles de ovelha e outros animais felpudos de modo a permitir aos convidados sentirem-se os mais confortáveis possíveis diante do panteão de pinturas foscas dos antepassados Emengardos – rabiscadas por alternantes artistas de passagem que procuraram disfarçar os defeitos de assimetria estética da prole que serão descritas adiante - dependuradas sobre a lareira de modo que o poder imperial-patriarcal ficasse evidente, apareceu Emengardo III, grandalhão, no alto de seus cinquenta e poucos anos, descendente remoto de Filisteus com o que havia de pior na antiga Caldéia, com seu pescoço papudo envolto por um lenço militar, pernas pequenas que contrastavam com o corpanzil, orelhas pontudas, nariz que sobressaltava o tamanho normal de um pelicano médio, braços igualmente longos, mãos pequenas, dedos extremamente finos e curtos, olhos oblíquos que expunham uma fraqueza também genética, o estrabismo... Em suma, se os Godofrinos eram um caos na organização mental arquitetônica e em projetos públicos de um modo geral, os Emengardos traziam em sua própria estrutura física a completa falta de sentido na organização molecular da espécie, a qual, como que por metástase, naturalmente expandiu-se igualmente a toda a administração pública durante décadas: nada fazia sentido esteticamente nos Emengardos e muito menos em seus planejamentos urbanos, como autoridades municipais! Neles, em cada geração sucessiva, onde uma coisa crescia demais, e não costumeiramente a genitália - como era sabido pelas mulheres do Condado em risadinhas de chás beneficentes - em outra faltava, de modo que ao encontrar com um Emengardo e tentar apertar-lhe a mão um simpatizante político, invariavelmente haveria uma série de obstáculos interpondo-se entre o puxa-saco e o político: seus braços naturalmente mantinham as pessoas demasiadamente longe, ao passo que, mesmo com farda e um corpanzil, as mãos e os dedos expunham uma fragilidade impossível de se dissimular com discursos eloquentes. Bastava um aperto de mão e o eleitor tinha a impressão de cumprimentar um elefante, com pernas de girafa, braços de macaco com mãos de um anão! Se os Godofrinos eram o próprio Castelo do Frankenstein, os Emengardos eram eles mesmos os Frankensteins, em todos os sentidos físicos. Mas, como tudo que é estranho no mundo acaba se tornando familiar - nem tanto, porque era evidente o desconforto dos convivas, mas sempre e continuamente disfarçado - depois de alguns minutos de adaptação, todos superavam as dificuldades de assimilação ortopédica e desconexão estética, tomando-se o devido cuidado de darem a impressão de que sabiam com quem a autoridade estava falando, apesar de não o saberem nunca pelo estrabismo e consequente a ausência de referencial visual identificável do interlocutor.

Ambientados já com relação às dificuldades iniciais de ordem física do Cacique, descritas acima, naquela manhã sentaram-se diante do altar Político Patriarcal os ofídios, adjacentemente, e o número foi cada vez aumentando mais, ao ponto da sala ficar abarrotada:

- Explique melhor esta história, Teolino! Quando ele chegou? E que raio de galhofa seria esta de queimar sua fortuna em praça pública? – pergunta ansioso, o prefeito.

- Parece que chegou ontem pela noitinha e hoje de madrugada já mostrou as suas garras demagogentas! Tá aqui, ó! – mostrou novamente o cartaz que brandira anteriormente à porta, ao longe - E para abreviar o assunto, vou ler o tal Manifesto para o senhor, ilustríssimo, porque não sei explicar de outra forma, ou de forma nenhuma, a vileza que provavelmente se oculta em letras desenhadas por algum exímio gutemberguiano da capital – Diz Teolino, ajustando os óculos e dando uma pigarreada por duas vezes, como era de seu costume (até mesmo no palco da Câmara Mortuária Municipal quando de um "pronunciatório" – neologismo local incorporado à narração! Ai meu Deus! - retumbante: tanto que seu discurso sem o tal pigarro parecia desgarrado da importância que se lhe era concebido. Sem pigarro, sem relevância, sabiam seus ouvintes; dois pigarros então, vixe nossa!). E leu, sem titubear:

"Manifesto Contra o Dinheiro"

I – Desde as eras "babelescas" – neologismo, não explico mais! - o homem é corrompido pela filosofia pesteada de que é preciso existir um intermediário entre seu trabalho e o que este realmente vale, e como forma representativa deste valor abstrato, criou-se a moeda. Antes, era o sal, e aí o termo salário. Depois representado pelo ouro, a prata, o cobre etc.;

II – Acontece que, com o passar do tempo, o dinheiro, como símbolo de um valor, passou a ser o "próprio valor";

III – Agora, chegamos a um momento na história da humanidade no qual o dinheiro perdeu totalmente o sentido, já que tem "vida própria". Ele, o dinheiro, reproduz a si mesmo como células cancerosas, gerando uma riqueza que não existe;

IV – Exemplos disso, não faltam: Bolsa de Valores, commodities, Dívidas Públicas, etc.

V – Seis vezes a riqueza do mundo atual não existe na forma pecuniária representada pela sua forma convencional e real, a moeda: são apenas papeis e números, constantes em relatórios que, em sua maioria, ainda são tão fraudulentos quanto o sistema que lhes emoldura;

VI – Levando-se em conta o futuro, para que seja possível realmente gerar toda esta riqueza que não existe, concluímos facilmente que sacrificaremos a própria humanidade através de passivos ambientais, guerras, extermínio de inocentes, etc.

VII – Tendo em vista o exposto e se ainda nos resta um mínimo de civilidade e humanidade, o único caminho para a salvação da terra é começarmos a queimar todo o dinheiro que existe, a começar pelo nosso próprio e depois o dos outros. Só assim o dinheiro recuperará seu valor e o mundo voltará ao normal, apesar dos anglo-saxônicos, que logo tratarão de recriar o inferno financeiro se não os impedirmos!

VIII – Ainda que a Constituição nos proíba de queimar nosso dinheiro em moeda nacional, não nos proíbe de queimarmos promissórias, títulos da Bolsa ou outra moeda, e por que não a pior delas, o dólar?

IV – Sim, porque se ao nosso país é proibido pela Constituição emitir dinheiro a não ser por títulos da Dívida Pública a juros exorbitantes junto a bancos privados, o dólar é pior ainda, já que nem lastro tem, porque o ouro já deixou de o sê-lo faz tempo. É dinheiro puramente imaginário, com um único lastro, o bélico, fato que não impede dos chineses lhes comprarem também as divisas, mestres que são também na arte do ilusionismo socialistório;

X – E justamente por este motivo, depois de ter amealhado promissórias, papeis da bolsa e dólares equivalente ao patrimônio acumulado de gerações de minha família, irei queimar tudo que é meu e acumulado pelos meus ancestrais, exatamente no dia da Proclamação da República, na praça Diógenes de Queiroz, o fundador da cidade.

Subscreve, estimadamente, aos compatriotas mundiais

Godofrino IV, o "Queima-Dinheiro".

Após a leitura do Manifesto, um longo silêncio pairou no ar, tão denso que a fumaça do charuto do Coronel Malafaia parecia enrodilhar-se no pescoço de Dona Fina. Malafaia era um devoto conselheiro adesista inconteste do Pândego Mor, mas de patente graduada realmente pelo exército, necas de pitibiriba. Não passava de um caudilho que arregimentava mercenários em troca de viveres de sua bodega, conforme a conveniência política da pendenga: a principal delas foi a de colaborar com o Exército e grileiros no massacre de caboclos que se insurgiram contra o confisco sem pagamento de suas terras para a instalação de uma ferrovia gringa com os fins de saquear a madeira do solo da Mãe Gentil - tão gentil que acabou se transformando em puta! - Grandalhão, nariz achatado, vermelho e inchado pelo uso prolongado da bebida, botas de cano longo sobre a qual enfiava as "pantalonas" ao estilo gauchesco, contando uns cinquenta e poucos anos de revezamento entre a covardia e atividades comerciais de aliciamento de bugres e outros escravos que trabalhavam em troca de vales de alimentação que eram negociados exclusivamente em seu estabelecimento, no qual se acrescia cinco vezes o valor de tudo que era vendido, de modo que a dívida sempre aumentava e não seria paga pelo salário nunca; cercado invariavelmente por capangas, com sotaque castelhano carregado, punhal na cinta, olhos turvos de lodo del Chaco, cabelos encaracolados sobre os quais se alinhava uma boina surrupiada de algum soldado morto, balofo, cujo ato de bravura, um único sequer, nunca tivera e nem cogitara, mas sempre a tocaia.

Toda a matilha, no entanto, que esperava um adendo esclarecido, nem prestou atenção em Malafaia, mas olhou de soslaio para o professor Albuquerque que, em seu impecável terno de linho, sabia-se, era o mais sabichão da colmeia. Tinha o defeito de sua coluna cervical ter crescido além do pescoço e por isto curvara-se e seu corpo parecia um caniço balançando ao vento, olhos saltados como os de um lagarto, os quais pareciam girar num ângulo de 360 graus enquanto discorria sobre algum assunto, esguio, sapatos de camurça, cabelos ruivos penteados com esmero, rosto fino, com linhas profundas de marcas do tempo em volta do nariz que lembravam os trilhos deixados por uma carroça na lama em um lago em tempo de estio, o único em Capinaim com diploma universitário à distância pelo Instituto Universal e até do SENAC:

- Não entendi porra nenhuma! - Afirmou Aminoácido – O homem então quer queimar seu dinheiro para salvar o mundo? É isto, mestre Albuquerque? – inquiriu rispidamente, esfregando o talo da bota no chão de madeira, como era de hábito quando ficava nervoso.

- Hunnn... Ao que parece, é! E o vernáculo está bem embasado de floreios – resmungou Albuquerque, começando a caminhar por entre a cáfila, percebendo a importância que se lhe dava num momento como este, de necessidade de conhecimentos gerais de economias e políticas, apesar de ser professor de outra área, a de biologia: profissão a qual nunca exercera, preferindo a de barbeiro, com diploma do SENAC - Mas este gesto tresloucado pode lhe render dividendos políticos como suposto homem desapegado de bens materiais, um mártir de um "outro mundo espiritualizado", se é que podemos explicar assim! E digo mais: pelo letramento pintado, o homem andou estudando psicologia e paleontologia! Não se pode subestimar um homem desses! Não se pode subestimar! Ele vence a eleição em uma semana! E queimar a fortuna de sua família, Dr. Aminoácido, em contrapeso politico, está fora de questão, mesmo porque a ideia original já foi dele! – filosofa o barbeiro biólogo.

- E não se diga que não é louco o suficiente! Afinal, o seu apelido, "Queima Dinheiro", vem de que? Lembram? - argumenta afoitamente o vereador Eustáquio, do Partido Popular para Sempre, lembrando o passado folclórico de Godofrino no município - Era uma nota queimada na praça "disfarçadamente" como papel de palheiro, o Joselino jura que viu; outra ali, da qual acabou restando somente as barbas do Tiradentes, no bordel, que o diga a Marianinha Meretriz; outra lá na própria Câmara de Vereadores, sem que houvesse testemunhas, no banheiro, não é Teolino? E foram tantas vezes... O fato é que, onde Godofrino andou enquanto esteve por aqui, sempre se soube deste seu costume doentio! Provar é que são elas! E ele sempre vinha com aquela cara de gato lambido: "Eu? Queimar dinheiro? Não sou louco!" Agora sabemos que é, e não é só isso, andou procurando fundamentos mundiais para justificar sua doença! Tornou-se praticamente imbatível em sua louquidão!

- Eu? Queimar todo o dinheiro de minha família? - atropela Aminoácido, respondendo ao Albuquerque extemporaneamente - Mas nem pensar! Não sou doido! Dediquei a minha vida ao dinheiro e depois ao povo, como vocês muito bem sabem já que também são agraciados por este regador gigante que pinga democraticamente a todos os meus subalternos verbas indenizatícias – eles erram o português, e eu tenho culpa? - pela amizade fortificante como o Expectador

Fontoura! Esse homem veio é para incomodar nossa pacata cidade, exatamente como o pai e o avô e a família dele inteira sempre fizeram! São uns lazarentos! Pois o feitiço vai virar contra o feiticeiro – Afirmou Aminoácido, convicto de sua maestria na arte da política – Em revide façamos outro escrito ao meu modo, mas sem assinatura. Anota aí Juraci, neste papel de pão mesmo: "Se o filho pródigo Godofrino IV quer mesmo ajudar ao mundo, ao invés de queimar o seu dinheiro, devia doá-lo a uma instituição de caridade ou a pessoas necessitadas! Isto sim é que é ser justo e Católico Ortodoxo e não uma besta elevada ao quadrado, sem Deus e amor ao próximo, a qual quer esbagaçar sua fortuna de forma egoísta e prazerosa, num mundo de tanta carência e precisão". Curto e grosso! Pode mandar por no Jornal do Arnaldo na edição de amanhã mesmo, letras garrafais, em sigilo do escrivinhante, deixando suposto como editoração jornalística do próprio "O Democrata". Acerte o comumente acordado do financeiro entre as partes, com o acréscimo de uma garrafa de Gim para o bêbado do metido a gutembergiano fajuto! Ainda temos que pagar a imprensa para apagar o fogo do terrorismo eleitoreiro provocado por lunáticos... Que merda de democracia é esta, a Republicana? Para que Três Poderes, como imaginou aquele tal de Mesquinho, se estes se resumem num só, o do dinheiro? – cacareja Aminoácido, esfregando o talo da bota ainda com mais ímpeto no assoalho avermelhado pela cera "Sabiá", demonstrando sua completa insatisfação com o surgimento do adversário político, de supetão e ainda empunhando um tal manifesto acerca do qual entendera patativa.

- "Mesquinho" não, Doutor "Nóbris Causa", Montesquieu, Montesquieu, o francês! E pega mal criticar a República publicamente ainda que surja pleno pleonasmo – cochichou sagaz e rapidamente ao ouvido do Monarquista, o mestre Albuquerque, procurando corrigi-lo de uma gafe nomenclatícia e possíveis consequências políticas pela crítica ao sistema vigente! Sendo prontamente atendido pelo errorex do orador:

- Francês ou não, esse Mesquinho, para quem não sabe é "Montesquer" – errando a pronuncia novamente - assim dito como escrevinhado, porque aqui na Sesmaria não hão de se criar comunistas disfarçados de macarthistas e vice-versa, como bem dito na Rádio Nacional pelo Lacerdista, criador de nosso Partido Para Sempre (PPS) Não somos destratantes de contratos republicantes, apenas reverenciamos os falecidos imperialísticos em memória postergada! Pois que saibam todos: nesta cidade, tem quem cavalgue selvagens polidiomas, sendo o maior deles, o Latim, sacramentados pela Santa Madre Igreja! E teje dito!

Após estas palavras contundentes, e percebendo os presentes o nervosismo do alcaide, seguiu-se uma saraivada de palmas que tiveram como alvo o plano bem engendrado do político... E dissolveu-se o cardume em águas turvas de mediocridade.

Acontece que o assunto do Manifesto foi ganhando proporções cada vez maiores no vilarejo após a publicação anônima, arquitetada pelo prefeito, no matinal "O

Democrata". Do cartaz de Godofrino poucos entenderam o real teor, pois mal sabiam ler. A versão corrente de maior prestígio popular era a de que o fim do mundo estava próximo. Só isto explicaria com mais racionalidade o motivo de um homem tão rico queimar toda sua herança: não poderia aproveitá-la! Jesus Cristo viria antes ou um cometa se chocaria contra a terra! Afinal, desde que o mundo é mundo, quem tem dinheiro quer ter mais dinheiro e não ao contrário. Outra versão de menor envergadura no entendimento da população era a de que o desmiolado havia contraído uma doença terminal no coração da África, a qual passou para o seu próprio coração! Uma lombriga gigante, como a Solitária, havia se apossado de seu cérebro após o Escalafobético ter comido carne de macaco ou morcego!

O enclausuramento de Godofrino, evitando maiores explicações sobre a finalidade última de suas intenções, assim como a própria lembrança de sua personalidade caricata enquanto habitara no município, engrossava o caldo místico que cada vez aumentava mais, naquela espécie de Liliputi: os trajes espalhafatosos, seu pouco "conversê", sua formação supostamente erudita – pós graduado em Ciências Ocultíssimas no exterior do Haiti e economicista pela Universidade de Quatro Costados em Rivera do Iguaçu, em Hernandárias das Patagônias do Sul - suas respostas triangulares a um simples bom dia, suas fanfarras "gramofonais" – neo, de gramofone, ué? - que se ouviam a distância no condado vindas do Bólido pelas noites, o fato de não ter contraído núpcias e muitos outros motivos que não caberiam em compêndios. Tudo se encaixava em um perfil messiânico, e agora, ainda mais, após longa e misteriosa permanência nas "oropa", Índias, Venezuelas, sabe-se lá por aonde, dando-se subitamente ao banimento, de onde agora voltara com uma extravagante barba branca, e finalmente, depois de incendiar a cidade com o tal Manifesto, abrindo esporadicamente, por dias, a cortina da quase janela, para mirar altivo e friamente a patuleia da sacada, além dos graduados portalões de metal, dando a nítida impressão de não dar a mínima aos expectadores – não só aos de sua cidade, mas os das cidades vizinhas - que já se aglomeravam como formigas a espera de migalhas em frente a sua casa para pedir-lhe que se lhes doasse algum dinheiro, ao invés de que sumariamente o queimasse. Por outro lado, mesmo com os apelos do bispo para que não houvesse adesões dos católicos, surgiram mais de uma dezena de seitas apocalípticas de várias tendências e credos em apoio a Godofrino IV: "Os Santos sem Dinheiro dos Últimos Dias", "Os Católicos Apostólicos Sem Dinheiro", "Os Presbiterianos Renovados Rasga Dinheiro" e por aí vai... Alguns fanáticos mais exaltados chegavam até a queimar notas de cem mil réis ou minguados que traziam nos bolsos, sendo em seguida levados ao cárcere que ficava logo abaixo da Câmara, por "crime à economia nacional" - como se regia nos idos a legislação e até aos dias de hoje: quem pode, pode, quem não pode se sacode, do prendo e arrebento, e toda a cantilena da CIA à Guestapo à KGB. Mas já não cabiam tantos no rol dos criminosos presos por tal delito no pequeno cubículo improvisado como delegacia, a tal ponto que não houve maneira de deixá-los enjaulados por muito tempo. Soltavam-nos, mediante fiança, a qual antes mesmo de ser entregue era novamente queimada e a cada nova soltura comemorava-se veladamente uma vitória de Godofrino IV.

Promoveu-se também, como estratégia do prefeito, o bloqueio à imprensa, às burras dos cofres do município, já que Aminoácido temia que a notícia de se "queimar dinheiro" ganhasse dimensões ainda maiores e, caso se alastrasse a menção destes acontecimentos, os grandes olhos "sensacionalistas" dos meios de comunicação por certo não se deteriam somente em Godofrino, mas nas prestações de contas esdrúxulas do município e o superfaturamento de obras, entre outros "poréns" da administração pública pouco ortodoxa do ponto de vista contábil e moral, de Emengardo, como era da tradição não só da sua família, como também da dos Godofrinos, diga-se de passagem. De modo que, por enquanto, no boca a boca, a história havia chegado apenas aos povoados circunvizinhos. Em sendo assim, faltando ainda quinze dias para o evento dantesco da suposta queimação da fortuna, alguém teria que por fim a sanha ensandecida de Godofrino, segundo o entender da maioria situacionista:

- Não deu certo! O recado jornalesco não resultou no esperado e só aumentou o alvoroço! Ainda que a população esteja dividida sobre o fato em si, o filho de uma ronca e fuça só aumentou a atenção sobre si mesmo! O caos apocalíptico e eleitoreiro está instalado! Ele venceu! – diz Teolino, em reunião de emergência convocada, pela vara, de madrugada, dois dias após a avolumação do rebuliço manifestício.

- Também acho! Também acho! No prosseguimento desta revelia, logo os jornais da capital estarão todos aqui! E vocês sabem como jornalista escarafuncha feito porco procurando guabiroba no lodo! Nós temos que tomar providências mais drásticas... Ou mandamos prender logo o Godofrino ou então achamos outra solução mais, digamos, republicana, como colocar veneno em sua comida e simular um auto suicídio. Fama de louco ele já tem mesmo! – radicaliza o Coronel Malafaia.

- E o senhor, professor Albuquerque, o que acha? – pergunta Aminoácido ansioso em saber a opinião do mais erudito.

- Qualquer solução mais pirotécnica, em meu entender, aumenta o quiproquó! – diz o esquálido professor - Vamos seguir na linha democrata republicana mais tênue! Um auto suicídio premeditado não pegaria bem, haveria desconfiança mútua provocada pelo morto apontando o dedo entumecido para a alma dos viventes que teriam júbilo pela sua morte assassinada. O povo já não é tão burro como outrora, apesar de continuar levando a mesma carga com viseiras nos olhos e o chicote no lombo! Agora já demos linha demais para o traíra! Se puxarmos com força, ela arrebenta! Está no talo e não cansou! Qualquer ato genocídico vai aumentar a fama do herege. Vai virar mártir de qualquer modo! Pior, um santo! Aí vão culpar a gente e qualquer Zé Povinho que se candidate leva a parada! Sou a favor de usarmos das psicologias, essa poderosa máquina engenhativa criada pelo homem, capaz de ludibriar até mesmo a mais endiabrada das criaturas...

- Seja mais preciso, professor! Agora nos restam exatamente "dezeassete" – eles falam assim - dias para o pleito municipal! O tempo "ruge" e muitos nesta sala não estão à altura do seu conhecimento enciclopedístico e de Almanaque Renascim! – resmunga o titular do Administrativo, referindo-se, por último, a um livreto muito comum àquela época, que continha frases de pensadores seculares juntamente a receitas caseiras, cujo nome fazia publicidade de um xarope.

- Pois bem... pois bem! Os apelativos emocionais da mendicância e o fator jornalesco parecem não afetar o detrator, mas deve ter alguma coisa a qual ele seja apegado! Um parente distante, uma amante, um amigo... Proponho que pincemos um intermediário para um conciliatório no aparte com o fulano. É melhor uma trégua momentânea do que uma derrota rocambolesca! Tempo! Nós precisamos de tempo para saber o que se passa pela sua cabeça doentia e qual a finalidade escondida por trás dos imediatísticos. Então, que ideia melhor do que alguém que prive da intimidade do sujeito e que vá lá e convença o infame a queimar no máximo um maço de notas, para efeito simbólico, para que ele próprio não se sinta no vexatório de prometer e não cumprir: já que sabemos por experiência politiquesca que é homem de orgulho familiar mumificado como o pai e o avô... E desta tentativa diplomatesca, bom, se tivermos sorte, a história finda por si mesma, nos arredondamentos emotivos, porque uma vez adiada ou diminuída a peripécia, nunca mais terá a força que tem agora de cavalos galopantes em inclinada ribanceira! O que acham?

- A ideia tem procedimento político, além de ressonância magnética! – diz Emengardo - Mas onde vamos achar alguém com quem este pica-fumo tenha tido alguma intimidade alguma vez na vida? Eu não alembro de ninguém, "arguém" alembra?

- Pois taí... alembro de arguém! E não era a própria Marianinha Meretriz que era a sua predileta na casa da luz vermelha, no Bordel Flor de Lis? Ele andou com ela, era sua preferida. E vai que a puta nos tira dessa? Melhor que o padre, já que o excomungado nunca pisou uma vez sequer no Sacratíssimo da Santa Madre Igreja! – sugere Teolino, com tanto entusiasmo que quase derrubou o copo de pinga da mesa da Bodega do Onofre, Q.G. usual da alcateia.

- Hunn! Pode ser que dê resultado... Não custa tentar! Afinal, homem é homem, mesmo que seja desencarnado de juízo! Mas a Marianinha já não tá meio passadinha? Quer dizer tá véia, iguar ele, já que a vida de meretrício não é fácil e ela passa dos cinquenta. Quer dizer, ela podia ir junto com uma mais novinha, a tal de Ritinha Boca-de-Veludo, recém- chegada e predileta dos coronéis, se é que me entendem! Nunca a vi, só ouvi falar! Hun Hunnnnn – pigarreia e emenda - Onde uma entra com o emocional, a outra entra com o carnal, dizendo no bruto, os dois juntos surtem mais efeito, como fazemos nos conciliatórios democráticos com a vereança: ou é cargo ou é ajuda patrimonial, ou os dois juntos conforme o calibre da votação! – emenda Emengardo, valendo-se novamente de sua experiência na arte da barganha política.

- E o que vamos oferecer para as mariposas? Afinal, Rosilda dos Anjos, a cafetina, proprietária do Flor de Lis, tem nariz de sobra para sentir o cheiro de maracutaia de longe, e não vai deixar barato! – afirma o Coronel Malafaia, olhando intempestivo pro Executivo.

- De fato, por caridade é que não vai ser! – emenda Aminoácido dando anuência ao argumento – Mas como o caso é de urgência catastrófica, não podemos correr riscos! Malafaia! – fala em tom severo como um general alemão dando ordens aos soldados no auge da invasão do Corredor Polonês - você que é o mais enfronhado com as mariposas, e não venha negar que eu conheço os curriculares do meu eleitorado, vá lá e prometa de vez a Secretaria do Sanitarismo na próxima vigência prefeitícia, para a fulana cafetina! E nem pisque...

- Mas... mas... a do Sanitarismo era para ser minha, Aminoácido! E os meus mangueirões de porcos, como é que ficam, se baixa a fiscalização do Estado por aqui? – retruca Malafaia.

- Eu falei nem pisque! Nem pisque! Ou não tenho nem poder decisório para destinar benesses em tempos de defesa de fronteira contra salteadores? Para voismeçe Coroner, podemos criar uma Secretaria especial! Deixe matutar! Deixe matutar! – raciocinava pari passo em que começava a bater a bota no assoalho, o que não era bom prenúncio: até que uma ideia iluminou o seu semblante – E que tal criarmos a Secretaria dos Assuntos Noturnos? Aí convém? Aí voismeçe coroner já tem motivos para dar para Dona Carlota de modo a sair toda noite, porque a desculpa do carteado já tá minguando... e o falatório é grande de oçe com as putaiada!

- Mas, Prefeito! - afirma Teolino – E como vou aprovar uma Secretaria dessas na Câmara? Assuntos Noturnos? O que uma secretaria dessas vai fazer?

- Ora, Teolino! – devolve o prefeito - o senhor que é tão versado na política, ainda me vem como uma dessas? Nós vamos inaugurar a primeira prefeitura vinte e quatro horas por dia! E para que serve? Quer exemplo melhor que a mortandade? Defunto não tem hora para morrer, aliás, morrem mais a noite por tradição! Pode vê! Defunto nasceu para incomodar! Eu mesmo tô cansado de atender viúva e parentes pelas altas horas da noite por motivos defuntórios! Com a tal Secretaria de Assuntos Noturnos, foi-se um para o País dos Pés Juntos, tá lá o Malafaia para as condolências! Faltou luz noturnicamente? Liga para o Malafaia! Caso de traição, muito comum à calada, tá lá o Malafaia na porta da corneada ou corneado, para amenizar o drama em nome da administração! Assunto de Assombração, muito comum também na escuridão, já que de dia ninguém vê fantasma, aí entra o Exorcismo Municipal em convênio com a Madre Igreja! Quer mais o quê? Mais que isso, só sendo o prefeito diurno, dizendo mió, eu mesmo!

- Mas aí não é muito trabalho para mim, Aminoácido? Como vou ficar com tempo para... o senhor sabe... para o que realmente interessa? - reclama Malafaia.

- O que realmente te interessa são as mariposas e para isso o senhor vai ter tempo de sobra! É pegar ou largar! O senhor quer o quê, além disso? As coisas mais interessantes desta cidade acontecem à noite! Imagine o poder que o senhor vai ter sabendo de coisas que nem eu sei! – afirma desta vez mais enérgico, o Executivo, voltando a esfregar os tacos das botas no madeirame, sinal de que era bom não discordar.

- Então tá tudo acertado, vou para o sacrifício em nome dos cidadãos de Capinaim! O espírito republicano deve prevalecer sobre o egoístico, mormente em tempos conjunturais de extremismos terroristas e...

- Chega Malafaia! Chega desta papagaiada! Vai lá falar hoje mesmo com as mariposas que o tempo tá mais curto que perna de cobra! - despacha o alcaide, já levantando da cadeira e pondo fim ao concílio.

Lá pela uma da manhã, depois da desculpa do carteado para Dona Carlota, Malafaia vai ter com Rosilda dos Anjos, no meretrício "Flor de Lis", num aparte nos fundos do bordel, exclusivo para clientes de alto coturno.

Era assim delicada, Rosilda dos Anjos, ou Rosa como simplesmente a chamavam: uma tez desenhada em crepom que nem de longe lembrava as donas de bordeis pintadas por Toulouse-Lautrec, com faces matronas, mas dele as cores vivas em olhos de pérolas azuladas que pareciam refletir sempre as luzes do bordel onde quer que fosse com uma piteira longa, através da qual restava sempre a fumaça fugidia, como a esconder parte de algum mistério. Rústica no palavreado o era, porém, qualquer leque erguido em suas mãos finas, com dedos abissais e anéis de turquesa, diluía o português crasso ao ponto de hipnotizar o ouvinte, o qual logo descia o semblante para sua cintura fina e o andar como que emoldurado, mas escapando sempre do olhar do mais atento dos pintores, pois não cabia onde se queria enquadrá-la, lúcida e liquida, amoldava-se ao ofício e parecia distante dele com a coluna ereta sustentada pelo pescoço esbelto e os cabelos encaracolados e ruivos que contrastavam com a pele extremamente branca. A margarida vermelha que carregava, semioculta por uma madeixa, fazia explodir nos cabelos a coroa de pólen amarelo assim do nada, como que uma medusa em coral colorida e os vestidos cujo tom preferido era um lilás escuro importado de um rouxinol, do qual se imagina o canto perdido em alguma floresta da Ásia ausente, mas jamais esquecido, como na fábula de Andersen: e seu entonar de voz, realmente, às suas meninas, ao subir e ao descer as escadas do meretrício, deixando cair com leveza algumas notas e pétalas, tornava menores as agruras de quem vive para amar de tal modo que vai deixando em cada um o seu amor de viver.

Mas o espírito dócil de Rosilda só se permitia às suas "funcionárias", restando aos outros, nos negócios, as garras felinas de um animal que aprendera a lutar pela presa que conquistara. E foi sabendo disso que Malafaia tentou levou a cabo sua missão:

- Bom, Dona Rosilda, vim a mando do Prefeito que anda pensando em lhe fazer uma agraciação, um benfazejo - afirmou em tom suave, melindrosamente, como que se escondendo da patada - em reconhecimento ao bom trabalho que a senhora vem realizando nestes trinta anos de meretrício em nossa cidade: levantando a moral dos viúvos solitários e de todos os homens insatisfeitos no casamento! Em palavras menos rubricadas, quero dizer que quase todos os sem vergonha desta cidade, se não fosse a iniciativa privada criativa de voismeçe, já teriam terminado seus matrimônios!

- Hunnn... benfazejo... sei! – Diz Rosilda, já desconfiando, cruzando as pernas e tomando delicadamente um licor vagabundo, sentada numa confortável poltrona de feltro vermelho, presente de um cliente endinheirado da cidade para uma de suas meninas – Ah! Diga logo o motivo de sua visita Coronel Malafaia, que eu não tenho tempo a perder com lengalenga! Hoje, a "Casa" tá cheia! Mas, pensando bem, nem precisa dizer não, eu acho que até sei! O lustroso Aminoácido já deve ter tomado assunto que chegou uma belezura nova aqui lá do Sul, não é? Eita menina dengosa, educada e cheia de delicadeza... nem parece mulher de puteiro! Acertei? O prefeito quer conhecer a carne macia cheirando a jasmim da menina? Da Ritinha Boca-de-Veludo? Pois é só negociar o preço em espécie, mas sem promessa, porque promessa de político não paga minhas notas promissórias nem o acomodamento das quengas que, aliás, está péssimo, e ainda mais com estas exigências do sanitarismo...

- Mas então chegamos justamente ao ponto ao qual eu queria chegar Dona Rosilda, como chegaria um cavalo cego ao cocho, na instância momentícia da fome...

só pelo olfativo! – Aproveita-se Malafaia do gancho da cafetina – Igualmente a senhora, eu sou homem muito prático nos negócios. Não vou ficar de rodeios. A situação é tal envergadura psicotrópica que o Vitalício encarregou-me de encaminhar à madama uma proposta empregatícia na próxima legislatura, precisamente a Sanitarista, a qual, a meu ver, é irrecusável em virtude justamente de seus problemas... E tudo isto... em troca de um favorzinho que, para a senhora, não custará praticamente nada. Para que voismeçe tenha uma ideia esquálida do assunto, esta preciosa vaga no sarcófago burocrático era para ser minha, pelos méritos de anos de dedicação aos Emengardos... E não é uma promessa qualquer como a destes romeiros ao pau esculpido de santa que todos sabemos o pároco andou jogando no rio para ser achada depois por acaso pelos pescadores! É assunto político sério Dona Rosilda, o qual exige sigilo absoluto e presteza no cumprimento, porque abala os pilares da democracia e dos bons costumes, colocando em risco a ordem democratícia estabelecida...

- É! Pelo reboco novo não é coisa de Igreja velha! Mas é promessa... e promessa político não cumpre! – responde secamente a cafetina – Mas se o senhor se dispõe a prosear sobre o tal segredo que me exige o favor... de posse dele, posso colocar um preço que me agrade!

- Aí que tá madama! De posse do segredo, não tem volta! Ou é inimiga ou vai compor o panteão dos privilegiados pela estima do Vizir! Se inimiga, por mais que o Benevolente lhe tenha estima bordada com fio dourado na lapela, não vai pestanejar em fechar o prostíbulo atendendo a carolagem do Padre Miroslavo que ronda o paço pedindo a sua cabeça como a de João Batista em uma bandeja, nem que para isso todos os infiéis tenham que andar no lombo de um jegue cinquenta quilômetros para se deleitar com as mariposas da casa da Lindamira, sua desafeta por sinal, em Bracatinga, o município vizinho...

Rosilda empalideceu, dando a entender a gravidade da situação e da ameaça. De fato, as velhas moralistas do Padre Miroslavo renderiam votos ao prefeito e não custaria ao alcaide optar por uma aproximação com a Igreja, já que sua relação, a da cafetina, com a carolagem não era das melhores. Ingênua Rosilda não era! Pensou rapidamente que, pelo desespero que levou o Coronel a utilizar munição pesada, o segredo não era pouco. Podia fingir alistamento à tropa para ganhar tempo - já que, como dissera o preposto, o favor "não lhe custaria praticamente nada" - para analisar como poderia utilizar essa informação depois, no sentido de equilibrar a gangorra. Conhecedora da arte da negociação, por trabalhar durante anos no mercado negro de tráfico de carne humana, resolveu mudar de estratégia:

- Coronel, o senhor sabe que devemos muito aos Emengardos pelo alvaramento de nosso estabelecimento após a saída dos Godofrinhos da prefeitura. Se nossos adversários deram seu dízimo para a carolagem, nós, em retribuição, sempre contribuímos em espécie carnal com a corriola do atual administramento, tanto aos amigos do secretariado, como dos figurões da capital que por eles são indicados em visitamentos oficiais, oferecendo nossas melhores meninas a preços módicos, além, claro, de exigir das mariposas o suplício da pedição de votos para os clientes em épocas eleitoreiras. Para o assunto ser de tal envergadura, como o senhor mesmo diz, deve ter algum picotamento com a chegada do Godofrino na cidade... tô certa ou não tô?

- Na mosca Dona Rosilda! Na Mosca! Mas a senhora já está sabendo? – indaga meio inquieto Malafaia, espantado com a capacidade de discernimento político da cafetina.

- Na cidade só se fala disso, como não avera de saber? Pregou um cartaz até aqui perto do meretrício sobre um tar manifesto de queimação de dinheiro, ou sei lá o quê! Não faço a mínima ideia do que seja isto, mas pelo barulho dos letrados, não é pouca coisa! E não foi nem um nem dois que desabafaram com as meninas que o homem pretende disputar a prefeitura com chances de levar, já que o mundo vai acabar mesmo, segundo dizem, ou ele pegou uma doença esquisita comendo carne de macaco com lombriga!

- A madama, além de pessoa requintada no entendimento da espiritualidade animalesca do ser humano em afogar o ganso, também tem tino para a política! – cacareja Malafaia – É de pessoas como a senhora que precisamos para vestir o manto administratívico de Capinaim.

- Secretária Sanitarista? Hunnn... para o Emengardo gastar tanto cartucho com uma dona de bordel, a coisa tá feia mesmo! Mas o que eu teria que fazer exatamente num cargo secretarial de tamanha ejaculação, coronel? – indaga ambiciosa, a cafetina.

- Tudo que a senhora queria... primeiro arrumar a vida das mariposas! Acredite em mim, cargo municipal não carece de entendimento nenhum, a não ser o politiburro: basta ter assessoramento de outras patentes privadas diplomadas. A Madama vai ser uma ótima Secretária Municipal de Sanitarismo pela própria experiência de vida nas partes baixas holandesas! Muié entende de muié e muié é o que mais fica doente em Capinaim, ou de porrada de marido, ou de outra moléstia qualquer, mormente dor de cabeça para não abrir as pernas quando o marido está sobrecarregado de sêmen na cabeça! E disso a Madama entende bem, não é?

- Agora não sei quem está mais lelé da cuca, se é o Prefeito ou o Godofrino que promete queimar toda sua fortuna! E o que a carolagem vai dizer?

- Deixe de ser modesta, dona Rosilda! O que vão dizer? Ora, o que vão dizer! Quem trabalha tantos anos com as partes baixas, tanto masculinas como femininas, entende mais do que ninguém de Saúde Pudica! Em dez anos de meretrício instalado, foram o que de malefícios genitálicos? Uma gonorreia aqui, uma herpes ali, uma sífilis contraída por um mascate que ninguém prova que pegou aqui... e todos sabemos que não foi... né? Quer currículo melhor do que esse? - bajula a cafetina, o enviado do prefeito - Se a senhora cuida tão bem de Sodoma e Gomorra, o que não faria em um Vaticano como Capinaim? – finaliza o coronel, orgulhoso do raciocínio geográfico e periférico, com um largo sorriso por debaixo do bigode e uma baforada de charuto.

Rosilda agora estava ainda mais convencida de que tinha uma oportunidade ímpar de tirar o pé da lama. Um ameaçamento e um agraciamento de tal porte, só poderiam vir embutidos de um interesse elefantal! Não havia outra opção se não pular na chalana e descer o rio:

- Pois que seja, Coroner! Pois que seja! Como a promessa e o tiroteio foi grande, em nome dos laços de carne e sangue virginal que dividimos todos esses anos com o Administratívico, vou aceitar a proposta. Mas quero um documento promissório escrito e assinado pelo senhor de que este agraciamento será cumprido. Se eu for para o inferno, o senhor irá junto. É minha única exigência! – arquiteta Rosilda.

- Pois fechamos negócio agora mesmo! Dá-me aí o papel que assino, porque o importante é a saúde mental e sexual do município! – vocifera o interlocutor, vendo já a bom termo o entendimento de ter a mulher como aliada no sentido de forçá-la a enviar Marianinha para sua missão e intermediar o assunto sem delação. A cafetina, porém, depois de inteirada do plano, sabedora de como se aninham as penas molhadas dos gansos republicanos após a chuva, nas ditas democracias liberais, decide tomar certas precauções:

- E nem pensem que vão me achar com a boca cheia de formiga no Rio das Mortes depois da votação eleitoreira, sem que este assunto seja motivo de inquérito policial desgranhento neste arraial! Vou enviar a promissória para uma amiga minha da capital que ninguém conhece por estas bandas... Ela é escolha pessoal de acasalamento de um graúdo do Exército! Ou tenho cara de Maria Madalena, para levar pedrada sem abrir a boca? Vou conferir assinatura e tudo e "ai" de quem for caruncho roedor de promessa!

- Deuslolivre Rosilda... isso nem passou pela nossa cabeça! O assassinato do Filadélfio não foi obra dos Emengardo, todo mundo tá careca de saber! – referindo-se à morte de um frequentador da casa, cujas suspeitas de ser o mandante recaiam sobre o prefeito - O homem era amante de mulher casada e isso sempre acaba em fatídico! – reage o Coronel diante da acusação velada de Rosilda que se lhe dariam um acabamento de queima de arquivo depois do pleito municipal!

- Sei, sei... foi só coincidência ele ter avisado antes uma mariposa nossa que se morresse a culpa era do Emengardo por estar de esfregamento com uma quenga dele? Tenho minhas cartas na manga, Sr. Coronel! Tenho minhas cartas na manga! Mandei a menina para o Cafundó do Judas, mas sei muito bem aonde ela tá... e ainda pode reabrir inquérito e boca, se tiver a laqueadura de um inimigo de oçeis como o Godofrino! Então não brinquem comigo! - diz severamente Rosilda, trazendo já nas mãos um papel para sacramentar a proposta secretarial a ser enviada posteriormente ao outro Cafetão da capital.

Capítulo VI

Para onde irei?

E aí, tudo bem? – encontro-o na feira, acidentalmente e comento sobre o livro - Gostastes do "leitmotiv"? Estava sentindo tua falta, caro leitor! Quero construir uma história interativa e para isto tua opinião é deveras importante – lestes os manuscritos protótipos? - motivo pelo qual indago: para onde irei depois deste capítulo? O que se desenha de estrambólico na Cidade das Moscas, depois do aliciamento da cafetina como aliada da situação? Ah! Você acha que deixaria mesmo minha história à deriva? Que a deixaria em tuas mãos? Nem fodendo! Como já disse, sou uma pessoa que descrê de tuas habilidades criativas, não esperando nada de quem me lê, a não ser fechar abruptamente o livro e taxar-me de chato! Chato é você, seu sem assunto! Sei muito bem para onde vou e onde tenho que chegar. O meu motivo de puxar conversa é outro. Uma coisa realmente inusitada: é que hoje, ao tomar banho, olhei pela primeira vez para meus dedos dos pés! Consegues imaginar isso? Você já viu teus dedos do pé? Assim, digo, um olhar esmerado? Pois é! Desculpe interromper esta novela, se é que podemos chamá-la assim, com uma coisa supostamente banal, mas imaginei algo quase impossível: como pode um homem não conhecer seus próprios dedos? Quais motivos levaram-me na vida, a não conhecer meus próprios dedos? Já olhou avidamente para seu nariz? Sua orelha? Você conhece sua orelha? Pois, por incrível que possa parecer, existem pessoas que passam a vida sem conhecer os detalhes íntimos de sua anatomia, mas se você faz parte destas pessoas fúteis que gastam um tempo excessivo olhando fisicamente para si mesmas, esqueça-me. Falo para pessoas que tem outros objetivos e dedicam suas vidas a observar o mundo, para entenderem como funcionam suas engrenagens, a economia, a literatura, o vizinho, a sociologia, a história, e por aí vai, mas pouco tempo tiveram para olharem para elas próprias! E estupefato descobri que meus dedos dos pés têm pelos: uma coisa realmente surpreendente. Pensei, ora eu que discorro esta estória que pretende condensar numa pequena cidadezinha o desenrolar da economia mundial recente e as artimanhas da política, emoldurar ao microscópio os parasitas que nos manipulam e como os fatos se resumem, ao final, no amor ao poder, com insólitas ramificações esdrúxulas que fogem à configuração do sistema, loucos ou abestalhados que ruminam o "dia a dia", vítimas de um modo tão simples de manipulação, iletrados, ignorantes, vazios, em suma... a sociedade do espetáculo! Mas vejam a surpresa: meus dedos do pé têm pelos, então sou primata! De fato, levando vestígios de um tempo em que ainda não havia vestimentas e proteção contra as intempéries do tempo, conclui-se que os pelos serviam para aquecer-nos! O primeiro ímpeto que tive ao vê-los, os pelos, foi o de cortar os meus próprios dedos ali debaixo do chuveiro, para livrar-me de vez das provas de minha bestialidade! Depois, civilizada e racionalmente, pensei simplesmente em depilá-los, para que não sobrassem argumentos tão evidentes de minha ancestralidade animal! Mas, derradeiramente, acabei sentindo uma espécie de orgulho. Não sou totalmente humano, sou também, animal. Isto para mim é muito útil na senda de uma literatura que não se pretende domesticada. E é com a voracidade destes pelos que indago: que animal deixa-se dominar assim tão facilmente pelo seu domador? O Cavalo? Não sem antes tentar derrubar o seu condutor! O burro? Ah! O burro menos ainda! Nenhum animal, selvagem por natureza, deixa-se dominar sem resistência! Todos lutam pela vida e pela liberdade! Mas como, pergunto embasbacado, seres pensantes, que têm pelos como nós, nos deixamos escravizar tão facilmente? Sim, nós nos deixamos! Então não espere de mim literatura amansada pela academia e pelo sistema! Não espere nada convencional! Não sou desses! Estou aqui conversando com você, pessoalmente, se assim podemos entender, e se sou um cara que não tive tempo ou interesse em olhar "cara a cara" para os próprios dedos do meu pé, não se surpreenda! Na verdade, em virtude desta descoberta, formulei até uma teoria: os dedos, na verdade, com suas pontas, nosso sistema de caminhar alavancado, enfim, nosso formato anatômico em geral faz parte, na verdade, de uma anomalia e não de um acerto, como veremos a seguir em uma palestra que dei há pouco tempo em uma universidade e transcrevo-a abaixo ipsis litteris como forma complementar de entendimento do romance, já que presumo que à doença econômica e política do mundo precede nosso formato anatômico, como a dos Emengardos e o bólido de Godofrino transmutados. Tal tese foi por mim desferida bem às fuças dos ouvintes em palestra na Sociedade Mundial Ornitorrinco, em Gutemburgo, no ano de 1942, com o pomposo título abaixo:

A origem do "enrosco"

Teses e mais teses sobre os mais diversos e controversos assuntos da vida humana já foram escritas nestes mais de dois mil anos nos quais tentamos entender a nossa existência neste planeta, sem muito sucesso ou aproveitamento prático, diga-se de passagem, e isto parece óbvio diante da catástrofe humanitária e ecológica para a qual caminhamos, enquanto repousam nas bibliotecas, físicas e virtuais, milhões de escritos esquecidos, os quais pouco ou nenhum interesse despertam na humanidade, ensandecida em sua rota de colisão com o seu próprio habitat e semelhantes. Desta forma, poucos temas nos restam para dissertarmos nas academias... Porém, ainda, com um olhar extremamente aguçado, conseguimos, procurando avidamente, abordar algumas questões originais: mas e quais seriam elas? Indagamos olhando para os lados e para a sonda Hubble que vasculha os confins do espaço sideral! Existem ainda questões originais? E quais experiências humanas que ainda não foram desvirginadas por algum sebento docente - que se imaginando um gênio, precisa concluir sua graduação universitária

- ou qualquer outro patusco, formado nestes manicômios que chamam vulgarmente de academias, em busca de prestígio e visando lucro com seus cúmplices de pocilgas empresariais, não andou metendo seu bico peçonhento? Ora, justamente as mais triviais, as experiências da vida cotidiana, as quais, por isso, passaram ao largo do mundo acadêmico. No entanto, por banais que sejam tais assuntos, talvez estas observações possam nos revelar o que somos - para quem ainda não sabe: uma anomalia, uma formiga boiando em uma placa tectônica! E minha proposta com esta palestra é justamente a de tentar entender o ser humano a partir de uma experiência social comum a todos eles, não talvez na vertente de Durkheim, e por que não também na de Durkheim? Afinal, não seria o enrosco um "fato social", coercitivo pela sua própria natureza de enroscar-se ou que se nos faz enroscar? Não é ele comum a todas as sociedades? Presidentes, Déspotas, rainhas e reis, líderes religiosos, pessoas comuns, todos sem exceção enroscaram-se em alguma coisa durante a vida, e disto podem ter certeza. Não traduzo a palavra "enrosco" na nova roupagem dada pela juventude, quando significa namorico, "caso", "intimidade sexual" ou mesmo, por outra vertente popular, um problema de qualquer espécie. Estas variações de carga semântica alterando o sentido original da palavra "enroscar", somente faculta atestar a veracidade e a importância da minha tese, motivo desta palestra: o enrosco faz parte da humanidade de tal forma que seu significado semântico estendeu seus tentáculos a uma dimensão psicológica particularmente importante, se não a maior da personalidade humana, que é o afeto, o amor. Ou no mínimo é um problema que precisa ser urgentemente debatido e analisado, mormente encontre-se debaixo de nossos narizes durante séculos. E justamente isto que muitos jovens tratam como "enrosco" é, geralmente, na verdade, muito mais que isso: são amantes, futuras esposas ou esposos (se é que já não o são), etc. "Enroscou-se com fulana", dizem! E esta conotação, reflexivamente, também nos leva a considerar o aspecto da presunção humana de se considerar o enrosco como algo de menos importância no cotidiano. Enganando a si mesmos, consideram o enrosco simplesmente um ato falho e transferem este conceito à nomenclatura que define suas relações afetivas. Ora, mestres e doutores presentes neste anfiteatro, os quais pagaram uma verdadeira fortuna para ouvirem esta palestra, não irei de forma alguma decepcioná-los! E aos que estão saindo do anfiteatro ou ensaiam risos antes mesmo de ouvirem o enredo da peça, a teia que tece o manto da sabedoria com humildade, "saludos"! Em nada me abala o pedantismo intelectual de se considerarem "menores" determinados temas, já que o enrosco, para quem o sentiu na pele, não é uma coisinha assim como parece! E caso detenham-se reflexivamente por alguns segundos sobre suas próprias experiências de vida, irão lembrar-se! Quem, em seus afazeres domésticos ou acadêmicos, não acabou se enroscando em alguma coisa, antes de uma aula, de um trabalho importante, derrubou a tinta nos textos, tropeçou ao subir à cátedra e desconcentrou-se totalmente? Apesar da ausência de literatura especifica que o comprove, não seria de igual modo difícil imaginar que um faraó do antigo Egito tenha passado pela mesma experiência, ainda que os hieróglifos não o atestem, justamente por ser o enrosco um empecilho a qualquer divindade! Compreendem? É justamente pelo fato de fazer parte inerente do nosso dia a dia, e ser praticamente banida da história e da literatura acadêmica, que a ausência de provas textuais do enrosco é derradeiro indício de que o enrosco realmente existe, mas é lamentavelmente, consciente ou inconscientemente, omitido. De Heráclito a John Reed, em qual página ou fragmento de terracota, encontraremos expressão semelhante à: "Ao desembainhar a espada, esta se enroscou, e a solenidade que precedeu a famosa frase que marcou o início do conflito bélico relevante, foi marcada primeiramente pelo olhar atônito das autoridades que acorreram ao General para evitar o desconforto de passar a imagem de um homem que mudaria o destino do mundo, ver-se embaralhado num simples enrosco". Em nenhuma, vos digo! Ora, mas qual utilidade acadêmica teria tal informação? Perguntam os incautos! Teria, e muito! Não o exigiria uma minuciosa exegese histórica? Não estava ali o enrosco, e por qual motivo foi subtraído do contexto, o imprevisível? E se toda a guerra não foi somente a continuação daquele enrosco inicial? Mas é da natureza humana procurar esconder a sua debilidade: se vamos à lua e outras 10 Apolos explodem ou falham em suas missões, qual o motivo de as escondermos? Simples: foram enroscos, e enroscos devem ser omitidos para que não denunciem a nossa fragilidade e incompetência! Acho que esta fase inicial da exposição já constitui sólido palco onde já posso sapatear minha concepção e seguir adiante sem maiores delongas!

Então, se já comprovamos que o enrosco faz parte da vida humana, qual seria a sua verdadeira natureza? A minha missão nesta palestra é a de devolver o mundano enrosco ao sacro de onde nunca devia ter saído, ou seja, do panteão da profundidade filosófica: não é uma exceção, é universal, é absoluto e ninguém pode fugir dele! E todos que passaram pela vida sem entender o que pode significar um enrosco, acabaram descobrindo tardiamente que se tivessem se prevenido ou pelo menos entendido melhor o assunto, teriam vivido muito melhor. O enrosco mexe com as mais profundas neuroses do ser humano quando nos deparamos com o fato de que, por mais que se queira dominar a vida, a matéria e seu destino, por um breve instante, um lance inusitado faz com que compreendamos que estamos à deriva. Em resposta a este sentimento de impotência, reagimos com outras atitudes ainda mais primitivas, como a raiva súbita, a irracionalidade, que pode ser ou não expressa verbalmente, quando por acaso, apressados no término de uma tarefa, deixamos cair no pé um martelo na oficina e soltamos um sonoro "filha-da-puta"! Se dominamos quase tudo, das moléculas ao universo sideral, como pudemos desavisadamente deixado cair um mero martelo, nos ferindo? Que tipo de seres seríamos nós se não dominamos nem ao menos o básico e primata ato de aderir ao objeto de forma segura, coisa que foi desenvolvida e aprimorada a milhares de anos através do complexo mecanismo da evolução? E lá se vai toda a racionalidade de um ser construído moral e eticamente durante milênios, dos primatas até a evolução sob duas pernas: e martelo tem mãe para ser chamado de filha-da-puta? É racional tentar atingir com palavrões um objeto inanimado? O que ou a quem se pretende ofender então com o palavrão? Ora, amigos e amigas, pretende-se ofender o inominável, o destino, o acaso, o improvável, o... "enrosco"! E não nos enganemos: este tipo de reação não é um ato condicionado à patuleia. Mesmo um intelectual tarimbado, quando vai puxar um tomo, um compêndio volumoso, de uma alta estante, ansioso para encontrar o argumento adequado, aflito e preso dentro de seu mundo, no qual espera encontrar respostas para questões complexas, e deixa, por descuido, que este mesmo livro avidamente procurado o acerte de quina no meio da testa ou do cocuruto - na linguagem coloquial - qual a reação do sábio neste instante? Ainda que talvez não a expresse verbalmente no ambiente culto de sua biblioteca pública ou privada, o "filha-da-puta" está expresso em seu semblante. Eu mesmo fiz um estudo de campo, onde furtivamente, com uma câmara às escondidas, pesquisei centenas de intelectuais, muitos dos quais hoje aqui presentes, e verifiquei este fato "in loco"! Não sou destes diletantes, senhores e senhoras: embaso minhas teorias empiricamente! Eu vos vigiei secretamente, confesso! E as reações que constatei diante do enrosco entre eruditos foram em 99% semelhantes a qualquer "homem do povo", por assim dizer! Mas fiquem tranquilos, guardo no anonimato, por exemplo, o nome de um filosofo famoso, entre tantos que aqui agora estão, e sua reação quando a Gaia Ciência acertou-lhe o encéfalo! E se vocês não conseguem imaginar qual foi a forma com que este sábio homem enfrentou seu súbito encontro com o enrosco, eu lhes digo: desconcertante, como a de um animal ameaçado pelo seu pior predador! Em uma filmagem, a de número 207, como o ambiente estava vazio na biblioteca, o tal intelectual chegou a morder o livro com tamanha raiva que espumou pela boca. Tudo gravado pela lente telescópica, em 3D, de minha potente câmara portátil. Vi e revi a cena dezenas de vezes, ora rolando de rir, ora contrito por dividir com ele o mesmo sentimento de repugnância e impotência!

Mas voltando à semântica e ao destilar filosófico, falo do enrosco puro em sua essência, se é que podemos falar assim academicamente, do enrosco elementar e primordial, o "enrosco em si", àquele presente no primeiro primata que tentou, em vão, saltar de uma árvore a outra, encontrou um cipó pelo meio do caminho e caiu, iniciando assim uma interminável teia, a qual o ser humano evoluído está irremediavelmente preso: um canto de cadeira, um fio desencapado, uma corda esquecida no quintal, uma fechadura, um vaso... qualquer coisa que o ser humano não perceba por distração ou outro motivo, e acabe esbarrando com sua anatomia estapafúrdia. Ah! Já contei o "segredo", entreguei o "ouro para o bandido", vulgarmente falando. Bom, não é um trabalho de mestrado, então já fui para o final além da tese e da antítese, a síntese; ou seja, a constatação de que o ser humano possui uma anatomia esdrúxula, com "pontas": dedos, braços, pernas, nariz, cabeça curvada, orelhas, personalidade... tudo feito para enroscar! Uma árvore seria semelhante anatomicamente, mas uma árvore não anda por aí fabricando foguetes espaciais ou trabalha em governos, sistemas de inteligência bélicos, CIAs e outras máquinas da morte, fazendo o que de melhor sabem fazer: assassinar pessoas! O fato é que esta versatilidade de órgãos múltiplos uso, vamos dizer assim, que aparentemente nos traz alguma vantagem, também nos traz inúmeras desvantagens. Vejam o caso de outros mamíferos e sua natureza anatômica, com a óbvia exceção do macaco, ainda que sua natureza curvada os faça mais ergométricos: golfinhos, baleias, cavalos, marmotas, porcos... são todos "redondos"! Ah! Mas a Girafa? Ora, a girafa, ainda que tenha um pescoço perfeitamente "enroscável", é harmoniosamente curvilínea, se me permitem a expressão! Um rinoceronte ou um elefante, apesar de seus tamanhos, sem abusar da metáfora, praticamente deslizam sobre a água. E por este motivo também, concluímos que o ser humano é feio pra caralho, esteticamente, e o homem em comparação à mulher, mais feio ainda, pois tem "uma ponta" a mais, o falo. Mas este é outro assunto, e já está no prelo meu próximo livro: "A estética da Serpente"! Bonito nome, não é? Bonita como a cascavel, a jiboia, a naja, todas deslizantes... enquanto nós usamos a estrutura bizarra de alavancas para podermos caminhar. Ouso dizer, com propriedade, que um ornitorrinco possui vantagens estéticas sobre nós, não fora termos dado este desafortunado nome a um animal tão belo. Sim, um nome "estraga" e denigre uma espécie e fica tudo por isso mesmo? E por que não nos auto denominamos Ornitohumanos? Sim, claro, nós nos preservamos, como espécie, com nomes pomposos! Chamamos a nós mesmos de humanos e a outras espécies damos-lhes nomes esdrúxulos por puro masoquismo ou inveja. Imaginem: "Direitos Universais dos Ornitohumanos"! Nomenclatura perfeita e harmoniosa, não né? Digo-o ironicamente! Chegassem os extraterrestres e perguntassem: como vocês se autodenominam? E respondêssemos: somos Ornitohumanos! Que tipo de moral teríamos? Pois esta é uma das grandes mágoas que levo em minha carreira de mestre em ciências naturais, Doutor em fito genética, PHD em Linguística e Graduado em Comunicação com especialização em histórias em quadrinhos (esta última, mais um hobby do que uma profissão propriamente dita).

(Ouvem-se aplausos e risos no auditório: poucos, obviamente, já que, vamos e venhamos, não se poderia esperar que a Sociedade Mundial Ornitorrinco constituísse uma das plateias mais bem humoradas a que um palestrante esperasse encontrar!).

Mas, a estas alturas da exposição, um pouco antes do ápice, do orgasmo intelectual desta reflexão - como costumo dizer a meus alunos - faço por analogia uma análise do resultado prático do efeito enrosco na vida contemporânea: tendo em vista nossa natureza anatômica pouco atraente esteticamente e "espetada", do ponto de vista prático, invejosos que somos da estética reinante universalmente curva, inventamos a ergometria estética. Claro, óbvio, já que o mundo quer praticamente nos expulsar daqui (o mundo é redondo pelo efeito das águas, ou quase, lembram?) por espetarmos tudo, nada mais natural do que tentar mudar o mundo para que ele se adapte a nós. Então, começamos a construir tudo redondo para não nos espetarmos nele, ou seja, no planeta: carros redondos, maçanetas redondas, camas redondas, cadeiras redondas... Nas últimas décadas nós arredondamos quase tudo, a começar pela economia, que está uma merda no mundo inteiro! Surgiram políticos redondos, presidentes redondos, líderes religiosos redondos! Tudo simulacro: no fundo, no fundo, são uns espetados e uns espetadores, nada mais, nada menos do que isto! Mas se pensam que podem fugir assim tão facilmente do enrosco, estão sumariamente enganados.

E finalmente, entrando já na parte final da palestra, podemos catalogar os diversos tipos de enrosco, e avaliar-lhes a natureza peculiar: podemos discutir se isto ou aquilo é ou não de fato considerado um enrosco? Peremptoriamente, não! Outra característica inata e misteriosa do enrosco é sua universalidade de compreensão ao modo junguiano ou místico, como queiram: as pessoas sabem quando algo é um enrosco e não precisam que ninguém diga isso a elas! É natural, sabe-se, é um enrosco. Desde o vulgo "tropicão" ao modo interiorano até a Gaia Ciência no cocuruto, sem distinção. Nós nascemos para enroscar... e só o pensamento curvilíneo da física quântica nos salva!

Muito obrigado.

Capítulo VII

Godofrino matuta sobre economia e guerra e premedita seu exército

Acordara Godofrino e, no desjejum matinal, depositava sobre o vapor do chá quente que subia da xícara de porcelana enfeitada com arabescos, aquele olhar napoleônico que levaram tantos filhos de França ao túmulo. Godofrino abre um caderno emoldurado, com pequenas abas de prata que circundam nos quatro cantos a capa dura, e depara com poemas e ensaios, que escrevera com caligrafia esmerada: fruto de suas reflexões e leituras naqueles dez anos, pelos países pelos quais passara. Degusta neste dia um poema escrito nos umbrais de Sorbonne, tendo como anotação lateral: "Pierre Bourdieu criou o conceito do Capital Cultural acumulado, mesmo que tal conhecimento esteja restrito ao círculo do playground acadêmico, o qual nos faz entender a supremacia dos consuetudinários":

- "Como nos elucida a "Teoria da Escada", do economista sul coreano Ha-Joon Chan Há, os países de Primeiro Mundo construíram a sua riqueza através do poderio bélico, para depois, subitamente, retiraram os degraus econômicos dos Países em Desenvolvimento, através do protecionismo, sanções, OMC, e outros artifícios draconianos. Ou como se explica anglo-saxões invadirem fronteiras de boa parte das nacionalidades existentes e depois imputarem aos imigrantes do resto do mundo - cujo processo muitas vezes é resultado da miséria que eles mesmos causaram à outras nações - os seus problemas econômicos? Ou mesmo, depois de séculos de sacrifício da vida de cidadãos ingleses – Revolução Industrial à Thatcher, lembram? – ainda retirarem direitos de seus próprios trabalhadores, mineiros, aposentados, etc. - e não só isto, mas também o saque de matérias primas, recursos minerais de outros povos através guerras infindáveis, chantagens econômicas, roubo descarado etc. - praticarem uma repressão brutal aos jovens ingleses que, diante de uma severa crise econômica do capital financeiro, apedrejaram literalmente as instituições bancárias símbolos de seu parasitismo econômico?" -

E reflete Godofrino:

-" O assassino de John Lennon carregava um exemplar do Semeador de Trigo nos Campos de Centeio debaixo do braço e muito pouco dos frutos do conhecimento mundial influenciou a capacidade de discernimento ético e de compaixão do ser humano para com seu semelhante, seja em pequenas guerras cotidianas, seja em genocídios premeditados por motivos econômicos. E por qual razão, países ditos civilizados, cujos cidadãos não utilizam símbolos de limitações geográficas, cercas, em suas residências e tomam pontualmente seu chá às seis da tarde, mantendo rigorosas etiquetas de comportamento, foram complacentes com o extermínio da face da terra dos aborígenes australianos e a venda despudorada de ópio na China durante quase um século? Da mesma forma, como berços de filosofia como a Alemanha, geraram bebês complexados e sanguinários como Hitler e, debaixo das barbas de uma sociedade aparentemente civilizada, cometeram-se crimes horrendos sem que houvesse uma adesão massiva dos homens de bem contra tais atrocidades? De forma que não se sabe exatamente como nascem os sociopatas, mas os seus progenitores não são parte de um sistema mundial protecionista e segregacionista, do qual seus herdeiros são cúmplices?

"- E aqui, nestas plagas de ninguém, de nada, de Capinaim, de Brasil, de América Latina, mentes colonizadas, o quintal no qual se joga o lixo do mundo!".

Matutava histórica e sociologicamente Godofrino sobre sua própria existência, na qual se esmerou em estudar economia, política e, paradoxalmente, metafísica. Sabia, o xadrez de Capinaim estava com suas peças em movimento pelas mãos dos Emengados, que já haviam perdido seus primeiros peões: sua estratégia dera certo até agora! Mas uma guerra não se ganha sem aliados. Mas onde encontrá-los? Tinha, é verdade, como vantagem, a construção premeditada do estereótipo de sua própria personalidade excêntrica, pois este plano, ainda que de forma prototípica, havia sido desenhado em sua juventude: demonstrar perante a família e à sociedade desinteresse pela política, praticar alguns atos desconexos do pensamento linear, sumir abruptamente sem dar notícias relevantes a não ser à conveniência de seus propósitos, bem como o fato de estudar no exterior e percorrer terras longínquas, para só então voltar de forma tão misteriosa como sumira, imprimindo a si mesmo uma tatuagem no mínimo exótica! Não só o peso da lembrança de uma vida insólita deixada para trás na juventude seria importante, mas também os lauréis de um suposto conhecimento acadêmico, completando o mosaico com uma auréola mística de todo apropriada para uma pregação que visaria encontrar no âmago dos discípulos, muito além da razão, a fé, o temor, a esperança, a submissão completa. Sim, ele, Godofrino, queria formar um exército, e refletia se a baixa estatura de seus pares ao avesso - pois seu objetivo era outro do que o daqueles: não dominar, mas libertar – Napoleão e Hitler, em comparação a sua, não o influenciara em sua decisão de fazer ruir a economia mundial a começar por Capinaim. Como previra Jung, analisando o perfil físico do Fürher, cinco anos antes da guerra: sua frágil estrutura física (como o era simbolicamente a da antes poderosa Alemanha, depois da derrota na Primeira Guerra Mundial de 1917 até 1940) não era um elemento desprezível na constituição da figura mítica de um líder: sim, Hitler, um baixinho, mas um baixinho que vociferava raivosamente toda indignação de uma nação humilhada, encarnando um inconsciente coletivo de nacionalismo e grandeza, mesmo que de forma patética e criminosa, mas de todo convincente porque encarnava a soma dos preconceitos e humilhações individuais de um povo. Por este motivo, prevenindo-se de possíveis falhas inconscientes em seu caráter, autoanalisou-se regressivamente com hipnoses, médicos psiquiatras, psicólogos de renome, até mesmo em inúmeros mosteiros e templos de várias religiões procurando silenciosa e minunciosamente em seu passado, possíveis complexos, falhas de caráter ou personalidade causadas por traumas emocionais remotos que pudessem interferir em suas decisões políticas: e havia e sanou-os! Decantou-se incansavelmente como o fizeram os alquimistas em busca do ouro! Agora, era ele, ele mesmo, sabia-o, ao olhar o vapor do chá que desenhava formas estranhas e mutáveis no espaço, até ser interrompido, em seu aparente olhar vago, pela voz do fiel capataz Sebastião, um homem simples, descendente de bugres e portugueses, igualmente mirrado - como Godofrino - cabelos quase crespos, sarara-crioulo, sempre de botas de couro improvisadas com saltos de outras botas desenhados pelas mãos de artesãos locais, sobre as quais enfiava, desajustadamente, calças sociais com remendos igualmente de outras calças de outros tecidos, linho sobre tergal, tergal sobre lã e assim por diante; olhos negros, rosto redondo que levava resquícios de alguma doença tropical, bem como ao longo dos braços quando arregaçava as mangas das camisas finas que o patrão lhe oferecia mas que logo se esfarelavam pelo fato do trabalhador desconhecer a utilização de paramentos afeitos à circunstâncias sociais daquelas do trabalho duro; gestos demorados, olhar pausado e calmo; em suma, um homem que não podia se dizer se era ou não resultado de uma sociedade erudita ou camponesa, pois ambas estavam nele em forma de vestimentas descaracterizadas ou modos sutilmente requintados resultantes das aulas de etiqueta forçosamente aplicadas pelo patrão e nunca aprendidas a contento e invariavelmente mescladas com os modos simplórios do caboclo que era e nunca deixaria de ser. Em suma, um homem que correspondia exatamente ao bólido arquitetônico do qual fazia parte, absorvendo cultura daqui e dali, uma frase em latim, uma expressão idiomática em francês, em inglês, outra palavra em tupi, o "caboclês", o português arcaico...

- Bom dia Patrão! O homem que voismeçe mandou chamar está aqui! Aceitou prontamente o convite em consideração a amizade por seu falecido pai. Viemos pelos fundos, pelo corredor secreto, como o senhor ordenou, mantendo o convidado longe do olhar dos romeiros e pedintes! Andamos um quilômetro pela mata e deixamos a charrete escondida nos limites da propriedade – afirma o caboclo, segurando nas mãos calejadas o chapéu de palha de forma inconsistente e nervosa, fazendo-o rodopiar em sentido horário, demonstrando certo nervosismo pela imaginada importância da missão.

- Muito bem Sebastião! Sei que posso sempre contar com seus préstimos e discrição em horas de emergência política, assim como meu pai e avô também puderam! – Diz Godofrino, mexendo o fundo da xícara com uma pequena colher de prata, de forma ritmada, tentando dissolver o cubo de açúcar: o único gesto perceptível do patrão, juntamente com um olhar agudo em direção ao capataz, com uma das mãos segurando pensativamente, o queixo.

- Há quanto tempo está conosco, Sebastião? Sem contar o seu pai e avô! – pergunta em tom de voz que os anos de convivência fizeram o empregado entender como severos.

- Cinquenta e cinco patrão! – Responde de forma robusta e concisa, alicerçado pela confiança mútua que, sabia o serviçal, a sua família nutria pelos Godofrinos.

- Alembra de nossas caçadas quando crianças? – aparenta divagar Godofrino, adotando o linguajar acaboclado do capataz, parecendo mudar de assunto para um norte mais afetivo!

- Como não avera de lembrar, Patrão! Fumo tudo criado juntos! – responde de imediato, intuindo que o interlocutor procurava, dispensando oralmente a forma vernácula do idioma para deixá-lo mais confortável, uma brecha para dizer-lhe algo importante que ia além da afetividade, à obediência sem questionamento. Ignorante no sentido da sagacidade Sebastião não era, e sabia também que o patrão sabia que não o era.

- Hunn... – resmunga Godofrino, decidindo finalmente levar a xícara aos lábios e sorver o líquido, mas sem desviar os olhos, espreitando cada fragmento de sílaba e franzir de testa do empregado – E o que oçe acha, Sebastião, que está acontecendo aqui nesta cidade com a minha decisão de queimar minha herança? Tem medo de ficar desempregado?

- Por certo que não, doutorzinho! Somos gratos pelo generoso trabalho que nos foi oferecido até o dia de hoje, e muito mais pelo sinhô ter-me aumentado o salário mais do que seus pais e avós pagaram aos meus pais! Em razão disto, tenho meu pé-de-meia! Posso viver tranquilamente com o que guardei todos esses anos

– argumenta Sebastião, dando-se ao luxo, pela proximidade que supõe ter com o patrão, de olhar esporadicamente para além do chão, e encarar-lhe! – Modiquê o sinhô queima o que quiser, quem sou eu para julgá-lo? Deve tê seus motivos! – balbucia humildemente o homenzinho, em consonância com o seu porte físico, , mas simulando pacificidade, o que o patrão também sabia, em contraste com relação às duas pistolas as quais carregava, uma na cintura e a outra por traz do capote, em um bolso improvisado, em caso de precisão.

- Ainda tens as pistolas, pelo que vejo! Presentes, uma minha, a que guardas no bolso, a outra de meu pai, que carregas na cintura! Podem ser úteis, em último caso - pronuncia em tom calmo Godofrino, para entrar finalmente com incisão determinante no assunto que mais lhe interessava:

- Presumes, como outros, que o mundo vai acabar? Achas que sou louco? O que imaginas? – questiona a queima roupa, sem dar tempo ao caboclo de encontrar uma resposta diplomática.

- Honestamente, patrão? – atreve-se a perguntar de forma altiva o empregado.

- Da forma mais honesta possível, Sebastião! Se alguém presume conhecer os meus intentos, nesta cidade, imagino ser oçê! – devolve rapidamente Godofrino, como se o diálogo fizesse parte de uma roldana a puxar um balde pesado de um poço exigindo vigorosas maniveladas.

- Pois bem... não faço a menó ideia! – diz o Caboclo, coçando a cabeça de forma a confirmar sua incerteza!

– Com todo respeito, patrão, quando a gente era inda criança, compreendia as atitudes de voismeçe. Mas depois de virar um homenzinho, enfronhar-se nos livros e em andanças por aí, sempre fiquei curioso em saber o motivo pelo qual não fazia questão de inteirar-se dos assuntos políticos do seu saudoso pai e da família! Não fosse o dotô ter se arretirado, os Godofrinos continuariam no comando da cidade! Depois o sinhô sumiu de repente, mantendo meu contrato e dando ordens para por cabresto na peonada para o trabalhado da fazenda. O que posso dizer? Malemar tenho o primário! O senhor é estudado, já perambulou pelo mundo e sabe muito mais coisa que eu! O que o sinhô fizer tá muito bem feito e pode contar comigo! – reiterou o empregado, parecendo dar a resposta que Godofrino esperava.

- Ótimo Sebastião! Ótimo! Dona Matilde está bem de saúde? – referindo-se a cônjuge do capataz.

- Minha esposa está forte como uma rocha: a mamãe nem aparenta a idade que tem! Obrigado patrão, pela lembrança!

- Nem tive tempo de perguntar antes em virtude da urgência de meus assuntos! Mande-lhe um abraço! E por último, sei que nem preciso lembrar, mas não custa advertir: nem uma palavra do melado que entorna aqui da boca do pote! Minhas confabulações com meus aliados não deve resvalar para os ouvidos do povo, e isto começa pela tua muié, porque é somente você que está sabendo da visita de nosso convidado... e se mais alguém souber... - ameaça veladamente Godofrino.

- Mas nem percisava ixpricá os procedimento! Nem percisava! Foi assim que meu pai e avô virarô pessoa de confiança dos Godofrinos! – retruca Sebastião, sem dar motivo para especulações sobre sua capacidade de manter sigilo.

- Então, o que está esperando? Mande entrar o home, tranque as portas do escritório e assegure-se de que os criados não estão ouvindo, e muito menos você, para sua própria segurança. Quando menos souber, melhor para a sua saúde! Estamos entendidos? – ordena em tom enérgico, o estrategista.

Godofrino formava um exército, e agora, procurava nomear seus generais.

Capítulo VIII

O estranho aliado de Godofrino

Como sagazmente intuía Godofrino, os Emengardos iriam de alguma forma tentar procurar aliados para o embate que se anunciava, e também procurariam intermediários para oferecer-lhe alguma espécie de pacto. Não os achariam, senão aqueles poucos indícios de relações sociais que há décadas atrás deixara, já como pontas de laços a ser puxados para a construção da armadilha, entre eles, Marianinha Meretriz, óbvio... E por outro lado iniciava ele próprio o recrutamento daqueles que, de forma inimaginável pelos opositores, poderiam engajar-se em seu exército. E a primeira força de guerra a ser constituída, seria a aérea. E por aérea entenda-se justamente àquela que os adversários davam por "avoados", relevados como de pouco importância ou loucos pela sociedade local. Os critérios políticos pelos quais escolhia quem estaria ou não dentro de suas trincheiras passavam por uma combinação de fatos pitorescos e implausíveis de tropas que deixariam Brancaleone ruborizado. O velho Feliciano, por certo, encaixava-se como uma luva neste rol.

Em toda pequena cidade do interior - imagina-se/tese – nascem, centenariamente, um ou no máximo dois gênios, e o primeiro nascido com esta pecha, podem ter certeza, é considerado louco se é que não o é mesmo, e o segundo, pode ser considerado gênio se é que não o é mesmo, ou tudo ao contrário, tanto faz. Feliciano e quem votou nele, num pleito eleitoral longínquo, o primeiro escrutínio do Município, não se sabia a qual categoria pertencia: se, no primeiro caso, a dos gênios, por todos os avós serem naturalmente gênios e alguns exemplarmente e melhor ainda "loucos"; ou na dos loucos, considerados gênios! Nem Godofrino sabia, mas o que importa é que aliados são aliados e presumir a genialidade ou a loucura deles retiraria o essencial necessário ao recrutamento: o mistério!

Finalmente, no Município, ele, Godofrino, depois de tantos anos, poderia abordar com mais liberdade um assunto delicado com o velho Feliciano, já que os antepassados do dito cujo, todos em idade avançada, estavam rareando, quando não já falecidos, e este relato, ainda que público, ficara assim, digamos, restrito ao âmbito familiar do protagonista e poucas vezes comentado mesmo entre os parentes para evitar-se certo constrangimento. Virou folclore em Capinaim, com algumas distorções, mas o nome do personagem principal foi finalmente esquecido. Conta-se que o candidato à vereança, do ideário popular em questão, chegara a sua casa depois das eleições e exigira explicações da amada acerca da ausência de um único e precioso voto nas urnas, chegando às vidas de fato com o cônjuge, já que só houvera um voto e supostamente, para os moradores do povoado, seria o dele mesmo, o candidato, faltara o da esposa. Mas a história, neste caso, não foi assim, por mais que contrarie a racionalidade:

Feliciano comemorou exaustivamente a existência de outro suposto ser pensante ou louco na cidade, já que acreditava antes, pretensiosamente ou não, ser o único, tal a loucura ou genialidade do político. Não se sentiu derrotado, ao contrário, aquele único voto serviu de mais um motivo para continuasse até ao final da vida com o mesmo discurso! Havia, para desespero de muitos, imaginara, outro eleitor que pensava exatamente igual a ele, e isso lhe bastava.

Ainda que Feliciano, intimamente, pouca importância desse a este acontecimento específico, o de ter tido exatamente um voto - por mais extravagante que possa ser considerado para muitos: e não o era, devido a outros insólitos que se tinha conhecimento acerca de sua vida - e quando o graduava como relevante, o fazia para alguns poucos reservados e entre eles, Godofrino, quando jovem - ainda que este não soubesse até hoje o motivo de Feliciano considerá-lo um depositário a altura de suas memórias, aliás, subestimava-o, e com razão, na maioria das vezes. É isso mesmo, Feliciano, ao sair candidato à vereança teve apenas... um único voto, e Godofrino sabia - de fontes fidedignas: do próprio Feliciano e esposa - que o tal voto não foi o dele, Feliciano, e nem o da cônjuge. Para conseguir esse "estrondoso" sucesso eleitoral, é lógico que Feliciano seguiu um plano, intencionalmente ou não, muito bem arquitetado e colocado rigorosamente em prática, segundo contara-lhe Godofrino pai, acrescentado de outros detalhes que Godofrino filho obtivera a partir de outras fontes. Primeiramente, Feliciano solicitou expressamente que sua esposa não votasse nele – confirmara-o Godofrino pai junto à mulher do protagonista ainda em vida – alegando para isso uma espécie de perigo que ameaçava a democracia e colocava supostamente alguns candidatos em desvantagem com relação a outros pelo número de filhos e parentes, além de estimular a fraude, pois a primeira coisa que uma pessoa alegava em Capinaim, quando pretendia "vender" seu o voto é "que sua família era muito grande": "Fazem filhos para venderem votos? Onde isso vai parar? É contrário aos princípios cristãos e remonta à época dos clãs! Um absurdo o governo permitir uma barbaridade dessas!" – rosnava Feliciano como um cão raivoso, andando em círculos pela casa, quando debatia política consigo mesmo - lembrava-se agora Godofrino daquele homem que frequentava em tempos idos a casa de seu falecido pai e agora estava bem a sua frente. Para ele, Feliciano, parente também não poderia votar em parente, pois isso feriria a isonomia entre os concorrentes, além de desvirtuar politicamente a República, a Democracia e os princípios religiosos, como já se disse o principal deles, conceito cristão de família que, segundo ele, fora criado para outros fins que não os de se obter dividendos eleitorais e por consequência financeiros, óbvio. E, segundo conversa que Godofrino filho - à época, já curioso e rascunhando seu plano - teve com a esposa do então candidato, Dona Lola, Feliciano de fato havia conseguido convencê-la cabalmente de que seria desonestidade a própria mulher votar no marido, afirmando ainda que para corrigir esta suposta distorção na então legislação eleitoral, o seu primeiro projeto de lei teria como objetivo sanar o problema, proibindo tal prática, indo mais além: votos dos membros de uma mesma família num único candidato, ou representantes de uma mesma família no poder por gerações sucessivas, poderia ser denunciado como crime eleitoral, suborno, formação de cartel, dumping e deslavada compra de votos por laços de parentesco, devendo, portanto, tal ato criminoso ser punido com rigidez, no mínimo - pela falta de espaço nas cadeias para comportar todos os parentes - com a prisão do patriarca, já que "a laranja não nasce longe do pé"! E este conceito, mesmo que aparentemente absurdo - espalhado na cidade por ele mesmo, o candidato - causou pânico generalizado, já que hipoteticamente acabava com uma das principais fontes de renda nas campanhas eleitorais: a compra e venda de votos baseada em laços familiares! Estava, Feliciano, como podemos ver, à frente de seu século e do próximo, presumo. Getulista fervoroso, autodidata, dono de uma memória impressionante, era tido equivocadamente como poliglota, pois arranhava uns quatro idiomas, além de contar com o prestígio de ser considerado um intelectual, pois lia muito, em uma época onde a maioria sequer era alfabetizada. Mas então o porquê de tal prestígio não ser traduzido em votos, ainda que em parte justificado pela lei aparentemente estapafúrdia que se eleito apresentaria? Sui generis, Feliciano foi anticandidato dele mesmo. Por uma questão de princípios, também se recusara a dizer que votaria em si mesmo – e dizia-o abertamente antes do pleito – pois seria uma pessoa "suspeita" para avaliar sua própria grandeza, já que o ser humano – alegava, com certa razão, raciocinava posteriormente Godofrino – é incapaz de reconhecer seus próprios defeitos e sempre descobre um jeito de enganar sua consciência, escondendo até de si próprio suas falhas, de forma consciente ou inconsciente.

- Mas se nem você vai votar em você mesmo, por que eu votaria? – perguntava um indeciso eleitor a Feliciano, tendo o então jovem Godofrino como testemunha ocular do diálogo.

- Não voto em mim mesmo porque seria falta de humildade, no mínimo! – resmungava, intolerante com a pergunta, como se fosse a coisa mais óbvia do mundo – O candidato que vota em si mesmo não merece ser eleito! É um arrogante incapaz de enxergar seus erros, que dirá então os dos outros! A não ser que confesse seus defeitos à época da campanha eleitoral, devidamente enumerados e registrados em cartório! Eu já fiz a lista dos meus, mas, como expliquei, pode ser que minha própria consciência impeça-me de enxergá-los, pois nós temos a inglória capacidade de enganarmos a nós mesmos, como sempre afirmei e afirmo! Melhor mesmo então é que o eleitorado conhecesse a priori os defeitos "secretos ou notórios" de fulano, ouvindo-os de sua própria boca, antes das qualidades proferidas com tanta facilidade. No meu caso, já enumerei centro e três falhas, e duas destas gravíssimas, como o excesso de sinceridade e arrogância, mas pode ser que sejam apenas cinco, ou setenta, vai se saber, porque todos têm defeitos que podem ser considerados até virtude! – arguia Feliciano.

- Mas o senhor não acredita no senhor mesmo? – dizia boquiaberto, outro cidadão.

- Claro que acredito! O suficiente para ser candidato a vereador, mas isso não impede que afirme que não me conheça tão profundamente como deveria! – respondia convicto.

- Mas se não irá votar em você mesmo, votará em quem, então? – replicava o eleitor, procurando ainda um candidato, mesmo que fosse por outro candidato indicado.

- Em... ninguém! Já que me julgo tão severamente, que dirá aos outros! Depois de profunda análise política do município, ao que me parece, ninguém que está disputando atualmente estas eleições mereceria meu voto! Mas aí são critérios próprios, cada um tem os seus... – argumentava, paradoxalmente, como sempre.

- Mas se o senhor não é capaz de julgar a si mesmo digno do voto, como julga aos outros indignos dele? – o eleitor tentava acompanhar o raciocínio de Feliciano.

- Justamente por este motivo que acabei de explicar! Julgar aos outros é mais fácil! Afinal, não sou burro! Não é da natureza humana, utilizar-se de critérios muito mais rigorosos quando julga ao próximo? – voltava a esgrima intelectualmente Feliciano.

- Aí fica difícil votar no senhor, ninguém é capaz de entendê-lo, acho que nem o senhor mesmo! – desistia frustrado, o interlocutor.

- Não só entendo a mim mesmo como entendo as minhas limitações, e melhor ainda as dos outros. E vote se quiser... não pedi o seu voto, pedi? Não quero o voto de alguém que não sabe acompanhar um raciocínio simples como este que apresentei! Não quero o voto de pessoas ignorantes, categoria na qual o senhor se inclui cabalmente! - Respondia de forma malcriada e, aí sim, orgulhoso por não ter sido cabalmente entendido. O "não ser entendido", para ele, era semelhante a uma merecida coroa cravejada de rubis de conhecimento.

E de fato, orgulhoso, neste sentido, Feliciano o era. Jamais iria se submeter a um raciocínio por conveniência farisaica. Achava ser obrigação cidadã votar em alguém que sabe cuidar de sua própria vida, é honesto, trabalhador, planta suas árvores e cumpre com suas obrigações cívicas. Quanto menos falasse sobre si mesmo, melhor, pois acreditava a vida de qualquer pretenso candidato deveria falar por si mesma com sua práxis. Deduzia que era o eleitor que devia procurar o candidato que melhor se encaixasse em seu perfil e não ao contrário, o candidato tentar demonstrar que era merecedor do eleitor. Em uma localidade na qual todo mundo se conhecia, já deviam presumir quem era quem, pela convivência. O convencimento de que seria ou não uma boa pessoa, um bom político, era uma tolice para atender ao ego do eleitor que exigia uma espécie de súplica do candidato e ainda estimulava a mentira, pois o sujeito, pressionado pelas contingências, começaria a dizer o que seria no futuro o que nunca fora até o momento, enganando a si mesmo, no afã de conseguir votos:

- Ora, se não sabem quem eu sou depois de ter morado a vida toda aqui... muito menos vão saber através de palavras adocicadas pela conveniência! Todo mundo sabe que tomo meus tragos, mas também sou honesto:

ou os energúmenos são incapazes de avaliação sobre minha capacidade intelectual? O que tenho que lhes provar? Dos que forem incapazes de julgamento, recuso seus votos, e no caso dos fariseus que esperam algum tipo de adulação, estes que também procurem o caminhão de onde caíram! Deviam é agradecer por terem uma opção! Ao invés de exigirem que eu implore os seus votos, deviam, isto sim, é solicitar a mim se podem ou não depositar sua confiança em minha candidatura, porque eu não quero o voto de qualquer um! Prefiro não ter voto nenhum a ser eleito por um bando de iletrados! Caso fosse eleito por estes, teria vergonha de representá-los! Imaginem tal situação no boca a boca da cidade: "Sabem por quem Feliciano foi eleito? Por um bando de ignorantes!". Não ficaria bem para mim e muito menos para as poucas pessoas inteligentes que porventura em mim votassem. Quero representar quem de fato quer o melhor para a cidade, ajudando-me na vereança com ideias e projetos, e não por quem "malemar" sabe qual a função de um vereador! Estes já têm os seus candidatos... que não sou eu, graças a Deus! Os ignorantes irão exigir de mim que se resolva o problema do mundo, a começar pelas suas próprias casas! Vão querer, os incultos, que os atenda exclusivamente, como se fossem as únicas pessoas que precisam de minha ajuda! Sim, porque a ignorância anda lado a lado com o egoísmo e a falta de discernimento entre o que é de direito coletivo do que é de direito individual! O ignorante, ao invés do sábio, só pensa nele mesmo! – finalizava triunfal seu comício improvisado, em qualquer lugar, diante do olhar estupefato de Godofrino, que o seguia às escondidas, ainda rapaz.

- Mas nem as peras e as frutas do seu quintal o senhor deixa as crianças pegarem! O senhor não quer ajudar ninguém, como espera ser eleito? – questionaram-no, certa vez, em praça pública, alguns eleitores.

- Ajudar? Quê ajudar o quê! Não posso estimular os maus costumes! – respondia tranquilamente - Peras? Distribuo mudas de peras... ninguém as leva! Plantei-as quando jovem e agora as tenho: por que não fizeram o mesmo? Ensinam a roubar e pedir... e não ensinam a plantar? E querem minha cumplicidade? Querem peras? Criem um horto municipal com mudas gratuitas e que cada um plante árvores frutíferas para seus filhos ou então, no mínimo, troquem os seus frutos variados entre si. Aí sim, concordo. Enquanto alguém der alguma coisa, não vão aprender a plantar...

- Mas o que fará se for eleito? – perguntou um caboclo do canto do boteco, em outra ocasião.

- Nada! Não farei absolutamente nada! – responde, sem pestanejar - Não porque não queira fazer, mas porque os corruptos que dirigem a cidade e meus pares eleitos não deixarão! Irão querer corromper-me com alguma artimanha para que ofereçam alguma coisa que beneficie o povo de forma imediata e superficial, geralmente migalhas, enquanto surrupiam os cofres do município! E eu não irei ceder! Portanto, sofrerei represálias, se é que não perderei meu mandato. Então, não faço promessa nenhuma que não poderei cumprir. Se porventura há quem faça alguma coisa por vocês, estes são vocês mesmos! Eu apenas poderei ajudá-los a gritar e espernear contra a bandalheira que se tornou a República mal inciada, e isso, modéstia a parte, faço muito bem e não tenho medo!

E nesta senda, durante o período eleitoral, continuou sendo o que sempre fora: avesso a concessões por barganha:

- Você precisa mudar o seu discurso, senão ninguém irá votar em você, Feliciano! – sugeriam alguns protótipos de marqueteiros, verdadeiramente comovidos com os argumentos honestos do candidato.

- E quem precisa do voto de ignorantes? De corruptos? – vociferava a plenos pulmões pelas ruas, depois de tomar umas cangebrinas – Corrupta grande parte desta cidade é, e não só quem a administra como grande parte dos que por eles são administrados! – Chicoteava diuturnamente o lombo de seus hipotéticos eleitores durante não só os três meses que antecederam as eleições, mas durante toda sua vida, antes e depois do fatídico resultado eleitoral.

E não por ser seu admirador, mas décadas e décadas depois, cada palavra do que Feliciano disse, foi comprovada pela história da cidade de Capinaim. Não só os eleitores venderam seus votos, como elegeram corruptos para dirigi-la a tal ponto que em época não muito distante, todos seus vereadores foram cassados por corrupção, e não somente estes, mas também alguns prefeitos godofrínicos e emengardianos. Mas a população continuou como sempre "impune" e severamente castigada pelas suas más escolhas, se é que podemos assim considerar, devido à completa ausência da maioria de serviços públicos de qualidade, em um município que podia ser considerado rico.

Para confirmar o íntegro relato dos fatos, Godofrino – quando voltara de sua viagem - ainda mandara Sebastião ter, como não quer nada, com um filho do irmão de Feliciano, relembrando o sucedido:

- Sim, lembro-me deste fato! – afirmara a testemunha, como que justificando a ausência do voto paternal nas urnas. O Feliciano foi a nossa casa e pediu para que meu pai e os outros irmãos dele não votassem nele: "Não quero que votem em mim por motivos de parentesco, e não se preocupem, terei o exato número de votos de pessoas honestas, inteligentes e dignas que esta cidade merece, e minha candidatura é a única que poderá revelá-lo!" – A ironia do tom da sentença fica por conta da imaginação de cada um, diante da quantidade de votos obtidos.

Mas teve "um" voto! E de quem seria? Se Feliciano – no entender de Godofrino - era o primeiro gênio, ou o seu eleitor anônimo o segundo, da cidade - com os consequentes efeitos colaterais, a loucura, que este adjetivo "gênio" carrega simultaneamente, conforme a autoria da tese defendida, também não se sabe. O que se sabe é que seu discurso não se perdera no tempo. Quando lera Baudelaire – reflete o candidato a messias de Capinaim - em "Meu Coração Desnudado": quando um Dândi encontra um pedinte deitado à calçada e submete-lhe uma bengalada nas canelas, ouvindo resmungos, depois outra na barriga, quando o mendigo curva-se levemente, e finalmente quando lhe atinge a cabeça e o homem levanta-se, ouvindo a famosa frase: "Agora podes pedir o que quiseres! Estás a minha altura" - recordara-se de Feliciano. Para Godofrino, muito mais que promessas, o povo precisava sim é de um espelho. Que o povo se negasse a aceitar no sistema político vigente sua própria imagem e semelhança, isso não era problema dele! Que aceitassem então, como no retrato de Dorian Gray, a eterna jovialidade ilusória! "Nada muda a realidade senão a verdade: não se pode fugir dela! O difícil mesmo é achar um político que ouse empunhá-la como bandeira para que o povo aprenda a erguer a cabeça e pare de ser um eterno pedinte, tornando-se protagonista de sua história", diz a si mesmo, enquanto arruma o nó da gravata diante do espelho emoldurado da sala, preparando-se para receber o convidado que há tantos anos merecera o seu único voto, o primeiro de Godofrino - do segundo gênio ou louco da cidade. Muito mais do que supostos heróis salvadores da pátria, a política precisa de mais gênios ou de loucos que ousem dizer a verdade, acerca de si mesmos e do povo, porque do resto já se tem o bastante:

'- Seo Feliciano há quanto tempo? Dez? Vinte anos? Saudosa em minha juventude à vossa figura ímpar em nossa vida pública e por que não dizer dos academicícios autodidatistas da sociedade capinaiense! Voismeçe entre, sem cerimônia, pois é uma satisfação desmedida tê-lo em minha residência! – esmera-se no palavreado que concede ao convidado sinceras honrarias, segurando debaixo de um dos braços, como era de seu costume em ocasiões cerimoniosas como essa, "Tico", seu confidente mais íntimo e amigo deixado para trás há dez anos quando ainda era um pintinho, agora garnisé. O fato de o homem levar sua ave de estimação debaixo do braço, porém, não causou nenhum estranhamento ao convidado que acabara de chegar, e parecia sentir-se em sua própria casa, com plena liberdade de espírito, apesar de quase o triplo da idade do anfitrião.

Feliciano, que obtivera um único voto, o do próprio Godofrino, estava recrutado. Aceitou prontamente a missão, depois de conhecer em detalhes os planos maquiavélicos do interlocutor:

- Prezado senhor Feliciano, será uma batalha dura, em nível local e mundial! É uma honra tê-lo em nossas trincheiras!

A aliança concretizou-se com um brinde de vinho do Porto, ao apocalipse que se anunciava.

Capítulo IX

Godofrino, ao mesmo tempo em que articulava nos bastidores a aproximação com possíveis aliados e interlocutores de sua revolução, no recôndito de sua Ilha de Elba, preparava as bases políticas e ideológicas de seu discurso triunfal a ser realizado na praça Diógenes de Queiroz, aonde derradeiramente queimaria toda sua fortuna. E para quem duvidava dos efeitos nefastos que tal gesto poderia causar à humanidade, e tentava minimizá-lo, fazendo-o passar por mais um gesto transloucado de algum excêntrico, parafraseava Mário Quintana: "É possível que ao puxar a perna de um grilo, todo o universo desmorone".

O protagonista havia se preparado com dedicação ao que se propunha: com Nietzsche aprendera a distância que separavam a palavra da realidade. Ainda que Nietzsche não tenha dito exatamente isto, foi assim que entendera: os dicionários já não comportavam as palavras honestidade, caráter, dignidade, não porque o engenho das palavras seja incapaz de representar o mundo, segundo o entendimento fiel de Nietzsche, o famoso folósofo, mas sim porque, além disso, elas perderam toda sua carga semântica por serem mal utilizadas. Daí a utilização de parábolas para exprimir seu pensamento ser essencial. Se não quisesse cair no fatalismo de George Orwell, em "1984", pelo qual as pessoas "do povo", teoricamente, não seriam capazes de assimilar a "realpolitik", haveria de tornar sua prosa acessível aos caboclos, sem abrir mão da esporádica utilização de outras molduras e estilos literários palatáveis às classes médias, já que no frigir dos ovos, são estas que determinam a adesão das classes menos favorecidas à insurreição. E, neste caso, também havia guardado um arsenal de munição pesada para atingir seus objetivos, que era desconstruir as teorias liberais, amplamente difundidas nos meios pseudoacadêmicos, como por exemplo, neste caso, inverter o discurso supostamente atribuído a Abraão Lincoln:

"- Não estimularás a poupança protegendo banqueiros e ladrões do sistema financeiro;

- Não fortalecerás o fraco impedindo através de monopólios a livre concorrência;

- Não ajudará os pobres permitindo a concentração de renda na mão de poucos;

- Não ajudarás os assalariados se não estimular cooperativas onde eles aprendam a gerir seus próprios negócios sem intermediários;

- Não estimularás a fraternidade se alimentares a injustiça de patrões que exploram cada vez mais os pobres extraindo mais valia e tirando paulatinamente seus direitos;

- Não poderás criar estabilidade permanente baseada em dinheiro emprestado, principalmente do Estado, para pagar agiotas do monopólio financeiro.

- Não fortalecerás a dignidade se tirares do homem a iniciativa e a liberdade, apoiando ditaduras, interferindo em outros países para roubar-lhes matéria prima e obter vantagens econômicas subornando-os através de seus prepostos;

- Não poderás ajudar os homens permanentemente se fizeres por eles aquilo que eles podem e devem fazer por si mesmo, como, por exemplo, elegerem-se sem gastar fortunas recebidas de empresas e banqueiros, através de partidos que monopolizam o poder através de suas estruturas verticalizadas internas."

Já, os fiéis, os curiosos e pedintes - quando mais se aproximava o dia em que cumpriria a promessa de queimar sua fortuna - como aqueles dos Joãos Marias dos caboclos, avolumavam-se exponencialmente ao longo da entrada do Bólido, após o gradil, onde erguiam tendas como que de ciganos e nômades, por quilômetros; contavam-se já milhares, vindos cada vez em maior número não só do interior do povoado, mas de outras partes da província: alguns usavam túnicas brancas, acendiam velas, ou mesmo se autoflagelavam. A queima de dinheiro, de qualquer "mirreis", era realizada numa espécie de ritual por eles mesmos, os fanáticos religiosos, organizado: imolavam o dinheiro em piras improvisadas através de um sacerdote que, após tocar nas notas, lavava suas mãos sete vezes! Em seguida, caíam em estado de catarse, soltavam uivos desconexos, dançavam e chegavam mesmo a babar nas roupas. Não raro, porém, grupos que estudavam o Manifesto, digladiavam-se entre si, chegando à vias de fato por questões de interpretação do mesmo. Todos estes se uniam, porém, quando a questão era fazer frente ao grupo dos que estavam ali somente com objetivos pecuniários, isto é, o de demover Godofrino IV de seu intuito de queimar o dinheiro, mas ao invés disso, doar-lhes nacos da farta herança. De forma que, com o passar dos dias, geograficamente, os grupos dividiram-se naturalmente e um cordão invisível de alguns metros, separava os fanáticos místicos dos pedintes, ao longo de um extenso corredor. O odor das excreções biológicas já se fazia sentir e multiplicavam-se as moscas, às miríades, formando em alguns momentos como que um lençol negro que cobria o vale, mas era afastado pela fumaça de fogueiras com palhas ou qualquer outro objeto de combustão, organizados por ambos os lados dos contendores, durante o dia todo! Era um cenário de guerra e o barril de pólvora, sentia-se, estava prestes a explodir. Havia notícias de que o Exército pretendia intervir, mas o prefeito e seus aliados utilizavam de todos os recursos possíveis para sitiar o problema, chegando ao ponto de distribuírem viveres, água e roupas para os miseráveis e fanáticos. Tudo isto com o intuito de ganhar tempo para que o plano arquitetado junto à Cafetina surtisse efeito: a última cartada ou, invariavelmente, o caos.

A cafetina Rosilda dos Anjos já havia, há dois dias, mandado bilhete rascunhado pela própria Marianinha Meretriz, a seu pedido, para que fosse entregue a Godofrino IV, solicitando audiência. Faltando dezesseis dias para as eleições e treze para o evento apoteótico da queima da enorme fortuna, a resposta do Ungido, porém, tardava a vir, ainda que Marianinha Meretriz tenha utilizado do coloquial-vernacular, com apelativos de ordem sentimentalesca, recordando dos idos carnais além de depravações degenerativas da personalidade, comuns à ambos, que não convém relatar por enquanto. O fato é que Marianinha Meretriz era pressionada pela cafetina do bordel do mesmo modo que esta era pressionada pela cafetinagem administrativa:

- Mas que diabos, dona Rosilda! Se o homem não responde, vou fazer o quê? – justificava Marianinha - O Sebastião é homem de confiança dele, e com certeza já entregou a carta. E lembro á voismeçe madama, que não faço isto só por dinheiro, mas porque tenho pelo Godofrino profundo apreço e consideração! É um homem admirável, mas incompreendido e solitário! Eu sei que vai me responder quando chegar a hora! – profetizava a prostituta. Quanto a levar Ritinha Boca-de-Veludo, não acho que seja do feitio dele. Mas, se insistem, não tem problema. Um homem da estatura do Godofrino não precisa e nunca precisou comprar carne humana. O que ele viu em mim como mulher, não sei até hoje!

Ciente antecipadamente, no entanto, da manobra de seus adversários, Godofrino demorava-se a responder por que se preocupava com os rumos de sua revolução às avessas, temendo pela turba e os efeitos de controversos interesses antagônicos, o do mundo físico e espiritual, colocados tão proximamente às portas do castelo. Era necessário, e chegara a hora exata do doutrinamento com o entusiasmo de um verdadeiro líder. Em outras palavras, tornara-se urgente dar pão teórico racional e metafisico para os discípulos e soldados hipotéticos de um exército futuro, já que, propositalmente, os fizera esperar por alguma explicação e os dois lados da moeda lhe interessavam. Sabia que, com devidos efeitos especiais e pirotécnicos, seus discursos controversos deviam tangenciar a religiosidade, para não decepcionar os fanáticos e também devolver-lhes alguma racionalidade. Para os outros, os pedintes, a consciência de classe, o orgulho pessoal, a noção de protagonismo na história, com elementos que os afastassem do fascismo, das respostas fáceis e da mendicância intelectual nata do ser humano. A alfafa intelectual, mesmo que até certo ponto sofisticada, dada aos ruminantes, saciaria momentaneamente a fome de compreensão, ou mesmo a pálida tentativa de algum entendimento de um sermão semierudito, faria com que ganhasse tempo.

Desta forma, para dar continuidade ao seu plano, convocara o velho Feliciano para estar presente no Bólido, logo ao raiar do dia. Antecipadamente, Sebastião espalhara o boato de que ele, Godofrino, realizaria três discursos-sermões da sacada do mausoléu, como o "Papa de um novo mundo que se anuncia, explicará com mais detalhes a sua filosofia e os motivos que o levaram a tomar a insólita atitude de queimar sua herança em praça pública, diante da incompreensão, distorção e difamação de suas ideias, num ato de complacência e generosidade que demonstram sua tolerância com os sem tutano e até mesmo os sem caráter". A forma, já presumível, de como o inculto Sebastião anunciaria, pela leitura deficiente, para seus ouvintes, as razões anunciadas nos sermões que seriam pronunciados, também fazia parte do plano do enxadrista, só para citar uma delas: "Papa da filosofia insólita da complacência ao generoso mundo dos sem tutano, para queimar os sem--caráter em praça pública". Isto em uma só das versões. Imaginem as outras!

Paramentado com uma indumentária sincrética e assimétrica, que por metáfora refletia a mesma arte surrealista utilizada pelos seus antepassados na construção do Bólido, símbolos hindus em uma batina ortodoxa, com detalhes de desenhos incas, astecas e maias, cetro de bengala cravejada de pedras do Rio das Mortes, colares indígenas tupis-guaranis e uma espécie de coroa de Faraó do Reino Unificado, surgiu, precisamente as seis da matina, Godofrino IV, no platô do Bólido, tendo a sua frente a figura quase mumificada de Feliciano, a qual misturava-se a densa fumaça de incenso de folhas de eucalipto molhadas para proporcionar não só um odor pungente e descongestionante com o intuito de espantar as moscas e provocar um efeito de alívio das vias respiratórias, mas também causar a desejada impressão de teofania. A imagem da sacada, no alto da montanha, não precisou de mais nada do que algumas flores silvestres, palmas e lírios, para atiçar metafisicamente os olhares estupefatos dos que se apinhavam em frente à residência. A notícia dos pronunciamentos do Califa, da noite para o dia, envolta em suposições, pegou de surpresa os chefes da alcateia administrativa, sendo que destacaram três representantes incógnitos para sondarem o ambiente, já que a presença de funcionário graduados poderiam "dar um álibi ainda maior para as sandices de Godofrino", alertara o professor Albuquerque.

Após o Profeta postar-se imóvel e com ares seculares em uma cadeira entalhada em imbuia, logo atrás de Feliciano, seguiu-se uma algaravia descomunal, aplausos, pedidos de socorro patrimonial, histeria coletiva, durante alguns minutos, até que um leve aceno do braço do Feliciano fez todos se calarem, tal a reverência que o cenário apocalíptico já causara a todos: ali estava um homem de Deus! Sabiam que o velho Feliciano - apesar de não lembrarem exatamente de sua história - cultivara uma crítica ácida com relação aos administradores e moradores de Capinaim. Surtira efeito na turba, a aparição surpresa do quase centenário homem no cenário, pelo motivo de não esperarem que Godofrino IV tivesse algum aliado, porta-voz, devido ao longo tempo em que permanecera ausente. E a impressão que se passou de imediato à patuleia fora a de quê a presença de Feliciano reunia elementos que conferiam a Godofrino justamente o que dele se esperava: a rigidez e a loucura, o caráter o humor, a tradição e o respeito e o desrespeito, enfim, tudo que confere a um deus as virtudes de ser um deus. A estratégia dera certo: agradara a ambos os lados contenciosos. Feliciano nunca fora uma pessoa ambiciosa, então não oferecia risco aos que pediam esmolas. Por outro lado, aos místicos, a presença de um homem cuja personalidade estava aparentemente alicerçada na loucura ou na excentricidade, não era de todo mal vista. Os aplausos surgiram logo após, como resultado natural do teatro bem elaborado:

- Cidadãos e cidadãs órfãos de liberdade – preambulou Feliciano – não só de Capinaim, mas de um mundo sem lei e sem ordem, seja econômica, seja democrática, seja espiritual! Hoje estamos aqui semelhantemente a formigas, os animais mais fortes do mundo, que, em seu trabalho diário, levam incansavelmente, mesmo que sequer observadas, fragmentos de folhas e gravetos para construírem um formigueiro, sim, um formidável formigueiro de conhecimento! Não nos subestimemos! Todos nós nos enjaulamos neste pequeno torrão da terra para ouvir um homem e suas razões epiléticas! Um homem que viajou o mundo e pescou lambaris de sabedoria em mares longínquos! Um homem que, presumivelmente, não fora Newton tê-lo feito antes, e a maçã do conhecimento houvera caído em sua cabeça, tê-lo-ia imitado num futuro próximo, e se assim houvera acontecido, já teria saltado o Mago, diferente daquele sábio, intuitivamente, da física mecânica para a quântica, num átimo, mesmo que fora outra a fruta que se lhe sacudisse a cachola, mesmo uma manga ou uma jaca. Vosmeçeis estão aqui porque até os burrichós criados nos Faxinais conhecem o seu dono, apesar de, durante o dia, comungarem uns com os outros do mesmo pasto: oçeis sabem muito bem o caminho que devem seguir ao entardecer de uma era! E para isto, Godofrino IV, o impoluto, para orientar a farândola, dispõe-se ao sacrifício, espalhando o saber que se não dissolve no tempo, o conhecimento purificado como que pelo maior purgante já tomado pelo homem, tal que nos limpasse de todas as impurezas carnais e despejasse pelo reto a essência da excrecência humana: a cobiça, o acumulo, a avareza! Neste homem simples, Godofrino, não existe bosta nenhuma nos intestinos da vaidade, ainda que trajado pomposamente com as vestes de culturas ora visitadas, em respeito aos povos de onde extraiu sua magnificência como um colibri beija o coração de uma flor! Vamos ouvi-lo atentamente, sem perder sequer o caldo de inteligência que, por ser muita, às vezes entorna a panela da expressão! Ele tem muito a nos dizer sobre o que viu e aprendeu ao longo dos anos, e os motivos que o levam a uma atitude que para muitos pode parecer insana ou oportunista eleitoral, mas que para ele se trata do cumprimento de uma profecia: a fundação de um novo Reino, onde o dinheiro não será concebido "com pernas", e cada coisa valerá a coisa que vale, sem ter seu valor aumentado artificialmente milhares de vezes por agiotas e banqueiros, os quais vos sugam até a última gota de sangue. E eis que está entre nós o meu maior discípulo, o que superou o mestre, o ungido Godofrino IV.

Seguem-se, novamente, frenéticos uivos, aplausos, catarses, rezas e outras manifestações perfeitamente sincronizados com cada passo lento de Godofrino em direção ao mural da sacada. Ao chegar ao ponto exato, como se ali estivera um Imperador Romano do qual se espera decisão sobre o destino de um gladiador na Arena ou de povos, fez-se novamente um silêncio abissal de tal modo que, pela primeira vez, este pareceu engolir o zunir das moscas, ainda que estas não houvessem deixado de prestigiar o evento, incomodando a todos, menos os que delas se protegiam com a fumaça. Com a voz treinada como a de um Cícero bradando as Catilinárias ao Senado Romano, Godofrino IV sabia que sua hora chegara, e que de seu discurso dependia o sucesso de sua missão, e por isto (valendo-se do conhecimento teológico e econômico de um mosteiro bizantino, caminhos de Peabirus e Santiagos de Compostela, academias decrépitas e blogs escondidos de jornalistas expulsos do sistema por falarem a verdade), inicia em tom gutural, rouco, longínquo como se estivera falando do fundo da Caverna de Platão, o seu primeiro sermão, com olhos monocromáticos alheios à plateia, como se diante do vazio de uma galáxia, sentado em um planeta gigante:

Cuidado com quem diz amar ao próximo, mas não ama a humanidade!

"- Entendo-os: o mais difícil para os banais é disfarçar o óbvio com a máscara da profundidade. O silêncio já presumido é quase uma música, onde os tolos tropeçam nas notas esparsas de um jazz invisível. Um salão vazio nos traz a esperança de um sábio em nível da reflexão de poucos, já um salão repleto de ignorantes nos passa a sensação de um palestrante idem."

Mal inicia o discurso, Godofrino já é interrompido por um maremoto de saudações que se faz ecoar e inunda o corredor que leva do Bólido ao vale, mal sabendo os ouvintes que haviam sido sumariamente executados e chamados de completos ignorantes, com apenas três frases. E prossegue, como Atila, o Huno, semanticamente utilizando seu machado contra os romanos:

"O pensamento dialético não há de se saber pelas páginas do senso comum. Acontece que alguma fração de verdade não é e nunca será toda a verdade, mas soa bem aos incautos, pois tem aquele efeito nelsonrodriguiano de que toda generalização é burra e, justamente, por ser burra, é aceita mais facilmente por uma maioria, inclusive as maiorias dele mesmo, as do próprio Nelson Rodrigues, conservador, mas liberal no ninho das letras pornográficas..."- neste ponto, devido a utilização da metalinguagem futurística só possível graças a uma fenda do espaço-tempo, sem nenhuma piedade com os liliputianos desletrados, Godofrino solta uma sonora gargalhada ensandecida ao ponto de dobrar-se sobre si mesmo, sendo socorrido de imediato por Feliciano, para recompor-se imediatamente e continuar o sermão como se nada houvera acontecido. Porém, a contração física devido ao hilário desconexo da realidade, soou como uma espécie de encarnação de algum espírito e deu outro ímpeto à homilia:

"- E não é a máxima bíblica "amor ao próximo", utilizada como massa de manobra da patuleia, pelos fundamentalistas "pseudo cristãos"? A frase e seu contexto exige aprofundamento: o que é de fato amar o próximo? Pois se amar o "próximo", para eles, os fundamentalistas, é somente uma abstração, quando dele, do próximo, se retira a organicidade de pertencer à raça, ao meio social e a um sistema político ideológico, educacional, ou seja lá o que for de conhecimento adquirido no meio terrestre, restando somente para explicar o gênero humano a metafísica interpretação da maldade humana pela perda da graça ou pela salvação pela graça, justificando até a burrice e preguiça intelectual, o que se deve concluir? Simplista é quem acha que pode amar o ser humano abstraindo-o da sua realidade histórica. Nem bíblica tal intepretação o é: porque se de fato Cristo alimentou, curou e realizou outros atos para sanar a desgraça imediata do homem, também subverteu a ordem política ao defender os mais pobres, insubordinou-se contra os religiosos acusando-os de fariseus, violou as regras "constitucionais" da época, entre outras posturas políticas bem terrenas e palpáveis que O levaram à crucificação. Assim, devemos, nós, os discípulos cristãos de um novo tempo, ver o homem como um "todo", não apenas idealizado como alvo de alguma caridade compensatória de nossa consciência para nos livrar do pensar coletivamente ou do inferno. E não com isso, suplico-vos, ser de forma alguma totalizante, mas horizontalmente e democraticamente humano, e demasiado. É que para os fundamentalistas, a um próximo "abstraído" de sua humanidade secular, basta lançar o pão e não, além do pão, explicar-lhe porque falta o pão, e porque Deus não tem nada a ver com a injustiça humana, com o intuito de soltar a fera pressa no redil! Existem motivos para a debilidade, a fragilidade, a fome, a dor, a ignorância... motivos reais, concretos, e se, de fato, dizemos que amamos o próximo, é nosso dever nos conscientizarmos sobre a realidade e procurarmos conscientizar ao "próximo", muito além do pão e do suposto paraíso. Encontrar as causas, apontar soluções reais e não abstratas para as injustiças. Isto se chama sociologia, filosofia, história, cultura... mas pensar dói, e disto se valem os espertalhões para agitarem em nome da bandeira da caridade, a sua violenta individualidade pretensamente chamada de "amor", transformando o objeto do "amor" num "nada", vindo do "nada", indo para o "nada", sem explicação racional e coletiva. Claro, convém a estes não pensarem nas causas e efeitos dos nefastos atos humanos, sob o mantra de que "o amor é irracional", para que possam criar um paraíso artificial em seus corações, e só lá, nunca no mundo real: porque o real é "impossível", dizem, já que o próprio Cristo disse "os pobres sempre terão convosco". Ah! Por favor, poupem-me de tal discurso profano! De modo que, quanto mais irracional se julgar o amor, mais bastará jogar somente alfafa para o rebanho e mais o rebanho ficará agradecido momentaneamente e nunca deixará de ser rebanho (não no sentido da humildade, óbvio, mas no da falta de conhecimento acerca de si mesmo e do mundo). Isto enquanto houver alfafa, porque já anda rareando... e vai rarear ainda mais com os donos monopolistas das sementes transgênicas".

Penso que Cristo nunca ensinou que para se "amar o próximo" é necessário deixar de pensar, de refletir, de tirar conclusões. Por isso, nunca confie em quem diz amar ao próximo, mas não está nem aí com a humanidade de forma organicamente racional! É fácil, hipocritamente, em nome do amor, jogar um pão a um mendigo, de forma individual. O difícil é achar fórmulas para que não existam mais mendigos, tendo que, para isto, elaborar o pensamento, mudar-se as leis ou enfrentar a ordem estabelecida, inclusive a religiosa, política e econômica, que precisará sempre de mendigos e "próximos abstratos" para justificar um amor igualmente abstrato e egoísta".

Mais alguns passos no tablado, com suas pernas tortas, equilibrando a bengala como um centro, sorvendo extasiado um profundo gole de cangebrina preparada em um cálice, como se fora algum líquido divino - mas não passava da "purinha" mesmo - e saca um trezoitão que levava na cintura, debaixo da batina improvisada, mirando para o alto, como que para atingir um inimigo invisível e, disparando sem maiores explicações, causa novamente outro frenesi na bugrada.

- O homem também é valente – gritam os entusiastas.

- É pacifico, mas é porreta – ovacionam os fanáticos.

E o sermão prossegue como um cabrito alpino empurrado à força ladeira abaixo pelo próprio pastor que leva seu bode expiatório ao sacrifício, girando sua metralhadora oratória para o público específico que visava exterminar, os fanáticos extremistas cristãos e outros fundamentalistas religiosos, denominados por ele mesmo, o Escalafobético, de "Eumistas", que constituíam em quase um terço de seus seguidores:

Os "Eumistas"

"- Neste sentido, criei o neologismo "Eumistas", para definir tais pessoas que abstraem do "amor ao próximo" o próprio próximo histórico em suas premissas. As matizes do "Eumismo" em segmentos fundamentalistas cristãos que tanto se identificam com o sistema, serão esclarecidos aqui e agora na garoa eucalíptica. O "Eumismo" é um neologismo criado por mim que pretende reduzir numa palavra o conceito de "o mundo gira em torno de mim e do que acredito por uma suposta fé interpretativa". Ao contrário do que dizem do idioma alemão, é perfeitamente possível filosofar em qualquer língua, mormente comecemos a reduzir expressões inteiras a uma só palavra, e também ao contrário, no devido tempo, aumentar as palavras, na tentativa de especificá-las de modo exato. É preciso abstrair e abstrair rapidamente e expandir e expandir rapidamente. Criar novas palavras que resumam ideologias e pensamentos abstratos, evoluindo para conceitos condensados, tornando dialético o reducionismo ou o expansionismo. Se o significado semântico em grego da palavra amor tem várias intepretações, uma para cada tipo de amor, o Filos, o Eros, o Ágape, e diz-se em tupi-guarani ao se referir com uma palavra "uma árvore que tem um pássaro dentro", no sentido de explicar que nem todas as árvores são iguais, assim como o amor no grego, semelhantemente ao idioma alemão na tentativa de especificar pormenorizadamente qualquer substantivo... por que não também, ao contrário, em síntese, reduzirmos expressões, conceitos e pensamentos inteiros a ideogramas ou novas palavras? É claro que os conceitos que se resumem devem ser conhecidos pelo acúmulo intuitivo e racional antes de serem condensados, de sorte que para o burrichó, a coisa em si, nunca irá a ser coisa em si, porque mal intui ou racionaliza a coisa em si, que dirá o que se deriva da coisa em si. A primeira revolução, portanto, devia ser a da linguagem, na qual ainda engatinhamos.

A outra Revolução, seguida a da linguagem, seria a do conhecimento da totalidade, de forma holística. Mas para isto, precisamos enfrentar fundamentalistas de qualquer naipe. A estes, particularmente, aos religiosos fanáticos, podemos mostrar enésimos estudos que relacionam desigualdade social (que é diferente de pobreza) associada à violência no mundo, que o mentecapto vai continuar achando que a violência é "natural do ser humano" e pronto e ponto. Tá explicado! É que, em tese, o fundamentalista parte a priori de um pressuposto erroneamente interpretado da bíblia: o ser humano é mau por natureza. Se for mau por natureza, as ciências sociais não podem desmentir o que para ele é "sagrado", a maldade. O conceito é interpretado pelos fundamentalistas a partir da noção de que "todos são pecadores" e "caídos", e, portanto, sua condição de crueldade é inerente a sua condição humana, derivando daí a pobreza em todos os sentidos e não o meio social. Não obstante, ações deliberadamente más dos seres humanos são condenadas na maioria das religiões, e mesmo que haja no sentido bíblico a suposição da inerente "maldade" humana - como também é entendida pelos evolucionistas/humanistas que, porém, compreendem que o processo civilizatório é o método maior para frear o instinto irracional – tendo, portanto, até mesmo o rei Davi cometido pecado ao mandar o marido de sua amante para a morte, tal fato não impediu que fizesse parte da genealogia como ascendente do Messias. E vocês acham que meus ascendentes foram santos? Santos merda nenhuma! Os Godofrinos exploraram vocês igualmente os Emengardos o fazem! Mas com isto, comprova-se a tese da maldade inerente? Óbvio que não! No Novo Testamento, Cristo afirma:

"Deixai vir a mim as crianças, não as impeçais, pois o Reino dos céus pertence aos que se tornam semelhantes a elas". Imputando deste modo à humanidade um conceito racional de inocência semelhante aos dos marxistas, ainda que utópico, mas não desprovido de verdade e dialética. Uma só frase de Cristo anularia todo o pré-conceito existente do relacionar a maldade inerente num escopo social, mas não para o fundamentalista. Como este deriva sua fé a partir de uma posição individual (a salvação pela Graça), injustificadamente estende o conceito da individualidade a todas as relações sociais e decreta: tudo depende só de nós mesmos e não dos contextos sociais! Como se Deus fosse um idiota que anula todo o processo civilizatório, mesmo que o apóstolo Paulo e outros considerados santos tenham bebido de fontes platônicas e de outras fontes culturais de outros povos para elaborarem a doutrina cristã. E quando um imbecil estende equivocadamente este conceito, o da individualidade extremada, que deveria ser estanque, o da salvação pela graça, ao domínio das relações sociais, o "Eumismo" gesta um deus em um útero no qual não existe lugar para o irmão gêmeo chamado razão/humanidade. Para o fundamentalista o ser humano é um "abduzido da sociedade", não faz parte dela. O seu conceito de humanidade é metafísico. Ele acredita também que todos que não entendem o mundo da forma que ele entende são "inimigo de sua fé", e, portanto, seu inimigo, e prepara-se para a Guerra Santa. Vê sua fé constantemente ameaçada e vive em uma barricada, com um fuzil na mão, pronto para alvejar tudo que julga ser heresia. Um exemplo clássico do maniqueísmo do "Eumismo" cristão é a não aceitação do conceito de usura - apesar de condenado no Antigo Testamento (e antes, até pelo Código de Hamurabi do qual Abraão, por um processo civilizatório, "roubou" dos pagãos Caldeus basicamente quase todos, sete precisamente, dos Dez Mandamentos: base da civilização ocidental judaico-cristã) - que acabou impulsionando o capitalismo associado ao protestantismo da predestinação de Calvino que atualmente rege o mundo, até que irá acabar por transformá-lo em cinzas. Por isto, o principal escudo do capital são os "Eumistas", pessoas que não veem o mundo em cores, mas somente em preto e branco. Os meritocráticos: "predestinados", os com "dons especiais". Para eles, tudo o que existe em matéria de sociológica, astronomia, história, ou seja, todo o conhecimento humano, deve se encaixar no que se acredita antes "por fé" em uma suposta interpretação que anula todas as outras: a de que existe uma raça superior, e outras não, um povo escolhido pela graça e outro não. As relações sociais são complexas, mas não para quem tem um vácuo na mente: para este, elas, as relações sociológicas, são "simples", porque reduzem tudo ao "Eumismo". Metaforicamente, se você tentar explicar a um fanático "Eumista" como funciona um átomo, ou a teoria quântica, ou qualquer coisa que se segmente em unidades específicas para formar um todo, ele irá duvidar. É incapaz de analisar as partes, e só vê supostamente o todo, mas não o todo feito de fragmentos que devem ser utilizados em contextos específicos, mas o todo já definido anteriormente na antessala do inconsciente. Deste modo, derivam também de seus conceitos/preconceitos outras aberrações sociais como a "meritocracia" e o individualismo, expressos de forma mais evidente no capitalismo, daí sua adesão voluntária ao conservadorismo e a qualquer forma de totalitarismo que cristalize a ordem para que não haja mudanças e questionamentos.

E prossegue o Cícero das Américas, alvejando impiedosamente os invasores do Reino, com flechas incendiárias e entupidas de veneno racional:

Um "Eumista" muito apto a julgar a tudo e a todos, é incapaz de compreender que se a conversão ao cristianismo do inglês William Wilbeforce, ex-capitão de um navio negreiro, o transforma em um abolicionista ferrenho, isto não justifica a cumplicidade dos tais "cristãos' de forma quase unânime com o Holocausto Africano. Os "Eumistas" justificam a exceção pela regra e, deste modo, as atrocidades cometidas contra 14 milhões de africanos são abafadas pelos belos hinos sobre a igualdade de todos os homens perante Deus. Para os "Eumistas" torna-se difícil explicar como somente em quatro de setembro de 1957, a menina negra Elizabeth Eckford tenta entrar na Little Rock Central High School, reservada apenas para estudantes brancos, em um país com o maior número de "Eumistas" do mundo, "símbolo" das liberdades democráticas, apesar da escravidão ter sido abolida nos EUA ainda em 1863. A Alemanha Nazista não faria melhor, dissimulando o racismo em conceitos de democracia, branca é claro! Superior, é claro! O preconceito e a violência se explicam historicamente e sociologicamente: os "Eumistas" aderem ao status quo, justificam os opressores e aderem ao sistema conservador porque são essencialmente antidemocráticos, apesar dos belos hinos religiosos sobre igualdade que cantam hipocritamente em suas igrejas. Mas se vier uma tempestade em meio ao mar aberto e acharem que Deus se preocupa exclusivamente com eles como um guarda-costas pessoal, talvez sejam capazes de ver a realidade de outro modo. E nós, agora, o povo, somos esta tempestade divina, que se lhes abrirá os olhos ou afundar-lhes-á o navio da injustiça, porque em seu íntimo, sabem muito bem o que fazem em nome de sua suposta fé!

Abaixo os "Eumistas", darwinistas sociais, cleptocratas, burocratas, plutocratas, psicopatas, banqueiropatas e meritocratas!".

E encerrara Godofrino, abruptamente, seu monólogo, até com certo desprezo ao público, dando de costas aos que deixara hipnotizado há instantes, mais pelo desempenho teatral e indumentária, do que pelo que foi propriamente dito e entendido.

Após o silêncio geral durante a fala de Godofrino... curiosos, políticos, moradores de Capinaim, fanáticos e ambiciosos entreolham-se abismados durante alguns minutos. Apesar de ovacionarem entusiasmados ao palestrante, como aborígenes em volta de um totem ao pajé, não tinham nada a dizer posteriormente! O prolongamento dos aplausos servia de lenitivo para a falta de consciência política e a profundidade intelectual no entendimento do discurso atemporal e quântico, além até mesmo da história linear circunstancial da época, isto é, sem nenhuma conexão com o tempo dos acontecimentos narrados. A fala categórica seguindo uma entonação cadenciada, mais ou menos conforme queria se destacar os conceitos essenciais, do Alfa ao Ômega, trazia por si mesma um peso à gravidade da acusação que o Mago lhes parecia querer imputar: eram, por certo, culpados de alguma coisa, ficara evidente. Os tais "Eumistas" estariam por dominar o mundo e seriam os responsáveis pelo Apocalipse e daí a queima da fortuna! Alguns ufólogos presentes denunciavam a invasão do mundo por alienígenas "Eumistas". Os mendigos apontavam dedo em riste para os fanáticos que, por sua vez, apontavam o dedo para algumas autoridades municipais presentes, já que se referira Godofrino aos fariseus, e acerca destes entendiam bem qual o adjetivo lhes definia com propriedade. Qualquer entendimento geral do assunto por parte da patuleia era, no entanto, impossível. Intuíam-se todos culpados de alguma coisa, devido à severidade com que os argumentos foram desferidos. Mas exatamente do quê? Era preciso tempo para que seus líderes chegassem a alguma conclusão, já que o "perdão" parecia vir embutido nas palavras de Feliciano, mas ao que parece, não sem algum tipo de penitência, motivo pelo qual alguns dos fanáticos mais exaltados começaram imediatamente a autoflagelarem-se na tentativa de salvarem o mundo e a si mesmos. Restava, porém, à maioria, o recolhimento à própria insignificância, de modo a assimilarem uma tradução mais exata daquele idioma que se lhes parecia estranho, mas de qualquer forma, jamais ouvido por aquelas paragens. Politicamente, apesar de não terem entendido nada do sermão, a áurea metafísica e de sapiência universal, aderira de tal modo à cabeça de Godofrino, que já lhe era impossível retirar os méritos de alguma suposta divindade ou, no mínimo, algum espírito superior. E fora esta a conclusão que levaram os "alcaguetas", X-9, dos Emengardos, a uma reunião extraordinária e urgente na casa do alcaide: a situação se agravara e o pêndulo inclinava-se visivelmente a favor de Godofrino, fosse qual fosse sua última intenção.

Capítulo X

A precipitação do Vesúvio

A reunião naquele mesmo dia, na casa de Aminoácido, não poderia ter sido mais tensa. Acusações mútuas de falta de definição estratégica recaíram sobre todos, mas a letargia do contra ataque fora atribuída unanimemente ao Coronel Malafaia:

- Mas que diabo de assessoria caramujenta é esta, que anda como uma lesma? Já não foi estabelecido o pacto sanitarista com a dona puta? Agora, se eu, com toda a autoridade municipalesca, não consigo arregimentar forças para fazer uma mariposa salvar a cidade, que tipo de líder sou eu???? – Pergunta, estalando os talos da bota vorazmente contra o assoalho, Emengardo, esperando uma resposta satisfatória do Coronel Malafaia que se via acuado, não só pelo prefeito, mas como por todos os ancestrais do mesmo, pendurados em molduras na sala. Ardia em suores, com o falso lenço revolucionário ao pescoço, coçando as barbas. Via-se obrigado a ceder à crítica, devido à sanha dos aliados em procurar um bode expiatório:

- Voismeçeis estão cobertos de razão! Que recaía sobre mim o Facão de Alcebíades (referência inculta à Espada de Dâmocles), se não resolvo isto hoje mesmo, mesmo que amanhã!

Entendeu a escumalha de que o Coronel estava decidido a tudo, e que visitaria Rosilda dos Anjos naquela madrugada, pedindo uma providência imediata. E assim foi, tal o empurra daqui e de lá, que sobrou finalmente para Marianinha Meretriz que decidiu ir ao encontro de Godofrino, mesmo sem a sua anuência, levando a tiracolo Ritinha Boca-de-Veludo.

Perto do meio dia, seguindo por um atalho que desviava por alguns quilômetros os transeuntes e sitiantes da entrada do Bólido, vestiram-se as duas missionárias de um manto como que de monjas, e sem maiores problemas encontraram a passagem secreta que era conhecida somente por ela, Marianinha, e o capataz Sebastião, e dava na biblioteca, antessala do escritório de Godofrino. A porta, porém, só podia ser aberta pelo lado de dentro, já que, oculta para os que estavam na residência, dependia de um mecanismo que ficava atrás da estante de coleção de livros dos filósofos gregos, para liberá-la:

- Bato e dou uns gritos, ei de ser ouvida, ou por Sebastião, ou pelo próprio Godofrino! – falava a si mesma, Marianinha, em voz alta, e era ouvida por Ritinha Boca-de-Veludo, que, por debaixo da vestimenta de monja, trajava o que existia de melhor para seduzir um homem, ou seja, nada, a não ser uma perfumada e minúscula calcinha de renda em seda, presente da própria Rosilda, para aquela ocasião em especial.

O ar de mistério, a importância do encontro, deixavam de fato Ritinha excitada, o que era verdadeiramente raro em seu ofício. Via naquela oportunidade ímpar, uma maneira de subir rapidamente na vida e sonhava, secretamente, seduzir Godofrino e, com um lance de sorte, ficar com toda sua fortuna. "Por que não?" – matutava. Mas como já havia tomado conhecimento do "sermão do Bólido", achava conveniente adotar a postura de uma jovem para a qual não fora deixada alternativa na vida senão a prostituição. É claro que gostar do cabo de uma enxada nunca lhe passou pela cabeça mesmo, muito menos furar os dedos colhendo algodão, que dirá entusiasmar-se pelos livros, ainda que poucos tenham lhe chegado às mãos, apesar da insistência das tias para que terminasse o segundo ginasial, oferecendo-se ambas, as tias, a pagarem-lhe os custos do curso na capital. Como optara pelo caminho mais fácil, esta teria que ser sua melhor atuação, raciocinava, e disto ela entendia precocemente, aos 20 anos: seduzira até o momento quem quis, desde os grã-finos de Capão do Mato até os barões do café, em poucos meses em Capinaim, quando recebeu proposta pessoal de outro cafetão da capital: 30% sobre o lucro do lombo, muito mais do que jamais imaginaram ganhar as outras meninas. "E quem quer 30% se posso se posso ser a mulher mais rica da cidade? Que vão para o inferno os políticos, Emengardos, Godofrinos, Rosilda e até mesmo Marianinha Meretriz", esta última pela qual nutria um afeto quase maternal, devido a atenção que recebera desta, que a tratava com bons modos, procurando protegê-la, alertando-a sempre acerca de algum possível espancador de mulheres ou sádico. "Depois eu a recompenso com alguma quantia, pois há de me sobrar e muito!", dizia a si mesma, na tentativa de aplacar sua já dissoluta consciência enquanto caminhava pelo corredor escuro da passagem secreta iluminado por algumas tochas e a cobiça roía-lhe os ossos. Jamais, porém, Ritinha Boca-de-Veludo imaginara que o poder e o dinheiro e o mistério poderiam dar-lhe um tesão tão grande, chegando ao ponto de encharcar a seda da calcinha com o líquido que escorria antecipadamente de sua vagina a cada passo, provocando-lhe gemidos que guardava silenciosos em um cofre que teria que ser logo aberto a qualquer custo pelo destino, assim o esperava.

Ao chegarem ao final do corredor bastaram, ao contrário do que se imaginara, umas poucas batidas e o capataz Sebastião - então mais recluso ao Bólido em virtude da defesa pessoal de Godofrino, já que temia pela vida do patrão - ouviu as batidas e os gritos de Marianinha, conhecendo-lhe de imediato a voz.

Do outro lado da trincheira, a dos Emengardos, um segmento dissidente da estratégia única adotada pelo professor Albuquerque, em conchavo particular com o prefeito comandado por Eustáquio, líder situacionista do Partido Popular para Sempre, articulava naquele mesmo momento um plano B, que era o de difamar Godofrino IV através de "O Democrata", com adjetivos que unificassem o pensamento raso dos moradores, para que se evitasse a todo custo uma propagação dos efeitos do discurso escatológico proferido no dia anterior. Tirar-lhe os méritos da honra e a auréola de místico não seria fácil, e a alcunha de "esquerdista" já não seria apropriada, pois assumira visivelmente o lado dos oprimidos de forma mística e haveria também simpatizantes cultos em sua defesa. Mas havia outra fórmula que caberia como uma luva, pela qual se aproveitaria a falta de discernimento sobre os fundamentos teóricos de qualquer ideologia do populacho: imputar-lhe a adesão ao nazismo! E qual adjetivo não causa maior estrago na imagem que o Profeta haveria de ter junto à religiosos e cidadãos comuns do que um sistema maldito que prega a superioridade de uma "raça", mesmo que transmutada a de pedintes e fanáticos? Eustáquio, apesar de sua baixa estatura intelectual, fora leitor das técnicas de Goebbels, e apelar para um nazismo às avessas, parecia apropriado. A verdade pouco importa, o que importa é que a mentira seja dita milhares de vezes de forma consensual por um grupo que controla os meios de comunicação e a máquina pública. Sim, o nazismo, anticristão, antissemita, já que seu discurso parecia conter elementos de xenofobia ao analisar a história do "Grande Irmão do Norte" e tecer-lhe críticas. Fazer o discurso do adversário voltar-se contra ele mesmo, Godofrino, através de um arquétipo de rejeição já presente universalmente no conceito popular! Ideia perfeita, já que a defesa dos negros, das mulheres, das minorias, dos pobres, parecia sugerir uma ditadura destes segmentos sobre outro maior, o dos brancos e ricos, através de uma raça pura, "sem bosta nenhuma de vaidade" nos intestinos, como afirmara Feliciano. Não seria tarefa fácil, é verdade, criar um discurso que ia em direção oposta ao conceito ideológico do que Godofrino realmente dissera, mas se bem elaborado, contando com a tábua rasa do conhecimento popular, a estratégia traria efeitos devastadores. E Emengardo, diante da gravidade política, aceitou prontamente a sugestão. Albuquerque não fora convidado à reunião, óbvio, mas em seu lugar, o próprio Eustáquio esculpiu a manchete do próximo matutino, que sairia faltando exatamente 13 dias para o fatídico dia da queima da dinheirama: "Ditador como Hitler, Godofrino IV promove pandemônio racial", com o lead: "Discurso contra EUA pode promover conflito diplomático".

Era tudo que Godofrino queria: dar um aspecto mundial a um quiproquó que, até agora, apesar de grande número de adesões, tinha dimensões microscópicas e limitava-se, hipoteticamente, a briga de duas famílias pelo poder. Era sua intenção desde o princípio: chamar a atenção do Exército, dos grandes meios de comunicação e elevar o debate, se possível, a nível mundial. E jamais poderia ter realizado isto por conta própria, soaria como ato politico unilateral ou até insano. E no afã de derrotar a qualquer custo o adversário, a situação tratou de mover precipitadamente seus peões em direção à Torre.

O encontro com Marianinha

Antes mesmo de receber de bom grado Marianinha, anunciada de maneira pomposa por Sebastião, Godofrino já sabia, de antemão, do próximo passo de seus adversários planejado pelos dissidentes da principal estratégia, graças aos seus informantes. Ao entrar o anfitrião na sala de estar estrambólica na qual as duas mulheres o esperavam - em meio a chafarizes em lugares impróprios pendurados em paredes, os quais decoravam esteticamente o recinto de forma surrealista e sem simetria, como de resto era todo o castelo como já foi frisado - e onde recebia seus convidados com o garnisé debaixo do braço, pediu educadamente a saída de Sebastião e, fechando a porta paquidérmica de imbuia, abriu um largo sorriso em direção a Marianinha Meretriz, que não demonstrou surpresa nenhuma pela receptividade afetiva, causando estranheza em Ritinha Boca-de-Veludo: "Mas ué? O homem recusava-se ao convite, e agora a recebe de maneira generosa como se não houvesse passado dez anos?".

- Marianinha, minha querida amiga! Que grande satisfação em recebê-la! Desculpe-me a demora em responder a sua missiva, ocupado que ando com assuntos politiqueiros e escatológicos! Mas voismecê sabe que, entre nós, não tem cerimônia. É bem vinda a qualquer hora!

E dirigindo-se a ela com passos certeiros, equilibrados pela bengala que parecia já fazer parte natural de seu corpo, recebeu sua mão para o beijo, como se fora dado a uma dama da mais alta sociedade:

- Em trajes de monja, parece-me ainda mais bela e sedutora que era outrora - completa, após dar-lhe um abraço, por onde escorregaram já os dedos para as parte íntimas por debaixo da batina, sem que a moça reagisse, ao contrário, soltasse um ai prolongado e sensual, sem maiores pudores.

E toda a cena ocorria diante dos olhos curiosos e estupefatos de Ritinha;

- Ah! Godofrino, que saudades, mais de dez anos, não são? – falou com ares de quem protegia um segredo e não se sentia confortável com a presença de Ritinha, franzindo levemente a sobrancelha em direção à moça, coisa que não passou despercebida pela aspirante à luxúria.

O encontro inicial tão íntimo entre Godofrino e Marininha, jogou um balde de água fria às pretensões da aspirante à nova rica. Mas não se deu por vencida, mantendo um sorriso jovial, mas dissimuladamente tímido, por baixo do capuz.

- Esta é Ritinha, uma boa menina da Casa que me acompanhou gentilmente por motivos de segurança! – afirma Marianinha, meneando a cabeça em direção a ela, com uma mínima dose de ironia, também percebida pela jovem. E nisto era exímia: não chegara aonde chegara só pelo corpo escultural, mas por saber captar a expressão facial dos seus clientes, e por consequência, dos que lhe rodeavam. Sabia o que dela se esperava socialmente por um naco de olhar perdido. Era intuitivamente inteligente e após constatar a relação mais íntima do homem com Marianinha, abotoou rápida e discretamente a parte que deixara aberta da túnica e deixava vislumbrar parte do seio: assim a tinha disposto com um único motivo, a sedução. Mas não seria este o caminho, a não ser que, pela sua aparência excêntrica, Godofrino nutrisse depravações comuns aos homens bem afortunados, como o fetiche de coitos múltiplos, a vulgar suruba, no "pop". Mas teria que esperar outros indícios de aceitação da parte dele, para dar o bote e, só então, retirar Marianinha do páreo, com um desempenho sexual que superasse a da concorrente: o vale tudo da vida, como aprendera por experiência própria.

A reação de Godofrino ao cumprimentá-la, no entanto, não a deixou com a mínima esperança, ao contrário, temor:

- Hunn! Hunn! Motivo de segurança! De fato, são tempos perigosos de muita barganha e interesses, e a mocinha fez bem em, de forma tão voluntariosa, acompanhar a dileta amiga! – resignando-se a estender a mão de maneira formal, dando a entender sequer notara sua presença, não fora por lançar lhe um olhar de tal modo petrificante, com a severidade de uma sentença que parecia já decretada e surtira efeito: recaíra sobre seu corpo e amoleceram suas pernas. Pareceram-lhe os negros olhos de Godofrino como os de uma noite gélida de tempestade cujos ventos sacodem violentamente os galhos de um cipreste e verga-os ao ponto de quebrá-los, e empurram também com vigor contínuo, barcos nas paredes de um cais até que os estraçalha, nada de brandos, supôs, ainda que pressentisse mais força que maldade, intuindo que deles, daquele julgar pelos olhos, não sairia impune e talvez fosse melhor render-se de imediato. Mas após o breve vacilo, tratou de recompor-se. O amor à cobiça falara mais alto, mesmo que a impressão do julgamento retumbasse em seu peito com batidas enérgicas e incessantes.

Após bebericarem um licor de laranja, oferecido com toda gentileza pelo anfitrião para as duas convidadas e por ele mesmo servido, sem chamar os serviçais, Marianinha sugeriu que ela e Godofrino tivessem um aparte em algum cômodo mais discreto do Mausoléu, no que foi prontamente atendida. Antes de levantar-se, cochichou ao ouvido de Ritinha que a esperasse, com uma desculpa para o encontro furtivo: o homem não era do tipo que exporia seus intentos diante de uma pessoa desconhecida, e ela teria que levar a cabo a missão para a qual fora incumbida. Ritinha, fazendo ares de sonsa e falsa humildade aceitou , com um sorriso forçado, ser deixada ali, jogada em um enorme sofá de feltro azul, entre samambaias desconexas e vasos acorrentados a estátuas. "O homem é louco mesmo – refletia Ritinha – ou se faz de louco, mas burro não é, isso tenho certeza! E Marianinha tá é de história para boi dormir", refletiu rapidamente aos dispensar olhares incrédulos para a decoração sui generis do ambiente.

Após o casal sair, a primeira coisa que Ritinha fez, depois de certificar-se da ausência do capataz e testemunhas, foi tentar identificar para qual cômodo do castelo os dois se dirigiam. O trabalho foi facilitado por Sebastião ter dispensado os criados. E quase que os deixa escapulir, não fora a rapidez com que tomara a decisão de ir ao encalço dos supostos amantes: no alto das escadas, ouviu o estalo das sandálias de Marianinha, inconfundível. Fugindo sagazmente de outro criado que supostamente aparecesse por ali, perseguiu o ruído, subindo os degraus e percorrendo as portas díspares do andar superior, enroscando-se em plantas tropicais, abaixando-se ante vasos improváveis, até ouvir com certeza as risadas que viam de um quarto maior, com a porta de um vermelho vivo na qual, em sua parte superior, entalhada em uma placa de imbuia, trazia a inscrição: "Decifra-me ou te devoro". Em todos os quartos havia frases como estas, retiradas alhures de alguma passagem da história e, por acaso, coube-lhe aquela. Em busca desesperada de algo melhor do que apenas gargalhadas para ter na manga como trunfo, enfiou-se corajosamente no quarto que, por sorte ou azar, possuía uma porta de acesso para onde teoricamente confabulavam e riam os dois íntimos amigos, pelo que supôs antes, e indubitavelmente agora, amantes. Era sua cartada decisiva e não estava disposta a abandonar facilmente o jogo. Procurava auscultar a natureza da conversa que motivava as gargalhadas ao longo da parede, até que encontrou ocultada, por detrás de uma fonte, uma pequena passagem que por certo deveria ter sido utilizada pelos criados, ou espias, ou sabe-se lá o que, para burlar a intimidade dos Godofrinos em tempos idos. Respirou fundo, pois o trinco velho poderia denunciar sua presença, mas a avidez com que sempre procurou pela fortuna a fez também uma exímia batedora de carteiras, deu tal agilidade aos seus dedos que estes se assemelhavam já a sua língua, motivo do apelido, e não teve tantas dificuldades em enganar até mesmo o ruído do ferro que a impedia de alcançar seu objetivo. Abriu delicada e sorrateiramente a portinhola em centímetros, de forma que, ao longe, pode vislumbrar parte do corpo despido de Marianinha, que serpenteava pelo quarto de extremo requinte, como que para convidados especiais. As vozes, no entanto, tornaram-se nítidas, e o "conversê" de Marianinha foi o primeiro a ser ouvido, já que esta, efusiva, relembrava das peripécias realizadas na juventude, fazendo um convite à Godofrino:

- E então, "Godô"? – abreviação íntima que jamais teria imaginado Ritinha para um homem tido como exótico, severo e erudito - Que tal queimarmos um como nos velhos tempos?

Ritinha encheu-se de satisfação ao ouvir o diálogo: o tal Godofrino seria um consumidor de cannabis sativa, a popular maconha, ou ópio ou talvez outras drogas pesadas, informação que lhe renderia no mínimo uma chantagem pecuniária pela guarda do segredo!

- Mas é claro, Marianinha! Como é que não???? Depois de tanto tempo, será um prazer! Vou pegar no cofre!!! – Respondeu entusiasmado e na fissura, entendeu a espiã, pela entonação da voz, Godofrino!

Mas Marianinha mais rápida, procurando demonstrar todo apreço pelo amante, foi em direção a sua bolsa. Não fora este fato, Ritinha jamais saberia da natureza do estupefaciente utilizado, pois de onde estava pode observar sem margens de dúvida o material utilizado como forma de alienação mental:

- Olhe, tenho estas, guardei para uma ocasião especial! – Afirmou Marianinha, às gargalhadas, segurando em uma das mãos notas de mil réis!

"Mas, não estou entendendo nada! Ainda vão comprar a droga? Mas onde?". Indagava-se Ritinha, quando viu a rival retirar um maço de dinheiros da bolsa, não atinando ainda sobre a natureza da droga. "De onde esta desgraçada tirou tanta grana? E fingindo-se de miserável, essa puta! Bom, é certo que me emprestou certa quantia em determinada ocasião... mas isso?" – bufava interiormente e invejosamente a meretriz. Foi então que, assistiu, pasma, a mulher enrolar o dinheiro sem droga nenhuma dentro e entregar a Godofrino, para em seguida, enrolar a sua própria nota, e, após a acender a dele, acender a dela, tragando o impossível e rindo-se, ambos, aos cântaros:

- Estes filhos da puta vão pagar por tudo que fizeram ao mundo por amor ao dinheiro! O seu plano é de mestre Godofrino! Caíram como urubus quando veem a carcaça de uma cabrita podre no campo! – dizia Marianinha como que embriagada.

Sem poder enxergar nada do que fazia e vestia Godofrino, além de suas botas, já que o corpo do homem se ocultava atrás de uma parede, provavelmente sentado em uma cama, ouviu a resposta em uma voz gutural de quem sorve com prazer o descalabro:

- Então, agora entendo o porquê, depois de todos esses anos, de você não ficar rica, recebendo o dinheiro de seus clientes e ainda por cima a minha polpuda mesada! É mesmo uma viciada em fumar dinheiro! – gargalhava, Godofrino, desvairado!

- Guardei só o necessário para casos de emergência. Não somos escravos de nosso vício, Godô! Eles é que são! Eles é que não podem viver sem acumular cada vez mais, procurando dar sentido a suas vidas vazias com cada vez mais prestígio que acham ser conferido pelo dinheiro! Que vão para o inferno! O mundo tornou-se um lixo justamente por causa desta droga!

A vontade inicial de Ritinha Boca-de-Veludo, impulsivamente, se possuísse uma arma, era adentrar ao quarto e levar todo o dinheiro do cofre, o maço de notas de mil réis de Marianinha, tudo, antes que fumassem todas, nem que preciso fosse enchesse de chumbo os dois sádicos. Sentiu náuseas: jamais em sua vida de depravação e egoísmo desenfreado, havia visto com os próprios olhos uma "tara" tão horrenda que, em seu entender, era completamente inaceitável no mundo "civilizado". Controlou-se, após deixar cair umas lágrimas, olhando de soslaio Marianinha acender mais uma nota. O que poderia fazer? Se aqueles políticos aliados dos Emengardos não valiam nada, estes malucos é que valiam menos ainda. "Imagine! Queimar dinheiro, dinheiro vivo, logo o dinheiro que dá sentido a tudo que fazemos e pensamos!". Após fechar delicadamente a porta, apesar da ânsia do vômito não passar, saiu pé ante pé do contíguo, esguia como uma cobra, dirigindo-se de volta à sala de recepção, tendo o cuidado de não ser vista, até que alcançou um banheiro. Ali vomitou no lavabo toda sua indignação contra os dois aliados e pensou com mais calma sobre como poderia tirar alguma vantagem do fato. Sim, aos Emengardos interessaria muito a informação de que, na verdade, aquela a quem fora designada a missão de apaziguar eleitoralmente o município, Marianinha, era na verdade aliada do Ensandecido, pois era ensandecida também! A roda da vida mudava de direção e caberia a ela agora eliminar intermediários, buscar novos aliados e dar a volta por cima.

Quando o casal voltou, encontrou uma Ritinha "Boca-de-Veludo" pálida, sentada, contrita no sofá, ansiosa para ir embora, sem coragem de sequer olhar para os olhos do casal cúmplice do que julgou ser uma heresia. Mas, não restava alternativa, para não gerar desconfiança, senão realizar um esforço descomunal para despedir-se de forma polida de Godofrino:

- Quem este filha da puta pensa que é para queimar dinheiro? Deus? – saíra, rosnando para si mesma em pensamentos!

Capítulo XI

O segundo sermão de Godofrino

Mal soubera das intenções de seus adversários, apesar de julgá-las totalmente estapafúrdias, de acusá-lo de promover a superioridade de alguma raça, ou povo, sobre as demais, exigira o Califa, prontamente, direito de resposta no Matutino "O Democrata". Alegara, para tanto, o argumento de que estava sendo julgado por um crime que não cometera e prometera apelar, caso seu pedido não fosse acatado, para cortes internacionais, através de amigos que havia amealhado no exterior. Além disto, seguidores exaltados e fanáticos de Godofrino, diante do boato espalhado pelo Capataz Sebastião de que "O Democrata" estaria sentenciando o Mestre como Pôncio Pilatos ao Cristo, prometiam colocar fogo em sua redação.

Imediatamente, temendo que a ameaça de Godofrino de levar o quiproquó para além das fronteiras de Capinaim se concretizasse, os situacionistas decidiram em reunião que o Direito de Resposta deveria ser concedido, já que o mal já estava feito mesmo. O professor Albuquerque condenou a atitude impensada de Eustáquio, já que não haveria elementos suficientes para se alegar que Godofrino houvesse de fato sugerido a superioridade de alguma raça sobre outras, muito pelo contrário, insurgiu-se frontalmente contra isto.

- E agora resulta que algum tribunal pode nos levar a pagar uma multa milionária ao homem, dando ainda mais grimpas monetárias para alimentar sua fogueira! Deste jeito vai acabar conseguindo realizar seu intento: além de queimar seu próprio dinheiro, vai conseguir queimar também o nosso, o do jornal e o do Município – defendia energicamente sua tese, Albuquerque, olhando com reprovação para Eustáquio, autor da manobra política a seu ver totalmente equivocada – E chegamos ao ponto que ninguém entende mais nada, nem do que ele fala, nem do artigo que fizemos. Afinal, não conhecemos Capinaim? Aqui o pessoal "malemar" tem o primário, e os que o tem, uma minoria. Que mal há de fazer dar ao Godofrino seu direito de resposta? Ninguém vai entender mesmo! Posaremos ainda de democratas! Agora o debate se trava em outra ordem, fora do plano racional, e sim no campo emocional – assevera Albuquerque - Devemos gerar empatia e usar o desodorante da democracia, mesmo que a contragosto, de forma que o odor adocicado de "homens de bem" como nós, republicanos, chegue às narinas dos insuflados. Não será de forma alguma uma vitória de Godofrino, porque imputaremos o artigo calunioso ao próprio "O Democrata", em último caso, à falta de conhecimento mumificado do Arnaldo.

Dito e feito, com a anuência de Aminoácido, no outro dia "O Democrata" levava uma chamada na capa para um artigo insólito e irônico que fazia desandar a acusação de quem supostamente defendia uma raça superior em seus sermões. Mas, como previra o professor Albuquerque, nem de longe entendido pelo povão, mas de qualquer maneira, coroava-se novamente Godofrino como um monarca de conhecimentos estratosféricos acerca da origem das raças. O texto, na íntegra, que comicamente transforma todos em "arianos", é o que segue:

Memórias de um racista com Alzheimer

Era bem de se dizer e a moderna ciência o comprovará – corre o ano de 1942 – que um ariano de estirpe com seus exatos cinco centímetros de testa e a coluna dorsal ereta, ainda que com o mesmo número de vértebras dos demais mortais, insuflado por um discurso de superioridade ancestral a toda prova, há de possuir vantagens bestiais com relação a um anglo-saxão em condições normais de adversidade, não obviamente no que se refere ao extermínio de raças aborígenes inteiras, igualando-se assim aos não menos exímios espanhóis e portugueses, assassinos de índios, mas simplesmente por uma questão de serem um povo escolhido para tal domínio absoluto sobre a mediocridade de meros Incas, os quais já possuíam água encanada quando a Europa nem pensava nisso, ou gestar um deus na barriga, como os sionistas o fazem, alegando proezas de atravessarem o deserto e libertarem-se dos egípcios, iniciando uma epopeia de resistência aos desígnios naturais até finalmente, e sem consulta nenhuma aos que lá moravam dois mil anos depois, desembocarem na Terra Prometida, nem que para isso seja necessário atravessar o crânio de crianças palestinas com precisas balas de fuzis, ou em outro caso, derrubar umas duas bombas atômicas sobre os orientais ou instalar uma sangrenta guerra civil contra os idiotas que afirmam que negros tem alma e são como nós: mais uma prova insofismável de que os superiores de fato nasceram para exercer a primazia, com quarenta virgens, como diz algum fanático, não só pelos seus cinco centímetros de testa, o formato das orelhas, a estatura, a resistência, a vocação para a filosofia, artes, literatura e salsichas, independentemente do "zero", por acaso, lógico, essa formidável ferramenta da matemática, ter sido inventado pelos Indianos divididos em castas também, superiores e inferiores, para depois surpreendentemente ter seu conceito espalhado pelos árabes ao resto do mundo, o que prova indubitavelmente que os arianos inicialmente reinavam por toda a terra, e eram também gregos, pois estes intuíram a noção do átomo, druidas celtas já que tinham o conhecimento de plantas e medicamentos, como os índios sul-americanos – e a ciência há de provar – apesar de que, é preciso que se diga, não possuíam inicialmente estes povos americanos milimetricamente cinco centímetros de testa, mas pouco mais ou menos, três centímetros até, dois até, o que não retira o caráter de domínio natural de nossa espécie sobre os demais seres humanos, como demonstra cabalmente a história, já que descendemos de dois ramos distintos genealogicamente, os que dominam e os que são dominados, os superiores e os inferiores sempre, devendo-se, para comprovar isso, claro, a capacidade bélica, pois a ciência há de provar ainda, os negros jamais poderão ser advogados ou presidentes ou dirigir modernos automóveis ou serem atores de filmes ou cientistas, pois não tem cinco centímetros de testa, e as orelhas e a vocação natural para a educação e salsichas, com exceções claro, porque a natureza não é perfeita, e ainda que com bilhões de exceções, não se poderá desmentir a regra, e mesmo que ela não seja comprovada por amostragem e nem pelos cinco centímetros de testa e o formato das orelhas, mas sim pelos discursos inflamados de nossa insofismável superioridade: a ciência há de provar e se não provar será assim porque nosso deus quer".

O terceiro discurso de Godofrino

No início da Era do Rádio, já o Esteta adaptava o ouvinte à sua capacidade imaginativa, com seu ápice nas radionovelas, com a criação de ruídos em estúdios, um recurso sintético fundamental na construção do sentido onomatopeico da linguagem: utilizando-se dos mais variados meios "artesanais", reproduziam-se passos em uma escada em uma noite escura, trovoadas, mergulhos profundos nos mares de Netuno, diz-se até, certa vez, um camelo perdido no deserto, com tuaregues a procurá-lo com tochas, até o futebol, no semicírculo da grande área, Pelé, Coutinho, Mengalvio, Pepe, uma tabela sensacional, o lançamento, o domínio perfeito da fala, acelerada, palpitante, enérgica, e não menos convincente do que a realidade, pois já não se contentando o receptor, à forma e ao conteúdo, ao mundo tão estático da própria partida "real", preferia o imaginário, o colorido, o de Tommaso Marinetti, da velocidade da máquina humana, ela mesma: e qual reino era o melhor? Qual era o verdadeiro? Ambos? No entanto, o som puro, o espacial, o eliminado completamente de ruídos, o do coração, era esse, bem o sabia Godofrino, como o anúncio dos planos quinquenais da NEP (Nova Política Econômica), a entrada da guerra pela URSS, Laika no espaço, Nixon em rede nacional, a Rádio Nacional, a

Tupi, o humor, a Turma da Maré Mansa, e tudo isto passando pela nossa cabeça em slides atemporais, milhões de ruídos que nunca mais voltarão até que por fim reste apenas o silêncio: não, não necessitaria de efeitos especiais, apenas de sua voz monocórdia, arrastada, gutural, soturna, messiânica, em um horário imprevisível, pela madrugada, na ausência do zunir frenético das moscas: e o que o dinheiro não compra, se compra até governos? Compra logicamente uma estação de rádio local, as ondas eletromagnéticas da "imprensa livre", como compra a todos, serviçais fardados de jornalistas, mesmo que, comumente, o horário estabelecido para o término da transmissão da estação fosse pontualmente à meia-noite, o que não diriam uns poucos ao ouvirem um discurso que se assemelhasse ao pronunciamento de um Lázaro que voltava das profundezas do Hades? Ninguém o saberia real ou imaginário, ou a qual mundo pertencia. Ouvira-se, somente, deixara-se somente ouvir, mas dilacerante, efusivo e eletromagnético...

A ética pequeno-burguesa

Se for verdade que os pequenos atos silenciosos de misericórdia e bondade, de justiça e ética, constroem uma teia intrincada de relações que formam o caráter do cidadão e contribuem em alguma escala na transformação social, também é verdade que servem de justificativa, na maioria das vezes, para abafar a própria consciência hipócrita de quem coa o mosquito e engole o camelo. Em outras palavras, para conseguirem um alvará que se lhe abone a cumplicidade geral com um sistema corrupto por si mesmo, os fariseus estendem seu enorme dedo cadavérico sobre as classes que julgam "inferiores" para cobrarem-lhes os custos de toda a podridão do mesmo sistema corrupto que defendem com unhas e dentes, "porque não existe outro", por que sequer cogitam outro e porque, definitivamente, não querem outro sistema. Metaforicamente, a Classe Média, a que melhor se julga porta voz do conceito de "ética para todos", aceitaria, contemporaneamente, as sugestões de Hitler aos patrões alemães para que se construíssem banheiros em fábricas, para que o trabalhador tivesse a sensação de conforto e, simbolicamente, fizessem parte de um mundo civilizado, enquanto os mesmos nazistas envenenariam suas almas com conceitos de superioridade moral que nunca existiram e nem existirão na prática. Assim, é bem mais fácil obedecer a uma placa de "não pise na grama", e condenar a falta de cidadania de alguém que não o faz, do que engajar-se como Chico Mendes em uma causa de defesa ambiental contra os latifundiários, o que pode custar a vida de quem o faz. Como argumento máximo da ignorância e lenitivo para a covardia, a epígrafe "a corrupção começa aí!", serve como aríete para responsabilizar um pequeno desvio de conduta como a causa de toda a poluição e degradação ambiental do mundo, mas sabendo-se que, na verdade, o dano maior é causado pela cumplicidade de todo mundo, desde aquele que não se utiliza de uma sacola de pano para evitar o plástico até as gigantes fábricas poluidoras, estas sim as maiores responsáveis pela criminosa devastação do planeta, mas que "geram empregos" e estão por isso "desculpadas" legalmente dentro do sistema. Aliás, nem ao menos as boicotam nos supermercados, porque a comodidade e o preço, apesar de poderem pagar mais, não são de sua alçada.

Também, se uma empresa multinacional ou nacional, a qual o hipócrita representa, e tira dela seu sustento pecuniário, vende um produto semelhante ao plástico chamada margarina que entope a veia das crianças, ele lava as mãos. Não é de sua alçada organizar a sociedade para combater coletivamente o mal maior, expor-se, perder o emprego; é de sua alçada somente o compromisso com uma ética rasa e estreita que diz respeito a sua suposta conduta mediana, a que julga ideal, mas que de resto não seria mais que obrigação e apenas o início da constituição de um verdadeiro caráter de cidadão ético e responsável, não só individualmente e localmente, mas coletivamente e universal.

Se por um lado a ética pequeno burguesa relaciona a pequena infração ao crime horrendo de forma imediata, quando se trata de fatos corriqueiros de conduta - como o pisar na grama - não o faz no sentido inverso, o das grandes corporações e governos. Por exemplo, se a indústria cultural multinacional é obscena em seus lucros e métodos (enquanto as crianças da África não precisam imediatamente de filmes, mas prioritariamente de comida), elaborando seus DVDs "oficiais e legais" com mão de obra escrava chinesa, nada disso é de sua alçada. E mais, se este filme custa bilhões de dólares e movimenta uma pesada máquina de conversão de valores à superficialidade, pagando salários altíssimos e imorais aos seus atores e demais participantes em cadeia da indústria do entretenimento (graças à necessidade de fuga psicológica do protagonismo da história através da alienação coletiva, mas sem generalizar, com boas exceções de diversão que estimulam a criatividade, o conhecimento e o caráter) em sua maioria propagando valores subvertidos de liberdade e democracia, violência, e toda série de má conduta, e se alguém comprar este produto estará financiando indiretamente até mesmo guerras ideológicas e religiosas, pouco importa! "É a livre iniciativa!" - não é de sua alçada. O que importa é que o produto cultural chegue a suas mãos com o carimbo de "legal", de um departamento de um sistema idiota, e é mais fácil - ao invés de sentir-se cúmplice desta merda toda - estático e conformado, descer o porrete no camelô que sobrevive miseravelmente da venda de DVDs "piratas" na esquina, "porque não paga impostos" como todo mundo (mas é o que mais paga impostos na cadeia inversa da elaboração da tributação sobre produtos de consumo diretos e seu país não lhe dá condições de viver dignamente através de um emprego formal) correndo da polícia, o malfeitor, o meliante, o culpado de toda a falta de ética no mundo, e igualmente quem o compra, porque não tem acesso aos bens culturais, outro perigoso "criminoso" em potencial. Mas quanto se trata de organizar a sociedade e combater de forma coletiva e individual a concentração e o monopólio dos meios de comunicação que oferecem "lixo cultural" para o povo, ainda a adulteração grosseira da realidade política, pendendo sempre a balança do jornalismo para o lado dos poderosos, não é da sua alçada ser "criminalizado" por estes mesmos meios de comunicação por combater-lhes os privilégios e denunciar-lhe o engodo.

Não é de sua alçada questionar o sistema nunca, mesmo que o líder de sua seita, Newton Friedman, debata com o ainda menino Michel Moor, argumentando aquele com quantas vidas se justificaria a instalação de equipamentos de segurança em um automóvel, com o seguinte artifício de irracionalidade: "O dinheiro vai sair de onde? Do salário dos metalúrgicos? Por que o dinheiro que sai de algum lugar, faz falta em outro lugar" (exemplo que parece não servir para os parasitas banqueiros do mundo todo). O raciocínio, por si só estapafúrdio, irracional, desumano, nazista, no entanto, rege atualmente os pilares da economia e das relações de trabalho mundiais, e sem que ninguém diga nada? Funcionando em compartimentos estanques da economia e da ética, como o é o da maioria dos moralistas pequenos burgueses, o raciocínio de Friedman afirma que quem pagaria o custo da segurança seriam os contribuintes e não o bolso dos proprietários das automotivas. Mas qual é o custo de uma vida? - Pergunta-se ao cidadão mediano que aponta o dedo para uma pequena infração! Nunca o sistema, mas o individual: talvez o de não colocar o cinto de segurança, o que é verdade, mas não menos verdade e terrível quanto o recall que nunca existiu em larga escala de algum produto automobilístico de segurança neste tempo, e todos os safados donos das multinacionais saíram-se impunes com milhões nos bolsos a custas de vidas humanas, ou uma vida só que pudesse ser salva que seja, porque a vida não tem preço. Não tem preço, ouviram? Não tem preço! Sobre estas questões éticas maiores, a conceito de moral pequeno burguês não ousa levantar o dedo, porque é sua funcionária e cúmplice. E isto se explica sociologicamente: a Classe Média quer criar um escudo de "bom cidadão", que paga impostos, que não pisa na grama, que obedece aos sinais de transito, que cumpre de forma "exemplar" seu exercício de cidadania, regras menores, para ter um álibi que julga perfeito para esconder sua incapacidade de raciocinar e sua covardia em questionar as injustiças de um sistema do qual é cúmplice, e ao mesmo tempo se achar no direito de achar um bode expiatório menor para tudo! Se 70% da população brasileira ganha entre um e dois salários mínimos, e 10% ficam com mais de 50% da riqueza do país, e o resto não tem acesso à educação, ao entretenimento, ao lazer, aos filmes, à cultura, isto não é de forma alguma responsabilidade individual e coletiva de ninguém porque é "legal"! Não é de sua alçada lutar pela justiça social. Isso é coisa de "comunista". Igualmente, também não é de sua alçada questionar o sistema se trabalha numa multinacional de cigarros que envenena legal ou ilegalmente, pagando ou não impostos, toda uma população de viciados, porque "só se vicia quem quer", e eles, as multinacionais, pagam impostos, e os agricultores não têm "alternativa" de sustento, etc. Então, não é de sua alçada, a do cidadão mediano, questionar o que o sistema considera 'legal', mesmo que não o seja moralmente, e aí a palavra "traficante" não se enquadra em sua profissão de vendedor de cigarros, apesar do mecanismo de raciocínio ser o mesmo que utiliza para a condenação do infrator menor, "o que fuma", o que pisa na grama, o que suborna o guarda, o que compra um DVD pirata...

Finalmente, existe um quadro significativo dos quadrinhos de Charlie Brow, onde um guarda pretoriano está colocando o último prego nas mãos de Cristo e, do alto da escada, olha para trás e diz: "Está olhando o quê? Preciso ganhar o meu salário!". E a moral pequeno cristã burguesa acaba aí! Não é de sua alçada questionar as causas universais da injustiça – por que estas lhe exigiriam o sacrifício pessoal extremo, a dedicação, o aprendizado, o caráter e acima de tudo, a coragem – como a crucificação de um Santo, por exemplo, que salvará o mundo. Ela não questiona Pilatos porque é cúmplice de tudo isto! Então apenas cumpre o papel transitório de justificar o sistema, cumprir o que a lei ordena, pouco se importando se a lei é realmente moral e justa, quais a relações e consequências universais de seus atos, e porque ele vergonhosamente se omite diante de tanta injustiça. Em seu julgamento raso, que abafa o grito maior de sua consciência de cúmplice de todo um sistema global injusto, apenas o sujeito em questão, o que cometeu a pequena infração, o imigrante sem documentos, por exemplo, é o maior "criminoso", descumpriu a lei, desafiou as autoridades. Então como juiz e tribunal, emite a sentença: crucifique-se! Mesmo que seja ele mesmo que coloque o último prego! Mas será que não recairia sobre ele, o acusador, o mesmo julgamento para os hipócritas de todos os tempos: quem não é cúmplice do sistema, que atire a primeira pedra?

Capítulo XII

Dentro da grande área

Da mágica do futebol e da literatura

Quem jogou futebol jamais vai perder a sensação de poder "criar". Em poucos segundos, você deve calcular todo um complexo mundo de intuição, geometria e habilidades: onde você está, onde está o zagueiro, onde está o gol, onde estão seus companheiros. É um quadro que será pintado, um poema que será realizado. Está prestes a acontecer, você sabe e terá que tentar "enganar" seu opositor: fazer com que ele acredite que você estará onde não vai estar. Pouca gente de literatura gosta de futebol, mas o futebol é "mágico"! Intuir o ser humano numa fração de segundos: ele vai pensar isto e eu vou fazer com que ele acredite nisso, e depois vou mudar meu pensamento, e não vai dar tempo para que ele me acompanhe, para que se recupere de seu engano! Em alguns casos, em menos de um segundo! Mágico! E algumas palavras resumem: liberdade, sensação de poder, de acreditar em sua capacidade e brincar. E tudo isto com os... pés! Você "lambe" a bola com eles, os pés, faz com que ela, a bola, seja parte de você, uma extensão do seu corpo, um objeto esférico, estranho à adaptabilidade convencional, calcular sua velocidade, "lamber a bola", carregá-la, assim, ó, para lá, para lá...

Ele, o zagueiro intui, você tentará voltar, mas não sabe quando, mas você também poderá seguir, arriscar o salto, poderá fazer qualquer coisa, e ele tenta imaginar o que seria com sua experiência, o zagueiro: o que você pretende? E você planeja, e tem que planejar rápido, existe um pequeno espaço para isto... e não há tempo para olhar para os olhos de seu adversário, você vislumbra apenas parte do corpo dele no limite impossível da volta, anatomia intuitiva, ancestral, aborígene, para onde ele se inclina, joga a isca, como a um peixe, ele sim, olha a bola, você não, você está com ela, não pode olhar para ela, a bola já é você, e você já tem em mente o que irá tentar fazer... mas depende do que o zagueiro pensar, é dialético, você tem que pensar mais rápido, você o instiga: ponha o pé! Quero que você coloque o pé, e na hora certa, nem um segundo a mais nem a menos, pense, pense rápido, ameace, volte, é a tua inteligência contra a dele, você tem a sensação de que vai conseguir, um suspiro no peito, certeza, sem certeza não conseguirá, você é melhor do que ele, ele vai colocar o pé, ele não vai resistir, vai, vai, agora, é só você e ele, ali, no canto, fui, voltei, fui novamente, ele parou, é isto, um segundo, tentou colocar o pé, por cima, levanto a bola, ele fica, mordeu a isca, já fui agora...nunca mais...ficou para trás, venci...e já tenho que ter calculado o próximo ato, muito rápido, está lá, o amigo entendeu, acreditou que você passaria, seu amigo também é mágico, acreditou em sua mágica, ele está lá esperando...tá, é tua...pouco importa o gol...venci! Libertei-me, sou forte, crio, venço! Sim, eu posso... sou... mágico!

Depois disso, adaptar a literatura à lógica do movimento, ir para onde der na telha, como o Mané Garrincha, driblar o time inteiro, e se quiser marcar o gol, marca, se não, não marca, não é o mais importante, o importante é brincar... esperar o leitor... ele quer que você volte para a estória principal, a do livro, mas e se não existe estória principal? Se esta é a principal? Se o campo é só teu e tua a alegria de driblar... e eles todos esperando... na arquibancada...um drible, uma chaleira, um lance de craque...eles vão ficar ali...eles pagaram a entrada...eles querem ver o show... Até o zagueiro, na verdade, quer que você o drible... ele fará tudo para impedir... mas no fundo, no fundo... ele quer que você seja melhor do que ele!

Godofrino recusa-se veementemente a voltar ao romance, depois de ter enganado o leitor dizendo que voltaria:

Escritos esparsos para se entender a trama

A criança que ensina o adulto

Tenho em mim o conceito de Rezeptiongeschichte" de Yuri Tinianov (18 de outubro, 1894 – 20 de dezembro de 1943) em que o livro se completa com o olhar do leitor. Em outras palavras, não existe uma obra "pronta", mas uma obra que, dialeticamente, se constrói a partir do outro, do leitor que interage. E, assim, transfiro de forma regressiva o conceito ao meu mundo de construção infantil: ao ler gibis, os personagens tinham as vozes que eu lhes dava. Vozes imaginárias que meu subconsciente, ou minha própria imaginação criava do... "nada"! Com o advento da televisão, os personagens tinham vozes que seus criadores midiáticos (e dubladores locais) lhes deram. Lembro que minha primeira reação a isso foi a de que aqueles personagens não eram os mesmos que me acompanharam pela infância. A profundidade do mundo infantil (emocional e capacidade criativa) é solapada pelo "amadurecimento" das coisas prontas (natural na espécie, mas deveria ser holística presumo, no processo: os mundos adulto e infantil deveriam conviver retroalimentando-se!). Qual é o espaço para sonhar em nossa sociedade, como critica Max Weber? A ciência e a tecnologia nos dão a resposta para tudo: para que sonhar como um menino sonha?

O desencantamento ocorre quando matamos o menino! Quando sufocamos seus sonhos e sua capacidade de ver tudo com novos olhos a cada dia! Por isso, guarde seu mundo: não deixe que coloquem vozes em seus personagens! Não aceite as ideias prontas e acabadas sem interagir com elas! Abra um espaço em sua consciência para o menino ver com olhos diferentes! Amadureça, mas não perca a magia do sentimento, do encantamento, da emoção de ser tudo como da primeira vez! Henry Miller, creio que em Trópico de Câncer, falava do grande átomo indivisível que é a criança... e que depois é quebrado, fragmentado, pela sociedade. Então volte, volte-se para você mesmo, somos capazes de ouvir o menino: e o que o menino faria? Arrisque o salto até o outro lado da margem, não canse das estrelas, corra o risco de imaginar, sonhe o impossível, não creia na certeza absoluta! Parece pouca coisa, mas sem a capacidade de sonhar, o Ocidente morre! Morrem as ideologias, morre a esperança junto com o menino! Reinvente, coloque asas no cavalinho de madeira, não duvide que lá, lá no fim do arco-íris existe um pote de ouro somente para aqueles que o imaginam. Não é ilusão, é sentimento! Vire música e voe no 14 Bis, ao lado de Dumont: "Há um menino, há um moleque, morando sempre no meu coração. Toda vez que o adulto balança ele vem para me dar a mão"!

Hoje a sociedade tornou-se infantilizada para não ser adulta, como fuga da realidade: não é este o processo. O processo é torna-se "infantil" para ser um adulto melhor!

Godofrino finalmente volta ao romance timidamente, por não se sentir pressionado...

Ora de voltar ao ofício e ser ofício, Godofrino em sua saga, e podemos optar por Marguerite Duras, em "A Dor", um bobão no meio da guerra, escrever, ponto, frase, ponto, e criar uma concisão feita de fragmentos, ou o fluxo psicológico, ou híbridos, fusões, metástases, espadas flamejantes, pinceis lúdicos de Juan Miró em busca do lúdico essencial.

A menina, igual a uma folha seca, Ritinha Boca-de-Veludo", arrastada pelo vento da cobiça, da vida dura da roça, dos calos na alma e na vagina pelo estupro do padrasto, do coito enfurecido, do pranto convulsivo escondida no celeiro, do grito sufocado à hora do jantar, por séculos, diante dos olhos enternecidos da mãe pelo homem que ela amava e temia perder, mesmo sabendo da porrada, do incesto, da dor da filha; ela, agora "Boca-de-Veludo", e tudo isto materializado num único e suposto culpado: a pobreza, o minguado, a submissão, a dependência... a grana! Sim, o dinheiro, os machos, o poder, a riqueza, a força bruta: e como se ousa, sequer se ousa, o desprezo pelo que se pode salvar com um simples naco de papel chamado dinheiro em uma noite queimado por lunáticos que sequer imaginam toda a dor que a consumia e que poderia ter sido evitada com uma só daquelas notas?

- Chupar o pau de um homem, de dois, de três? Dar o cu, ser penetrada de todas as formas e por muitos? Ah, isso eu sei... sei do que eles gostam, homens e mulheres... sei pelo que eles chegam a pagar e os satisfaço... pelo seu próprio prazer! Mas que tipo de gente é esta que tem prazer em humilhar o dinheiro, a coisa mais importante existente no mundo? Não é pelo dinheiro que se travam guerras? Filhos matam pais? Famílias se engalfinham em contendas infindáveis por heranças? Que depravação é esta tão sádica e masoquista? Isto sim é inverter a moral deste mundo, comunistas lazarentos! Que nojo!

Corroía-se internamente Ritinha diante da amiga de prostíbulo Marianinha, a qual narrava, calmamente, o transcorrido, durante o encontro com Godofrino, para Rosa dos Anjos, "como se não fora cúmplice do Mentecapto", pensava Ritinha:

- É um homem indecifrável, do qual não se adivinha os intentos. Ouviu minha proposta de queimar somente parte de sua fortuna, conforme o acordo que eu e Senhorinha havíamos firmado, mas dele não obtive nem sim nem não. Tudo parece ter sido absorvido pelos seus grandes olhos negros e distantes que fitavam o nada e, por isso mesmo, sem reflexo, deixaram-me a impressão de que falei comigo mesma. Mas, em se tratando de amor, a virilidade é a mesma com a qual me procurava no bordel. Isto pode ser um sinal de que podemos nos tornar novamente íntimos e posso convencer-lhe, não é mesmo Ritinha? – dissimulava Marianinha com certa ironia, procurando aliciar a única testemunha.

Ritinha, absorta em pensamentos ora de vingança, ora de cobiça, fria e calculista, há muito havia percebido o que se passava. Se não entendia perfeitamente os motivos de Godofrino e Marianinha, os de Rosa dos Anjos e dos Emengardos não lhe passavam despercebidos: para os assuntos de dinheiro e poder, possuía instintivamente um faro canino. Mas, porque deveria – em um caso de tamanha importância, que deduzia poderia decidir o destino político da cidade - depender de intermediários? Se não pudera romper os laços de Marianinha com Godofrino, porque não os dos interesses que uniam Emengardo a Rosa dos Anjos? Era portadora, ela, Ritinha, de um segredo e não de um segredo qualquer. Afinal, não era o trunfo de Rosa dos Anjos o poder sobre Marianinha em convencer Godofrino? Mas tal trunfo agora, segundo constatara, era um blefe. E por que não, num aparte com o prefeito, à calada, jogar suas derradeiras cartas? Afinal, da cumplicidade lunática de Godofrino e Marianinha, só ela sabia. O que se passara no encontro, só ela fora testemunha. Poderia jogar dos dois lados! No devido tempo, em último caso, chantagear Marianinha em troca de favores no bordel e de Godofrino, pelo sentimento afetivo que parecia nutrir pela colega de ofício, exigir algum dinheiro graúdo em troca do segredo tão caro. Mas, o mais importante seria tentar aproximar-se de Emengardo e, num lance de sorte, simular uma proximidade que não havia tido com sucesso com Godofrino, descartando Marianinha e Rosa dos Anjos como interlocutoras. Para tanto, havia construído uma versão do que havia ocorrido de fato no mausoléu: nesta, seria então ela que seduzira secretamente Godofrino, sem que Marianinha houvesse percebido. A ela, Ritinha, Godofrino prometera, num futuro encontro, depois de ambas terem satisfeito a insaciável voracidade sexual do bruxo, contar suas verdadeiras intenções acerca da queima de sua fortuna. E assim as revelaria somente a ela, porque nela, Ritinha, encontrara uma beleza impar, um corpo sinuoso e uma libido que fizeram as carnes envelhecidas Del Bruxo estremecerem de tal modo que, ao sair por alguns segundos da alcova Marianinha, aquele sussurrou juras de amor ao seu pé do ouvido. Se a história acontecera de outro modo completamente diferente, quem haveria de saber? Aos homens, a verdade pouco importa: nenhum deles duvida dos bicos entumecidos dos seios, dos contornos suaves de nádegas bem torneadas, da flor dourada do clitóris e da rosa dos lábios vaginais. Nenhum homem duvidaria e muito menos o velho político Emengardo. Pelo contrário – imaginava – por ser supostamente mais fácil de engambelar, guardaria seu az na manga para o outro jogador do cassino político de Capinaim: o prefeito. Afirmaria também ter se apaixonado por Godofrino, tal o ímpeto do mistério encontrado em seu semblante, a força de ter sido possuída, juntamente com Marianinha, em uma orgia dissoluta onde uma queria mostrar mais que a outra o seu desempenho, e que sentira orgulho por ter, ao final, conquistado o lugar da rival. Mostraria ser irredutível em contar futuramente os intentos de Godofrino e confessaria que, mesmo com toda sua experiência, jamais encontrara um homem com tal capacidade de seduzir do que o mestre do bólido: culto, elegante, misterioso, viril, rico e mágico! E se estava procurando agora o maior rival deste, o prefeito, para confessar-lhe isso, é porque contava com a complacência de Emengardo em não punir o puteiro, nem sua maior amiga Marianinha, generosa, gentil, mas já fragilizada pela idade para a arte da sedução, por esta não ter conseguido seu intento, ou seja, o de domar o satã pela arte da luxúria. Sim, dele, Emengardo, conteria os arroubos e ímpetos nas tentativas de suborná-la, até onde fosse conveniente, para convencê-lo de sua índole. Verteria, se necessário, cântaros de lágrimas, afirmando que abandonara a prostituição, tal a impressão que O Profeta lhe causara à alma. E ainda mais, simularia uma possível união com o rival de Emengardo, em sua cruzada contra o dinheiro e, se ainda restasse alguma dúvida, queimaria na frente do próprio Emengardo algumas notas – não muitas - como prova de sua conversão. E por que, tudo isto? Porque sabia pela arte do ofício que o tesão de um homem vem pela negação inicial, a todo custo, do que este deseja facilmente apropriar-se como um prêmio. Se desperta o desejo incontrolável, aumentando o preço desmedidamente do que o caçador supõe valer pouco e antes não dera a devida atenção. Não fora deste modo que ganhara presentes valiosos dos coronéis e gozava de prestígio entre as iguais de sua profissão? Não é só o corpo perfeito, os cabelos bem cuidados, o perfume e o óleo derramados sobre a pele... é, antes de tudo, o entender a fraca consciência dos homens, suas debilidades no jogo do amor, já saindo estes em desvantagem diante do instinto animal por acharem que tudo que almejam, conseguem, utilizando a força bruta. Pois bem, convinha então, estrategicamente, por enquanto, uma trégua. Um consentimento convicto à história de Marianinha de modo a não deixar uma gota de desconfiança que dela era uma aliada incondicional:

- Sim, dona Rosa, é verdade! O tal do Godofrino tem por ela sentimento de unha e carne, indo direto ao assunto por baixo da saia logo que chegou, e não passou dois dedos de prosa para irem aos "finalmentes" em algum canto daquele troço esquisito que chamam de castelo. Por mim é que não demonstrou interesse nenhum e fiquei no sofá feito uma boba... esperando os dois foderem, decerto, porque não sei o que fizeram, mas pela cara de satisfação dela, imagino! - disse Ritinha, fazendo ares de pouco caso, olhando ao léu, abanando um leque frivolamente, e demonstrando não tão dissimuladamente certa inveja. Não precisou muito esforço já que, no fundo, no fundo, nutria, paralelamente à raiva, uma sentimento inexplicável de que desejava ter sido ela e não a outra, a escolhida pelo Ungido, e isto, pasmem, até sem pagamento. A alma humana é cheia de segredos e contradições: ódio, repulsa, amor sobrepõe-se tudo dentro de sinapses confusas que ora se chocam, ora se unem, ora se querem mortas, mas insistentemente permanecem vivas dentro de cada ser.

Em diagonal fuga do pacall, como a maestra bola branca do bilharito do Seo Osmar (extemporâneo, é um boteco aqui da esquina) em mãos de exímio profissional, mal se viu livre do "encaçapamento" fatal, Ritinha pôs-se rumo a cidade, no começo da tarde do dia seguinte; à oito negra, na melhor de três, com as mãos firmes, sem titubear, mirou o alvo: era o tudo ou nada! Fez-se anunciar altiva, com garbo e finesse de madama "nórdica", ao borra-botas da chefia "gabinetal" de Emengardo:

- Avisa ao Dom Corleone dos pampas, que Rita de Cássia Chatobrian, da parte do "meretríssimo" de Rosa dos Anjos solicita um dedo prosa urgente! O motivo do assunto é o entrevero municipalíssimo que envolve o tar do Godofrino!

O comensal olhou abismado para a moça, como se não acreditasse no que via: em seda trabalhada, o vestido vermelho bem comportado deixava apenas a cintura torneada em laço de chita alva, batom também rubro, delineando os lábios carnudos, salto alto afivelado como os das misses da capital nas revistas, pernas cruzadas como uma Bardot no auge, luvas também brancas acomodadas suavemente em dedos longos, tendo ao pescoço uma semi joia que nem de longe se imaginaria não verdadeira, como ela mesma não imaginara. Uma dama, na acepção clássica da palavra:

- Vai ficar olhando o que aí, pau mandado? Não tenho o dia inteiro! – reagiu rápida Ritinha ao olhar estupefato do assessor por cima do monóculo, atrás da mesa de pinho, cabelo lambido por gomalina, rosto chupado e terno cinza surrado como um escravo pego antes de chegar ao Quilombo.

- Hunnn! – arguiu, aquilino, já refeito do susto, como que diante de uma presa de menor porte, o assecla que contava com anos de experiência na arte de deixar para depois o que não seria resolveria nunca – Para falar com o Suserano é necessário agendamento "prevaricado", a não ser que eu conceda um aparte por contingência de modéstia na salinha do café para antever o premeditado – Disse, um tanto acanhado (reconhecendo Ritinha e já sabendo do seu estado putíssimo por tê-la avistado uma vez no bordel, numa esporádica despistada que dera na patroa matrona), por não ser do feitio da cantada curta e grossa, mas papa-hóstia camuflado, numa tentativa inédita e desengonçada de uma rápida afogada de ganso, tal encanto lhe causara a moça.

- O quê? Então o senhor ainda me vem de cafajestice numa hora dessas? Que agendamento prevaricado e modéstia na salinha do café o quê! Estou aqui por debilidade cívica, não vê pelo "trajamento" etiquetado? O senhor soberano já tem conhecimento, e muito, do que se trata o entrevero! Ponha-se a prumo, que o teu emprego vai ser o de catar esterco no potreiro se o homem não souber o que lhe trago em resposta de entendimento superior aos dos camundongos do "municipalício"...

As reticências de Ritinha pairaram no ar como uma ameaça, e um dos pontos delas, das reticências, acertou em cheio a testa do barnabé que compreendeu finalmente que, para uma puta aparecer daquele jeito ali, àquela hora, o quartel dos bombeiros estava prestes a incendiar-se:

- É para já, madama! Adescurpe o impurso animalesco, mas a belezura as veiz turva o zóio do sacratíssimo dever assessório! Por sorte o "home" hoje tá sem compromisso, modi assiná e conferir os papelório da regência vereatória! A senhorita sabe cumé, os vereadô manda as lei meio esbagaciada e o Justo as costura e remenda com a carma de uma véia que faiz tricô rebuscado!

- Sei, sei! Um entra com o fio, o outro com o pano, e o povo dá o buraco! O puteiro ensina a gente mais que muita universidade forma os dotô! Vaza, camundongo, que o vespeiro é de ferrão graúdo!

Depois de tomar uma escova da puta, o quase sacristão enfia a cara na toca do pulguento, depois de duas batidas rápidas:

- Dotô Aminoácido, o sinhô me adiscurpe o atrevimento de dar audiência em hora de pestana, mas é que...

Emengardo, que cochilava com os braços inclinados sobre a mesa, como era de costume ancestral, naquele horário específico... ao ver o homem entrando daquela maneira, já imaginou que o assunto era de suma importância, para o assessor correr o risco de voltar a trabalhar na funerária da família:

- Hunnn, tava aqui assinando uns papeis e o sono pesou arriba das pelotas do zóio! Fale logo homem, que tenho coisas pra fazer! Pensa que é fácil concertar as tar leis destes disgranhentos? Eita vereadorzada burra! – dissimula o prefeito.

- É que tem... tem uma puta aí... querendo falar com o senhor, em pleno horário público e notório! – arrotou titubeante o intruso.

- Pu-ta, aqui? Há essa hora? Deus me livre, aí que minha reeleição vai pro brejo! Alguém viu? É das oficiais ou das paralelas? – perguntou o burgomestre, antes mesmo de querer saber precisamente quem era a fulana!

- É das "oficiais"! E disse que é da parte da Rosa dos Anjos e tem a ver com o Godofrino, e que o senhor sabe do que se trata! É a tar da Ritinha "Boca de Veludo", eu a reconheci e está um verdadeiro deslumbre! Por sorte, ninguém a viu! O recepcionamento tá vazio, porque já sabem que ilustríssimo guarda este horário para a "siesta"... quer dizer, para conferência dos adjuntórios vereatícios!

- "Siesta"? Que "siesta"? Mas que tipo de assessoramento esclerosado eu tenho que não desmente esta porcariada que a oposição inventa de que eu durmo adespois do armoço? Isso é coisa de comunista dos brabo, dos comedores de criancinhas! Eu trabalho de domingo a domingo e não posso ter duas horas solitárias para conferimento vereatício? – esbraveja o comandante em chefe.

- Tá coberto de razão! Oposição lazarenta! Comunistarada fiadaputa! Vou miorá meu assessoramento pra não dá margem para estes ronca e fuça! Deixo a mariposa entrar ou não? Disse que é do interesse municipalíssimo e não de fodelança! – perguntou e argumentou em tom miúdo, o assessor.

- Isso é linguajar de chefe gabinetal, seo Alfresino? Mardita hora que te tirei daquela funerária! É que morto não foge, não pede audiência... Mande entrar rápido, e tranque as portas, antes que alguém veja o furdunço!

Como não houve resposta da cafetina através do Coronel Malafaia, Emengardo imaginou que Rosa dos

Anjos enviara sua própria mensageira por algum motivo! O Regente municipal não conhecia ainda Ritinha "Boca-de-Veludo", mas como o falatório era grande por parte dos latifúndios sobre as qualidades virtuosas da moça em se tratando de oralidade sexual, já antecipava conciliar os dois assuntos ali mesmo no mangueirão público, o da oralidade íntima e o da política. Ao ver entrar Ritinha, no entanto, com a cabeça empinada, como que embrulhada para presente com o que de mais fino existia no cardápio modal da alta sociedade capinaiense, levou um choque:

"- Mas que diabo de puta é essa? Isso é capa de O Cruzeiro e miss Brasil se bem endereçada para as capitar! Se não conhecesse a procedência, nunca ia saber que era uma mariposa" – pensou de imediato, apressando-se em levantar da cadeira como um coelho ao ver uma cenoura suculenta! – pensou excitado.

- É uma honra receber a madama em nosso totem republicano! Poucas vezes este humilde tablado recebeu uma artista de tão grande portfólio que alembra o cinematográfico de uma Bardot! De uma Lollobrigida! - disse, caprichando no vernáculo para impressionar e beijando-lhe avidamente a mão, depois da moça ter retirado elegantemente a luva.

No Gabinete do Prefeito não havia moscas, pois várias telas de contingência foram colocadas para impedi-las de entrar! Mas o ruído delas não se fazia ausente: como vampiras, devido ao calor, do outro lado das paredes, para fora, as moscas se avolumavam. A impressão que se tinha em Capinaim é que o sangue valia pouco, já que sugado constantemente em toda parte, motivo pelo qual os moradores escolhiam horas certas para saírem e mesmo assim devidamente protegidos. As moscas - explicaram alguns psicólogos anos mais tarde - talvez fossem um fator determinante para que o pensamento racional não se desenvolvesse em Capinaim: a cada sinapse, o ato do cérebro ter que se dedicar a espantar um elemento intruso através de uma tapa, de um abano, de um gesto, acabou deixando todos loucos!

- Acomode-se, acomode-se Madama Rita de Veludo Chatobrian! Bonito nome! É francês? – disse com voz adocicada, procurando disfarçar o estrabismo e escondendo as pequenas mãos que contrastavam com os braços longos de forma assimétrica. Aminoácido estava de tal modo hipnotizado pela beleza da visitante que teve que conter-se para não revelar o falo ereto sobre a calça de tergal, antes de sentar.

- Não, senhor doutor, não é francês. É Rita de Cássia, e o "de Cássia" é nórdico, por parte de pai, apesar do tom levemente marrom da minha pele causada por estes trópicos, característica de mãe, bugra mesmo, mas ninguém é perfeito e puro, não é? Mas vamos logo ao assuntório que - se eu não puser fim a minha triste existência diante dos trágicos acontecimentos ocorridos no dia de ontem - tenho convite de embarcar logo para as europas, depois de uma baldeação na capital! O que não tenho é tempo a perder com o mosquitório deste fim de mundo! - respondeu, simulando não dar muita atenção para os galanteios do prefeito, posando de cidadã do mundo e ao mesmo tempo simulando estar visivelmente desestabilizada.

- Hunn, hunn, claro! – pigarreou o prefeito, rarefeito – O sacerdócio republicano nos obriga à maioria das vezes ao sacrifício da abstenção hormonal feito um frade no monastério, dum jeito que quase não nos sobra tempo para as boas coisas da vida, se é que me entende! – resmungou, como que lamentando a mudança de assunto de forma tão brusca e o aparente desinteresse da interlocutora aos seus gracejos – Vamos ao que interessa, já que os pilares da democracia estão sendo carcomidos pela ferrugem da insanidade da oposição, representada pelo herdeiro e filho de uma ronca e fuça, Godofrino! Não é este o vento que assoprou tão formosa borboleta para meu jardim? – indaga, um pouco mais sensato o celerado, mas sem deixar de tentar pescar a carpa graúda no pequeno lago:

- Bem isso, bem isso, doutor prefeito! E já vou antecipando que sei do conciliatório político entre a Alteza e minha Feitora, incluindo Marianinha, pela qual tenho a mais devota gratidão! E foi por elas que me arrisquei, sem o consentimento de ambas, a este aparte, por motivos de sodomia e amizade, depois de, sob a luz de tochas ter entrado no Bólido secretamente e experimentado do néctar do Profeta, juntamente com a única que tinha resina para grudar feito carrapato no adversário do dotô Prefeito! E a Marianinha bem que tentou evitar que o malfeitor queimasse sua herança, que não é pouca, pelo que fiquei sabendo! E pela numerosa e fiel matilha que se encontra em frente ao Mausoléu, não se admire que ele seja coroado e levado ao trono não só de Capinaim, como da governança do Estado ou até da presidência federativa, se sucumbe Getúlio em tempos lacerdistas - fuzilou, lucida, Ritinha, mostrando todo conhecimento político absorvido da conversa dos coronéis em longas noites de carteado, bebida e putaria no bordel.

Aminoácido empalideceu, subitamente. Além de beleza de miss, a puta tinha mais discernimento político do que toda sua alcateia "assessorística", deu a entender de modo convincente. Por esta não esperava e muito menos sem a ajuda de seus asseclas para compreender o mosaico. Pensara em chamar Albuquerque, mas acabou concluindo que era melhor ouvir antes o que a moça tinha a dizer. Com as pequenas mãos cruzadas sobre a mesa larga, o que o deixava ainda mais vulnerável esteticamente, franziu a testa inquieto e ameaçava já a esfregar os talos da bota no chão. Ritinha, sutil leitora, pelo hábito, de sinais físicos de inferioridade em circunstâncias sociais, percebeu a fragilidade do adversário e atacou com mais força a porta do castelo com o ardiloso aríete de sua estratégia premeditada:

- E digo mais, se a carruagem continuar a acomodar as abóboras desta maneira, posso dizer, com todo respeito, a respeito do dotô prefeito, não leve a mal, já ser um "ex soberano"! O homem do qual se diz avoado e faltando um parafuso, o Godofrino, tem preparo político e estudo maior do que todo mundo nesta cidade junto, além de uma pica feita de aço, que não se dobra ou verga por mais de cinco horas sem tirar, e ainda por cima em duas mulheres acostumadas com vaqueiros famintos, ainda que o amor com cada uma delas tenha acontecido por motivos diferentes: uma por doença infantil de paixão envelhecida, o outro, no caso desta nórdica, pela beleza e o mel vaginal que todos os coronéis disputam do lado Oeste do Condado! E adivinhe quem, ao final, venceu o duelo, levando alguns segredos, arrancados à duras penas em horas de delírio carnal, após Marianinha pedir arrego em uma banheira, para tomar folego da fodelança? E não foi por falta de dedicação da parte dela, isso eu asseguro. Eu mesma já estava em frangalhos, porque o homem parecia um bicho que não comia fazia anos, tal a força com que chafurdou na lama da indecência! Mas os anos pesam na balança do tempo, no caso de Marianinha, e eu sabia que só arrancaria os segredos do coração do garanhão através da ejaculação universal, como acontece com todo homem. E consegui! Por Deus, eu consegui! – diz, triunfal, Ritinha, estampando na face angelical um orgulho falsificado como os vinhos da taberna do Romão, do Azevedo.

- Conseguiu? Conseguiu o quê? – apruma-se Aminoácido na cadeira, extasiado e excitado com a narração, esperando finalmente uma resposta para o desvario que se precipitou em Capinaim e podia levar-lhe o cetro!

- Ah! Doutor prefeito... estes segredos... – levou as mãos ao rosto por onde já escorriam "crocodilescas" lágrimas – não posso lhe dizer por dinheiro e cargos nenhum deste mundo! O senhor sabe, sou do meretríssimo, mas nunca paguei um preço tão alto por um homem em minha vida. E que homem! Misterioso, charmoso, culto, viril, macho, educado, não sei nem explicar, mas o fato é que ele me pediu, em juramento, segredo do que me disse, embriagados que estávamos de um vinho que jamais havia experimentado... e olha que conheço muito de vinhos, dos mais vagabundos aos miozinhos! – entoava o canto de sereia como a Ulisses, deixando verter, já sem pudor, como que da alma, suas lágrimas, as quais borravam sua maquiagem, deixando-a ainda mais bela e sedutora a olhos emengardinos:

- "Só o que me faltava..." – pensava Aminoácido, decepcionado e com inveja do adversário – "Uma puta com sentimento! O filho de uma ronca e fuça, além de querer roubar o meu trono, ainda consegue converter até uma puta gostosa dessas? Que diabo de homem é esse?".

Mas, como todo bom Emengardo, não se deixaria vencer sem luta, e pôs ao contra-ataque:

- Entendo... entendo... esse espertalhão metido a profeta entende muito bem das psicologias das quais fala o professor Albuquerque! A dama, presumo, entrou muito jovem ao meretríssimo, e vai lá se sabe por que! Provavelmente por algum trauma, imagino! Para uma dama com tais virtudes brigittebardolescas não haveriam de faltar pretendentes, logo se vê, inclusive ricos, que a fariam não precisar mendigar seu sustento com o abrir das pernas e o vai e vem das ancas ! Mas... Mas... E então... Se não pode me contar segredo algum, qual o motivo de uma visita tão periquitosa a luz do dia? – argumentou, enquanto raciocinava alguma estratégia, além de tentar entender a moça, cujas lágrimas por ela derramadas havia já engolido prontamente como sinceras.

- É que... É que... – levava o lenço branco aos olhos, provocando intencionalmente enlevada comoção – não queria que o Altíssimo pensasse que a culpa pelo afundamento da chalaça política fosse de Dona Rosa dos Anjos e da minha amiga Marianinha! Se existe uma culpada, essa sou eu. Vim de supetão, porque hoje de manhã quase tomei laquê com as aspirinas que tenho cm meu bidê, procurando, talvez, no martírio, um descanso para minha alma. O que mais resta a uma mulher como eu, que caí nas garras do puteiro ainda jovem por indução de um trauma paterno, como o senhor mesmo adivinhou, ser agora prisioneira de um amor que sei que não vai ser correspondido? Ainda que tenha, o Lúcifer, pedido a mim outra visita ao castelo, desta vez de forma exclusiva, sem Marianinha, sei que não me dará o devido valor! É um homem frio, canibalesco, e agora que entendi seus intentos moralísticos, deduzo não me haverá por santa nunca, ainda mais depois de ter cedido de forma tão fácil aos seus desejos carnais, o que não é do meu feitio, sem pagamento antecipado! Aliás, não houve pagamento algum... tudo que fiz... fiz de coração... pensando no bem de todos... porque quis e também não resisti ao encanto do Enigma e agora me resta envenenada pelo que jamais imaginava... o amor, o veneno do amor!

Diante de tão veemente confissão, regadas por copiosas lágrimas, Emengardo, boquiaberto, ainda tentava conciliar a política com os sentimentos pela moça, os quais, repentinamente, viu surgirem confusos em seu coração. O que iria fazer? Por um lado, nutria "sísifa" inveja do oponente, pois a cada tentativa racional de equacionar a matemática política, lá descia a pedra do ressentimento que o devolvia ao pé da montanha, exigindo dele um esforço descomunal para voltar ao cume. A ideia de devolver "Brigitte Bardot", visando obter mais informações, à alcova do canibal, causava-lhe náuseas. Se havia alguém que merecia seduzir uma mulher, com tão nobres sentimentos que haviam se escondido sob o manto da prevaricação, ao ponto de retirá-la da zona, seria ele e somente ele. Rosa dos Anjos e Marianinha já não faziam parte do xadrez político, estavam descartadas. Ficara definitivamente nas mãos daquela jovem: ou por necessidade política de saber o que Godofrino já lhe contara, e lhe contaria mais no próximo encontro, ou por própria necessidade carnal e emotiva que se avolumava em seu peito. Só lhe restava, neste caso, a rendição. O arco de Ritinha foi retesado, a mira exata e a seta certeira atingiu o alvo com precisão.

- Madama, eu compreendo seu psicológico abalado, causado pelas artimanhas deste demônio chamado Godofrino. Política é coisa para homens, e a senhorita ainda é uma menina, apesar de já conhecer os prazeres de todos os orifícios da carne! Esqueça esta ideia de aspirinas com laquê! O auto suicídio é condenado por todas as religiões! A madama disse que é de linhagem Viking, destes povos do gelo, que comem até gafanhoto e carne de cachorro! Tenho malemar o primário, mas sou estudado das enciclopédias britânicas, todos os volumes, capa vermelha e letras bordadas em dourado, tá ali, na estante, veja! – aponta com o pequeno dedo os volumes empoeirados - A moça vem de um povo que dominou a Ásia e atravessou o estreito de Bering, com os Mórmons e as Testemunhas de Jeová, se bem alembro! E coube ao destino que a senhorita, uma viking legítima, assumisse um papel decisivo na história deste município! Não sucumba! – dizia, animado por ver que a moça dissimuladamente prestava atenção em suas palavras e estas pareciam acalmar o choro convulsivo.

- Acalme-se! Acalme-se! – continuou em tom ameno, Emengardo, imaginando estar possuído por algum espírito de Don Juan, que subitamente se apossara dele, levantando-se da mesa, dando a volta sobre ela, a moça e, com passos calmos de modo a aproximar-se lentamente da presa, evitando assustá-la com algum gesto brusco. Se Godofrino entrara "no psicológico" dela, cabia-lhe reverter a situação! – Também sou um homem de muitas qualidades e, dentre elas, a principal, a da generosidade. Se em frente a este pulmão de palheiro bate um coração como o sino de uma capela que acolhe mendigos fedorentos fedendo a cachaça, que dirá compadecer-se de uma dama enfeitiçada pela bruxaria? – apelou para o quê julgava uma metáfora poética, esforçando-se como nunca houvera feito para seduzir uma mulher, a qual, por sua vez, aceitou acanhada sua mão pequena segurar o lenço e ajudar-lhe a secar as lágrimas fajutas: no íntimo Ritinha ria-se do alcaide, mas aparentemente mantinha-se contrita e delicada, como um bichinho silvestre acuado pelo caçador.

- Eu sei que o senhor é um homem bom, seo Aminoácido! Não há de punir as meninas que acalmam os viúvos e ganham com o suor de suas xanas, o minguado da sobrevivência... – disse balbuciante, apertando a mão do prefeito, despistando suas verdadeiras intenções através de um sentimento de solidariedade que nunca possuíra.

- Mas é claro que não! Jamais! Todas cumpriram com seu papel, e muito mais a madama que foi jogada à cova dos leões como o profeta Malaquias no tempo de Nabucodonosor! Mas ele, o fiel, sobreviveu pela fé, assim como a madama vai sobreviver! – respondeu prontamente Aminoácido, mordendo a isca!

- Mas este homem, o Godofrino, o que tem ele que me enfeitiçou deste jeito? Eu preciso encontrar-me novamente com ele para saber... – perguntava, como que a si mesma, franzindo a testa e enfiando fundo a lâmina da inveja na jugular do bárbaro.

- Deste homem, madama, não vou tirar os méritos da bruxaria! Mas ao contrário do que a senhorita pensa, ele é um Nero que veio para incendiar Roma e tocar sua flauta para levar os camundongos para o abismo! Ele andou por terras estranhas onde cobras saem dos cestos e são encantadas por acordeões, se não me falha a Britânica! Ele é perigoso e você, minha doce flor do campo, não passa para ele de uma boneca de trapo, destas que os saltimbancos usam para o ventriloquismo em suas apresentações nas charretes no coreto central! Ou a madama merece um homem ensandecido que ao invés de presenteá-la com joias caras, prefere queimar o seu dinheiro em praça pública?

- É, seo Aminoácido, olhando deste canto da cerca, o senhor tem razão: o terreno é maior do que o apreciado! – diz a moça, aparentando estar segura, ainda com Aminoácido a segurar-lhe a mão e deixando que este se aproximasse de seu pescoço para falar-lhe mais intimamente – É que não tive pai, fui criada por um padrasto malvado, o que me fez uma criatura que se apaixona logo por deliciosas amoras vermelhas, sem perceber a presença de mandarovás e todo tipo de perigo que queima feito a chama dos infernos...

- Hunnn... entendo! É também das psicologias: uma mulher sem pai pode adotar a figura de um porco do mato, um pé de Jarivá, uma samambaia, tanto faz, como exemplo machístico: é uma carência de prepúcio que entra no talo do cerebelo e a pessoa até vira puta para compensar o fato de não saber de qual saco saiu sua personalidade! Já li sobre isto nos Almanaques Renascims ou ouvi em alguma bodega!

- Eu não sabia que o doutor prefeito era tão estudado nas psicologias! – retruca Ritinha, mostrando reverência e espanto, olhando fixamente de baixo para cima, para Emengardo, com seus olhos acastanhados claros que de nórdicos não tinham patativa: deixando assim a oportunidade premeditada para que ele desse o bote, do qual ela fugiria no último instante! Dito e feito: ao tentar Emengardo aproximar-se de seus lábios, levantou-se abruptamente da cadeira, puxou o lenço que dividia com as patas do lobo e fugiu para um canto da sala, segurando o pedaço de pano como se dependesse dele sua inteira segurança: voltara a ser um animalzinho ferido! Emengardo imaginou entender a situação, achando que fora rápido demais, e procurou acalmar novamente a “donzela”:

- Desculpe minha "Mana Lisa"! Foi um impulso macaquesco, animalístico, em momento de compaixão por um terneiro tosquiado no inverno! – tentou consertar!

- O senhor não entende, seo doutor prefeito! Eu preciso de segurança, pois estou sozinha no mundo! Quero deixar o meretríssimo, constituir família... levar uma vida calma tomando champanhe... O senhor entende... ou não entende? Cansei destes coronéis que acham que podem comprar tudo, e por isto sempre penso em ir para as Oropa, para estudar piano e aprender balé! O senhor sabia que danço muito bem can-can? Tenho muito mais talento do que somente abrir as pernas como uma sanfona para tocar o xote do sexo!

Capítulo XIII

A República Prostituta

Que tais e tais podres poderes corroeram como ferrugem a democracia, havia de se esperar! Afinal, diga-se de passagem, ao direito de vassalagem do Suserano, ao estrangeiro gozador (De Gaulle, disse, "não é sério", o país, logo a França de Haitis e Argélias)... Aqui deram o golpe até no Imperador, para que este não compensasse os escravos das atrocidades cometidas pelos escravagistas! O que você queria ingênua criança da redoma? Que as empresas privadas fossem castas e puras? Que os "patriotas" o fossem? Dou-me ao latido noturno do cão a esmo: "não se pode falar com homens que dançam", diria Sílvio Romero em algum século! Procuro meu país em mim mesmo: esse sangue adocicado de cabaço rompido, é teu? Você corrompeu a República com tua omissão! Você calou-se diante dos descalabros! "A tua entranha não estranha nada" como diria Tom Zé! Agora vens com heróis inquisidores? Ah, poupe meu tempo! Eu tenho um longo dominó de peças encaixadas nas tardes dos velhos, uma praça inteira de bancos e sabiás... Esse punhado de terra ao qual você chama de Nação, essa gente amontoada nos ônibus, nas favelas, nos guetos, nas palafitas, esses 99% de pobres, de pretos, de putas... Que "esquerda" você queria aqui? Diga, criança linda dos olhos de cor-de-pedra! Você já não sente mais nada! Você diz ao Cafetão: o banqueiro não pagou meu preço! Todos nós morremos como índios em bancos queimados vivos por playboys! E você não via? Só mais uma punhalada na moça vendada da balança à densa noite escura no beco! Quem chora a morte de prostitutas, índios, Sem Terras, sem-teto, sem porra nenhuma e vai ao velório da Democracia, compungido? Seus próprios violadores! Eles estampam nas manchetes suas próprias notícias! Então não me venha com esta cara de choro agora que a viola está em cacos! Sempre fiz música com pedaços de vidro, não elegi esta Corte e este corte de navalha na face! Tive muita sorte em nascer mestiço: poupou-me os sermões, querida, e o sentar no primeiro banco à missa! Não perdi tempo com puritanos protestantes escravagistas! Não bati continência aos nazistas, não gritei Anauê para o Plínio Salgado nas academias (o garçom com a bandeja torta: a gente não quer mais doce, a gente quer Salgado!). Que culpa tenho eu, Menina República, se lutei tanto para que não se transformasse em uma Jezabel? Eu disse: não vá com esta saia tão curta à sala do magistrado! Não cruze as pernas em frente ao Parlamento! Não perambule às altas horas com banqueiros e empresários rentistas! Avisei, querida! Mas escolhestes teu próprio destino!

Faltando dez dias para o sísmico, a notícia de que Godofrino queimaria a fortuna de sua família já atravessava o sudoeste do Estado, apesar do esforço do prefeito em subornar as agências de notícias próximas, o já estava lhe custando a arrecadação de um ano do município. Mas nada é mais forte que uma ideia para a qual chegou seu tempo: os informes oficiais, rodados no tipógrafo ou dedilhados no telégrafo locais e nacionais, disparavam releases acerca de um político lunático que ameaçava, na fogueira das vaidades, ganhar as eleições através de um gesto tresloucado, em uma cidade sem nome. Nada importante, fato esdrúxulo de um condado. Mas não o era para os já milhares que, em romaria, dirigiam-se ao local, ou por curiosidade, ou por motivos religiosos, ou mendicância. As tendas já se estendiam por quilômetros em derredor do Bólido. Tornava-se, a cada dia, praticamente impossível abafar a história. A tentativa de minimizar o fato, estratégia adotada pelos situacionistas, ameaçava ir por água abaixo, como a neve do General Inverno colocaria fim aos ensejos napoleônicos, através de um telegrama do governador interventor: "Godofrino Queima Dinheiro PT Deputados temem insurreição PT Outro Contestado? PT Reforço militar? PT". Pálido, o professor Albuquerque, sabendo já do teor da missiva, dirigia-se para o habitual Q.G, onde se havia convocado uma reunião urgente por Teolino que também, através de seus contatos políticos, já havia se antecipado ao telegrama e propunha o encarceramento de Godofrino enquadrado na Lei de Segurança Nacional. Coronel Malafaia insistia no "auto suicídio" republicano, como última saída. Em ambos os casos, reagia Albuquerque, Godofrino sairia como um mártir: haveria uma rebelião, a imprensa do país colocaria seus olhos sobre as contas do município, um deus nos acuda, escarafunchando tudo: "E eles gostam é de pegar os miúdos, porque os da capital nunca pegam!".

Por estes motivos, naquela manhã, todos esperavam ansiosos Emengardo, que já estava atrasado - o que não era de seu feitio em se tratando de política eleitoral e muito mais num caso desses. Até que por fim chegou, misterioso, taciturno, postando-se ao centro da mesa, com os capangas na porta. Dois, com mosquetões do tempo do império. Mal entrou e a algaravia começara, até que um incontestável estalido da bota no assoalho colocou fim às conversas paralelas. Houve um silêncio sepulcral, até que Emengardo fez uso, sereno, ao contrário do que era de se esperar, da palavra:

- Até agora ouvi todos vocês, e esperei uma solucionática para a problemática do ensandecido Godofrino! Já fui avisado pelo professor Albuquerque que a questão de urgentícia, passou para apocalipselíssima: os urubus da quinta coluna de jornalistas fedorentos comunistas ameaçam descarrilar em nossa Normandia! Mas, acalmem-se! Já encontrei uma solução para a desenfreança debiloitesca do filho de uma ronca e fuça do Godofrino!

- A-achou? – gagueja, incrédulo, o professor Albuquerque, ainda procurando acordar os miolos com o café quente da Bodega do Onofre.

- Encontrei... e estava o tempo todo bem debaixo de nossos narizes! – afirmou com ares de sapiência inquestionável, Emengardo.

- Como assim, excelência? Todas as hipóteses politiquescas foram escarafunchadas, e não encontramos saída e solução alguma! – retruca Teolino, do outro lado da mesa.

- Quando não chovia, de qual água se bebia? A do rio que corria! – diz, enigmático e metafórico, o prefeito – Mas explico melhor, já quê vocês estão mais acostumados ao maquiavelesco do que à dissecação poética da alma dos estapafúrdios! Ou melhor, não vou explicar nada... vou deixar para que minha nova assessora para os assuntos godofrínicos, explique! Que entre a madama... Rita de Cássia Chatobrian, nórdica, profunda entendedora da sodomia política, a única que foi capaz de entrar na mente de nosso oponente esquizofrênico!

E, como que obedecendo a ordens papais às portas da Praça São Pedro, abriu fielmente a porta lateral, o jagunço, para a teatral entrada de Ritinha, agora muito mais produzida e deslumbrante do que antes se apresentara na chefia "gabinetal". Já não era semijoia, mas brilhante de quilate, de estojo de almofada de procedência, e saltos finíssimos, e outro também o vestido, agora de seda bordado, desta feita, azul, comprado a peso de ouro em município vizinho, na boutique Nova Estrela. Viçosa acordara Ritinha, pelo decote ousado, os que ainda dormiam e, aos cochichos, confabularam mal a viram: "Mas, mas, é a "Boca de Veludo! Não é?". E unívocos no burburinho: "O Emengardo está mais louco que o Godofrino"! "Degringolou de vez o veio!".

Outro peremptório estalo de bota, porém, e contiveram-se para ouvir Emengardo:

- Nunca leram o Pequeno Príncipe? Cambada de insetívoros: "Serás eternamente escravo de quem cativas!".

Seus sem tutano nas artes do apaixonamento! E não é a parida de uma costela que levou Adão a ser ejaculado do paraíso? É precisamente este o caso aqui, já que esta mulher, da mais alta estirpe, inteligentíssima, seduziu Godofrino em alcova com Marianinha, antes estratégia falha, mas que acabou dando resultado colateral... não só o homem deixou-se arrebatar, como qualquer mortal o faria, pela dama em questão, como lhe contou com detalhes seus intentos diabólicos... Mas deixemos que a própria diga como se deu o incesto e de como pretende salvar-nos da danação nas mãos do hiperbólico. Fale senhorita Chatobrian! Ensine um pouco de sua sabedoria aos aprendizes...

E Ritinha, parecendo ter em si já dons naturais para exercer a profissão mais antiga do mundo e a oratória que deriva de tal ofício, sentiu-se em casa em meio político, mais do que se estivesse no próprio puteiro:

- Não revelarei em detalhes os métodos carnívoros do explícito para não desviar a atenção dos honoríficos sobre o que de fato importa. Acontece que o Bruxo espera um novo encontro comigo no Bólido, agora sem Marianinha. E não é outra a intenção do nefasto senão vencer as eleições passando-se por ressurreto João Maria, o Monge. Para isso queimará parte de sua fortuna, enquanto a outra permanece intacta nos cofres de um país chamado "Cuíca", nas arábias dos Alpes! Nem sei onde fica isso, mas matutei um jeito de desmascará-lo, bastando demonstrar-lhe incontentável batismo em sua seita, nem que para isso, se preciso for, deixe chafurdar-me como o Cristo ao rio Jordão nas mãos de um São João Batista. E para o bem de Capinaim, estou disposta ao sacrifício, já que o doutor prefeito Emengardo abriu-me os olhos sobre um homem para o qual, confesso, meu coração já havia sucumbido diante de tão carismática personalidade, chegando ao ponto de tentar o auto suicídio tomando aspirinas com laquê, por deduzir um amor que jamais seria correspondido! Só tem um porém... Exigiu-me provas de que se de fato sou sua ungida, serei capaz de convencer a outros...

Os asseclas ouvem o discurso da moça com desmedida atenção, mas o professor Albuquerque alçou sobrancelhas, demonstrando desconfiança:

- Mas e como a madama nórdica e coisa e tal vai demonstrar tal engajamento carnal e espiritual ao ponto do lunático entregar-lhe alguma prova inconteste de sua tentativa de usurpação municipal e então tentemos evitá-la de todo modo? – perguntou, ríspida e secamente, tentando intuir a estratégia da moça.

- É aí que a porca torce o rabo, seo Albuquerque! A única coisa que o convenceria cabalmente Godofrino seria um estímulo pecuniário, para demonstração batismal de que me converti à sua cantilena de queimação de dinheiro! A sedução, no que dependia de mim, consegui, mas dinheiro, só o da economia da profissão... e careço de reforço no sentido de provar que lhe sou adepta! - Arguiu Ritinha.

- Como assim – retruca Albuquerque, ainda mais ensimesmado – a madama Chatobrian quer mais dinheiro para que ele queime na fogueira? Isso é loucura! E como isto poderia redundar em fazer naufragar sua chalaça política?

Diante do olhar de todos, travava-se secretamente um duelo: o de quem seria o guardião ou a guardiã do posto de general teórico do exército de Emengardo. Até então, o professor Albuquerque ocupava incontestavelmente o mais alto grau hierárquico, pois não houvera quem o batesse em suas elucubrações políticas, unidas a sua capacidade de entendimento das mais diversas áreas do conhecimento à arte da oratória do convencimento. No entender de todos, laços umbilicais nutriam Emengardo a Albuquerque, e devia aquele a este politicamente as artimanhas de soterrar qualquer tipo de oposição no redil e vitórias consecutivas durante décadas, sem muito esforço, nos escrutínios eleitorais. Mas isso parecia não incomodar muito Ritinha, que sacudia suas ancas e andava de forma sensual pelo meio do salão, não demonstrando estar minimamente intimidada pelo seu opositor teórico:

- Sei que existem aqui muitos doutores em política. Da minha parte, de política, não entendo nada! Mas o que eu entendo muito bem... é de homem! E homem é tudo igual, variando apenas o tamanho do calibre da arma com que abate sua caça! Minha experiência neste ramo, apesar de não ser longa, é aprimorada. Ouvi de canto de orelha os causos dos coronéis e políticos, muitos dos quais aqui presentes no recinto, modiquê aprendi quase tudo da alma masculina. E se tem alguma coisa que um homem tem... por natureza... é vaidade! A vaidade funciona para o homem como o grelho funciona para a mulher: se devidamente estimulado, nunca decepciona! E neste ponto é que entra a fragilidade de

Godofrino: ele se sente o maioral ao ponto de queimar seu próprio dinheiro, mas contra veneno de cobra, o que utilizamos? Ora, do mesmo veneno de cobra! E se Godofrino achar que conseguiu mais uma aliada importante, amiga do prefeito, para sua estratégia medonha, não haverá ele de lhe dar acesso a todas as chaves do cofre? E quem tem as chaves do cofre entra nele a qualquer hora e o limpa como quiser! E sem dinheiro para ser queimado, onde está o estrago que Godofrino poderá causar? Ele sim é que sairá desacreditado por afirmar aos quatro cantos do mundo que queimaria um dinheiro que não possui! E a ninguém interessa mais a fortuna de Godofrino do que a mim, por ser este um dinheiro amaldiçoado e não ter sido conseguido a custas de gemidos fabricados, horas de suor em sodomia com garimpeiros estropiados e maltrapilhos, cortadores de cana banguelas lambendo lhes as partes, coronéis tarados que pedem chicotadas e outros tipos de obscenidades, entre as quatro paredes, tão desgranhentas que não ouso contar! E não me peçam nomes, porque eu os tenho e muitos deles estão aqui mesmo em peles de cordeiro ou domingueira de missa, com suas digníssimas esposas, enchendo a pança de hóstias distribuídas pelo padre Meroslavo! Mas queimar dinheiro? De todas as imundícies humanas que já vi, e até delas ter até participado por preço condizente, tenho conhecimento... mas queimar dinheiro? – Ritinha repete a frase e faz uma cara de repugnância – Isso uma nórdica como eu não pode tolerar e irei até ao inferno para roubar-lhe até o último tostão!

O discurso de Ritinha surtiu efeito imediato. Parecia de uma lógica irrefutável: queimar dinheiro era uma perversão inominável, um anátema! Até o professor Albuquerque ficou meio sonso com a esgrimista e recuou vários passos para trás, diante da ponta dos olhares que o atingiam, dando visível razão à moça, podia-se perceber. Resolveu capitular, já que não via outra solução mesmo:

- Tem procedência o axioma político vaginal! A munição da confiança e libido do Pagão pela nórdica pode levá-lo ao próprio fuzilamento. Mas qual quantia seria necessária para tal convencimento do herege? Os cofres púbicos já estão quase vazios devido ao escalpo contínuo da imprensa marrom de foice e martelo! – alerta Albuquerque!

- Isso é verdade! Isso é verdade! – apressa-se a emendar ao raciocínio do professor, o Regente – Mas em época de guerrilhas araguaianas, é preciso que todos nos unamos, até com sacrifício pessoal, se quisermos vencer os vietnamitas desmilinguidos comedores de arroz! E asseguro, de pena assinada, serei o primeiro a doar meu salário para abastecer o alforje da Nórdica para desmoralizar o filho de uma ronca e fuça! E recomendo àqueles que comeram do queijo público durante todos esses anos, que se apressem a colocar sua parte na ratoeira com a qual esmagaremos o crânio do roedor principal!

O tom de voz de Emengardo não deixara dúvidas de que aquilo era uma ordem, e decidiu-se, em conjunto, que 1/3 do salário dos barnabés do município, condecorados ou não, seriam doados, ou sumariamente confiscados através da criação de um novo imposto (IPD – Imposto de Prevenção Decrépita), no sentido de convencer Godofrino de que a moça era realmente sua aliada e, com isto, a nórdica conseguir a senha dos cofres do degenerado e limpá-los.

Mas é claro que tal acordo com Godofrino nunca existiu ou existiria. Ritinha Boca de Veludo pretendia, isto sim, era rapar o tacho da administração municipal e sumir. E neste sentido, foi sutilmente seduzindo, isto sim, o próprio prefeito. Emengardo já não podia dizer não à monja hedonista e nem sequer ao menos ainda se deliciara com a ambrosia de sua carne "nórdica", com tons levemente temperados pelo sol dos trópicos. Vontade não lhe faltara, mas, até agora, havia conseguido apenas um rápido beijo, como o daqueles de adolescentes no fundo da Igreja em dia de missa. A arquitetura heliocêntrica de Ritinha, na qual ela era o sol, pressupondo elipses e tangenciamentos, dera resultado: a de que negar o prazer imediato a Emengardo, "por dinheiro nenhum deste mundo", acabaria por convencê-lo de sua índole e, consequentemente, aumentaria a chama da libido confundida com amor. Viúvo precocemente, aos cinquenta anos, o prefeito vivia sexualmente de esporádicos encontros clandestinos, sempre temendo que parentes e eleitores "roedores de hóstia" lhe atirassem à fuça algum pecado capital, como o da prevaricação. Por este motivo, evitara publicamente locais de prostituição, e rejeitara alguns pedidos de casamento em virtude da avareza que o movia em tudo de forma particular, menos com o dinheiro público para ele mesmo e os cúmplices. Mas a paixão por Ritinha fora fulminante, devido não só aos dotes físicos da bela, mas porque identificou nela uma exímia articuladora política, além da inveja ancestral de tudo que tocasse um Godofrino. Desta forma - pensava Emengardo - não mataria um coelho de uma cajadada só, mas uma ninhada inteira: ficaria com a cobiçada pelo herege e destruiria a carreira política e financeira do inimigo. E não pouparia esforços neste sentido, dando a entender de imediato, pelas roupas e joias presenteadas – a dissimulado contragosto de Ritinha – e outros agrados maiores que tentara empurrar para a moça, que os rejeitara. Como que testando sua índole, incialmente, após o incentivo do primeiro beijo, pretendeu transferir volumosa quantia em dinheiro de sua conta no Banco Mercantil para uma conta da moça, a pretexto de que, caso os jornalistas soubessem de seu saldo bancário, teria que explicar a procedência dos recursos – os quais não eram nada mais nada menos do que o resultado do pagamento de propina e outros acertos monetários não convencionais, mas tão usuais nas repúblicas liberais. Ritinha recusara prontamente a oferta de forma enérgica:

- Se ganhei minha vida de forma honesta, sacrificando meu próprio corpo, porque cederia agora a uma proposta indecente destas? Tem vezes, penso Emengardo, se não seria melhor aliar-me a um Godofrino, que se não sabe o lugar exato da ganância, também não enche o travesseiro de penas que não lhe pertencem! Fazia bem, o doutor prefeito, em doar este dinheiro a Santa Madre Igreja que cuida tão bem dos órfãos e viúvas! – afirmara, encenando de forma tão convincente sua caridade, que se assemelhara a uma Madre Teresa de Calcutá.

Emengardo empalidecera diante da resposta. Não só compartilhara um segredo de Estado - o de que tinha dinheiro ilícito em sua posse - como agora se via ameaçado de perder o amor e sua aliada para seu pior inimigo, diante da proposta equivocada. Errara o calibre, a arma e presa. Recuara imediatamente:

- Perdoe-me madama Chatobrian! Se existe algum milagre de ressureição, como o de um Lázaro que sai da tumba putrefato, é este o estado mumificado no qual me encontro e revivo. Trilhei a perversa senda da política esclerosada e acostumei-me aos seus rituais degenerativos! Vou avaliar o seu aconselhamento... De fato, a Santa Madre Igreja de tudo cuida, é puríssima, e esses casos de padres peterodófilos, que abusam de jovenzinhos, e são apenas transferidos de uma paróquia para a outra, como dizem esses ateus comunistas lazarentos, são todos de uma deslavada mentira!

E tijolo por tijolo, seguindo sua estratégia, Ritinha ia construindo uma parede que a separava de sua vida passada, tanto que já não voltara para o bordel, após a primeira visita a Emengardo, e isto por própria sugestão dele. Acatara o pedido de albergue e pedira, provisoriamente, segredo sobre os acontecimentos relativos à Godofrino – o tal segredo que lhe seria contado - instalando-se no Novo Hotel, um sítio modesto de hospedagem na cidade. Não queria chamar a atenção, apesar de Emengardo ter proposto acomodações muito mais luxuosas no Palace Capinaim. Cada peça premeditadamente movida no tabuleiro, só visava uma coisa, abater o coração do rei ao ponto deste entregar-lhe a coroa e nada menos que a coroa a interessava.

Foram necessários três dias para que se aprovasse, celeremente, o tal Imposto de Prevenção Decrépita, à surdina, pelos vereadores, que ficaram eximidos de pagá-lo, óbvio. A confusão - o entra e sai na cidade de correspondentes de jornais e viajantes que acabavam tomando conhecimento da exótica notícia da queimação do dinheiro pelo boca a boca e notas de rodapé dos vespertinos - propiciou a promulgação da proposta surrealista, em Diário Oficial, sem maiores alardes.

Faltando apenas oito dias para a anunciada decapitação das finanças de Godofrino em praça pública, Ritinha já tinha em sua conta milhares de contos de réis, fortuna engrossada, posteriormente, pela metade do patrimônio de Emengardo resultado de propinas, tendo, esta, portanto, já ido às “via de fato” carnais com o meliante, depois de ter estabelecido um falso acordo com o seu amado: o de que passado o encontro dela com Godofrino - onde simularia uma aliança nas artes demoníacas com o Nefasto e daria fim aos intentos demoníacos deste - ele, Emengardo deveria doar o dinheiro das propinas, que estaria em sua posse, aos pobres, através da Igreja. Além da luxúria e do enfeitiçamento carnal com Ritinha, uma possível derrocada de seu império se a imprensa tomasse conhecimento de onde provinha grande parte de sua pecúnia, faziam com que Emengardo aceitasse qualquer coisa, qualquer acordo, e a moça percebera isso.

O plano de Ritinha seguia de vento em popa: já possuía uma verdadeira fortuna, amealhada com tal voracidade que deixara os principais políticos e empresários da cidade quase falidos. Eles eram extorquidos em seguidas reuniões nas quais Ritinha - antes, em culto religioso encenara, às lágrimas, uma profunda conversão fundamentalista na Igreja Batista das Almas Purificadas - devidamente fantasiada, como uma fanática pentecostal, cabelos longos amarrados, pregava, vociferando, que ela, a verdadeira Ungida do Senhor, seria a única solução para que os alcoviteiros administradores se livrassem "Del Diablo" e continuassem administrando o município tendo suas regalias em santas licitações fraudulentas e propinas de todo naipe ou espécie. Na verdade, a vigarista preparava-se sutilmente para deitar o cabelo, rapar o pé logo após ter arrancado todo o dinheiro que podia dos "fiéis". Tudo planejado minunciosamente, inclusive os contatos na capital e a baldeação para a Europa. Incialmente, o mais desconfiado de que tudo seria uma maracutaia fora Albuquerque, mas até mesmo ele acabou doando bem mais do que estipulava a lei, para os propósitos de anular as artimanhas do Bruxo, reconhecendo a eficácia da estratégia de sua antes oponente. O caminho estava livre, o dinheiro a ser sacado no banco da capital também.

Não restava mais nada para que o plano de Ritinha se efetivasse. A sacerdotisa, porém, preferiria ver o demônio frente a frente, do que Godofrino novamente... Mas a roda viva do destino haveria de mudar os rumos desta história...

Capítulo XIV

> "Quanto menos comes, bebes, compras livros e vais ao teatro, pensas, amas, teorizas, cantas, sofres, praticas esporte, etc. mais economizas e mais cresce o teu capital. És menos, mas tens mais. Assim todas as paixões e atividades são tragadas pela cobiça" – Karl Marx

Marianinha partiria na manhã anterior ao quarto dia que antecederia ao desastre da queimação da fortuna. Contratara a peso de ouro, de forma discreta e em sigilo absoluto, um carroceiro do interior para o translado até Xapinhal, questão de uma hora em trote rápido. Dali, uma passagem de trem comprada antecipadamente para a capital, no primeiro horário, a transportaria para mais perto do Éden sonhado. Mandara telegrama para uma amiga que providenciara uma vaga, sem despertar suspeitas, num navio de carga, o qual seguiria para a Guiné e dali enfim, para a França, com nome e passaporte falsos conseguidos através de propina a um funcionário da alfândega. A estas alturas já estaria com o dinheiro em espécie nas mãos, pois sacaria tudo que houvesse na conta denominada "Sagrada Missão". Em questão de horas e dias, Ritinha sumiria do mapa, deixando para trás toda uma história de dor e sofrimento. Que Emengardos, Godofrinos e Capinaim explodissem. Eram todos da mesma laia...

Durante a tarde do sexto dia do fatídico, alegando que necessitava ficar só e longe de contratempos para melhor se preparar psicologicamente e realizar suas orações para o encontro com Godofrino no dia seguinte - o da fuga, claro: jamais encontraria com o Profeta - refugiara-se em seu quarto de pensão para arrumar seus pertences. Aproximadamente às quinze horas, porém, foi interrompida por um funcionário do hotel, que trazia em mãos um bilhete, sem referência de remetente. Ao abrir o envelope, reconheceu a letra de Rosilda dos Anjos:

"Querida Rita de Cássia".

Soubemos de seu paradeiro através do coronel Malafaia. Não compreendemos exatamente os motivos de sua saída do bordel, mas os boatos são muitos em Capinaim: alguns falam de sua conversão cristã. Isso não importa. O motivo de tentarmos encontrá-la é para avisá-la de que sua amiga preferida, Marianinha, está nas últimas. Caiu moribunda de cama após voltar da casa de Godofrino e definhou tristemente, após sua partida. Contou-nos que há muito estava doente, mas escondia de todos. Chamamos o médico, mas ele esclareceu que se trata de uma doença incurável e que seu estágio é terminal. Se ainda quer despedir-se de tua preferida, que tanto a protegeu, a hora é agora. Não sabemos se sobreviverá por horas ou dias. Não nos pediu para chamá-la, mas achamos que ela gostaria de vê-la já que por voismeçe tinha elevada estima. Com carinho.

Rosilda dos Anjos"

A primeira reação de Ritinha, ao ler o bilhete, foi a de temor: e se houvessem descoberto as suas mentiras com relação à Godofrino? E se o apelo na verdade fosse uma armadilha e quisessem, na verdade, chantageá-la? Por isso, rasgou imediatamente o papel e pensava em antecipar seu plano de fuga para aquela mesma noite, nem que dormisse na floresta. Apressou-se em arrumar suas coisas, mas, enquanto dobrava as roupas, raciocinou melhor. Se quisessem mesmo chantageá-la não iriam mandar um bilhete avisando-a. Viriam pessoalmente. Além do mais, havia um quê de sentimento humanitário em Marianinha, desde que ela, Ritinha, chegara ao bordel, que evitava que pairasse qualquer dúvida acerca do caráter da amiga. Por inúmeras vezes Marianinha a procurou, quando estava com clientes duvidosos, para perguntar por detrás da porta se tudo corria bem! Avisava-a constantemente sobre os perigos de estupradores e inoportunos. Além disso a agora moribunda dividira o que podia e não podia com ela, inclusive dinheiro, nos poucos meses em que ali permanecera, de modo que firmara com ela uma amizade rara em prostíbulos, ao ponto de Ritinha, em determinado momento, questionar a si mesma acerca de quais interesses haveriam por trás daquela bondade desmedida da amiga por ela. E por mais que procurasse algum motivo, alguma falta de virtude em Marianinha, não encontrava nada a não ser a amizade verdadeira. Ao buscar informações sobre Marianinha, com Rosilda dos Anjos, em certa ocasião, descobrira que ela, ainda jovem, sofrera de um mal súbito e esteve prestes a morrer. Por este tempo, fora a preferida de Godofrino, que a acolhera em sua casa durante o restabelecimento da doença. Depois de curada, voltara o bordel, que ainda não pertencia a Rosilda dos Anjos, mas a outra cafetina. Quando Rosilda adquirira o bordel, Marianiha fora seu braço direito. Bela como poucas, nunca tirara proveito de sua superioridade hierárquica com relação às outras meninas. Pelo contrário, lutava pelos direitos de todas. Tentara a todo custo, juntamente com Rosilda, formar uma associação de prostitutas contra a violência masculina, mas foram ambas solapadas em seus intentos pela Igreja, e desistiram. Agora, Marianinha era a mais antiga do bordel. Corria o boato que obtivera tantos favores de seus clientes que nem necessitava trabalhar e, de fato, como constatara Ritinha, só ia para a "função" quando lhe dava na telha e o cliente lhe aprazia. Não pagava acomodações no Flor de Lis, e era praticamente a gerente do local, isso quando não substituía com autonomia a própria Rosa dos Anjos quando esta saia em viagem ou ia resolver problemas financeiros, precisando se ausentar. Por tudo isto, a frase final do bilhete, "ela gostaria de vê-la", martelava insistentemente a consciência da moça: se havia alguém a quem ela devia alguma satisfação e apreço em Capinaim, era Marianinha, mesmo que ela tivesse o doentio costume de queimar dinheiro! Que fosse! Ao terminar de arrumar suas coisas, o peso em sua consciência, o de ter imaginado trair a amiga com Godofrino, pesara mais que as consequências de uma ida rápida ao prostibulo para despedir-se. Não precisava dizer que iria partir. Iria simular no prostíbulo a sua já pública conversão cristã, que era o melhor disfarce. E por isso, por não ver perigo, encontrando dentro de si os últimos fragmentos de bondade e caráter que ainda existiam em sua personalidade, decidira ir ao encontro de Marianinha, mas não sem antes passar no consultório do Dr. Tibúrcio das Neves para constatar qual a natureza da moléstia da amiga e se de fato o médico confirmava a história:

- Infelizmente, senhorita Chatobrian, a estimada Marianinha, tão querida de todos neste município, contraiu o "bicho de porco" na cabeça. Não há o que fazer, o estágio é terminal e não há cura – confirmara o doutor.

Em sendo assim, aliviada com relação às dúvidas que restavam sobre a descoberta ou não de seu plano, seguiu de carruagem para o Flor de Lis no início da noite. O fato até serviu de álibi para comprovar o seu caráter junto a Emengardo e seus demais asseclas: era uma moça que não cuspira no prato em que comera e sentia-se na obrigação de ser solidária com uma moribunda e até tentar convertê-la. Melhor impossível para lhe acobertar as verdadeiras intenções de fuga

Após percorrer as ruas sinuosas que levavam ao meretrício, distante meia hora da cidade, vestindo-se modestamente como uma fiel religiosa, entrou no bordel - uma casa velha de madeira de um antigo fazendeiro, recuperada com certo esmero em tons azuis e verdes vivos, características das cores preferenciais que os cidadãos de Capinaim utilizavam em suas residências: não fora a luz vermelha ofuscante, na entrada, pela noite, não se diria uma casa de desejos – E fez-se anunciar através da sineta, pois ainda àquela hora na boate não havia clientes. Foi recebida pela própria Rosa dos Anjos:

- Que saudades da pupila predileta dos coronéis! – afirmou um pouco irônica, Rosa dos Anjos – Soubemos de sua conversão e esperávamos que viesse uma hora ou outra despedir-se! Aqui passaram tantas mulheres da vida, e muitas delas realmente se converteram, caindo na lábia do pastor Juvenal Marcondes, da Igreja Batista das Almas Purificadas. Algumas delas voltaram para o ofício, outras partiram... poucas, no entanto, vieram para agradecer nossos préstimos. A vida é assim mesmo, feita de ingratidão! – lamentou a cafetina, encontrando nas faces de Ritinha nada mais do que trejeitos de retidão - Mas que bom que você veio! Marianinha não pode mais caminhar e está em seu quarto. Espero que não se importe, mas outra visita chegou antes e pernoitou, no intuito de levar a enferma agora cedo para sua própria residência. Trata-se do tal Godofrino Queima Dinheiro em pessoa, que nos deu uma pequena quantia para não revelar sua rápida permanência aqui na noite passada. Veio imediatamente, mal foi avisado não sei por quem do mal de sua predileta.

Ritinha empalideceu. Se existia alguém que poderia descobrir seus planos, este seria Godofrino. Era inteligente - ela o sabia, instintivamente, e por ter ouvido seus sermões pelo rádio. Pensara em abandonar a visita, mas sua recusa em ver a amiga em seu leito de morte, porém, causaria desconfiança e chegaria à mesma noite aos ouvidos de seus hipotéticos aliados, primeiro nos do Coronel Malafaia e depois nos dos outros:

como a preferida de Godofrinho não quis encontrá-la? O fato, como um novelo de lã que se desfia, chamaria a atenção e desconfiança sobre ela em um momento em que o plano estava prestes a concretizar-se: não podia correr este risco! Sem escapatória, teria que enfrentar seu adversário:

- Se me permite, dona Rosilda, eu mesma sei o caminho para o quarto. Preciso preparar meu espírito solitariamente para este encontro e fazer minhas orações antes – afirmou, desviando humildemente o olhar para o céu, franzindo a testa como que passando pela mais febril catarse espiritual.

Antes de tudo isto acontecer, o tempo passou simples pela janela do mausoléu, aos olhos de Godofrino. A chuva que caia fina enfeitava de gotículas o vidro - coisa rara, o vidro, naquele fim do mundo apesar de ter sido inventado há tantos séculos. Seus objetivos eram claros e tinha-se imbuído da infalibilidade de seu plano. Nada poderia falhar, calculadas todas as variantes. Havia apenas acendido o pavio, e por mais longo que este fosse, a combustão era certa, porque não dependia só dele, mas, justamente por isso a certeza, das intenções da alma humana, perfeitamente deduzíveis: a cobiça, o amor ao poder, o egoísmo, eram cavalos que pagavam cem por um no hipódromo da vida. Exaustivamente estudara a colmeia, o papel das operárias, da rainha, dos soldados. O seu maior temor era o da Abelha-Mãe, o Judiciário. De todos os poderes, sem controle social e verticalizado, este é o mais corrupto, porque invariavelmente nunca julga a si mesmo, e quando julga, absolve. Qualquer magistrado poderia condená-lo por qualquer coisa e as instâncias superiores seguiriam como manada a decisão. É uma casta dentro do "establishment". São treinados como um Exército a defenderem a ordem estabelecida por eles mesmos e seus cúmplices! Obedecem às leis em seus meandros e adendos, nos quais encontram brechas para tudo, punir ou inocentar, mas vislumbram o mundo por um enorme buraco na venda que lhe cobre os olhos, e a balança, seu símbolo maior, pende, com exceções de parcos idealistas, para os poderosos e ricos. São oriundos de uma classe que acredita firmemente na meritocracia entre os seus. Atem-se em vírgulas, mas geralmente deixam que os abastados fiquem impunes. E de fato, se a justiça, em casos derradeiros, prevaleceu muitas vezes neste mundo, não no caso de Cristo e Pôncio Pilatos para começar, foi muito mais pela pressão das mudanças externas à redoma na qual se mantém encastelados, o Poder Hermético, do que pela própria consciência individual de cada togado. Estes raramente ousam! Acobertados pelo manto da covardia que os cobre, em tempos de guerra, são os primeiros a venderem seus préstimos ao Ditador que assume. De outro modo, onde estava a justiça, em sua maioria, em tempos da escravatura, na Revolução Industrial, na Alemanha Nazista? Onde estava a Justiça na África do Sul racista? Onde estava a Justiça, como um todo, durante o Golpe militar no Brasil, no Chile, na Argentina e na América do Sul? Bravos e enérgicos juízes foram torturados? Viraram mártires em defesa da liberdade? Optaram pela guerrilha? Havia os que não concordavam com as injustiças, claro, mas eram raras exceções, um ou outro contestou, pagou o preço que a justiça moral realmente vale. E estes heróis sempre foram em maior número nas escalas hierárquicas menores, advogados, associações, etc. Mas a maioria, os da casta superior, cumpriu seu papel de subalterna. Sim, a cúpula, essa não derrama seu sangue azul. Essa é e sempre será cúmplice do injusto Sistema que lhes pariu!

É lógico que a prisão de Godofrino fora cogitada pelas autoridades. Havia, porém, obstáculos difíceis de serem superados: o réu era uma pessoa abastada e sabedora do conluio do Poder "independente" com o Executivo e o Legislativo, ao longo de décadas da sangria econômica de Capinaim. O fator Godofrino, de natureza essencialmente política, também tinha o tempero da sedução popular, da insurreição, da revolta, do misticismo... e se tem algo que um magistrado teme, longe do Exército que lhe protege, é a própria justiça e do povo. E digamos que a segurança física para com os da Justiça em Capinaim, não era lá estas coisas. Bastaria um estalo e a palha pegaria fogo! E só se deixa o incêndio começar, neste caso, se existirem mecanismos para contê-lo. Não os havia. O bloqueio do prefeito à imprensa e ao resto do Estado e do País, não deixava que o próprio Judiciário usasse como munição à gravidade da situação, a exigência de intervenção superior, ou seja, a militar. O Poder estava ilhado e, portanto, fez o que nunca deixara de fazer em geral nestes casos, na história: acovardou-se e garantiu seus privilégios. Era o que lhe restava, assim como aos demais Poderes: salvarem-se a si mesmos! Ou oito pessoas detém no mundo mais dinheiro do que a metade da população mais pobre do planeta, graças a um complexo sistema judiciário de todos os países que impede a vergonhosa acumulação capitalista? Age o sistema conjuntamente contra o roubo, o saque das economias periféricas através de guerras e prepostos? Muito pelo contrário... o aparato jurídico mundial, e sua omissão com relação à miséria do mundo, revela isto sim, em sua maioria, que não passam de cúmplices, com exceções dignas de mérito.

Mas, se por um lado, a teia política local era cerzida com maestria por Godofrino, urgia agora escolher os melhores dados para que estes rolassem pelo pano verde do cassino de modo a quebrar a banca financeira. Um infiltrado nas hostes dos Emengardos acompanhara os passos de Ritinha, e, como previra obviamente, Godofrino, seus inimigos procurariam interlocutores que fossem além do que simplesmente Marianinha, sua velha aliada. Seus funcionários, como o capataz Sebastião, por serem poucos, já haviam demonstrado uma fidelidade a toda prova. Então, restaria a eles, deduzira, tentarem jogar outra isca, e o plano de seus adversários era precisamente este. No entanto, jamais iria supor Godofrino que, ao final, a estratégia dos adversários, graças a um lance inusitado do destino, fizesse com que os resultados fossem ainda mais satisfatórios ao seu plano do que esperava.

Ao receber o comunicado de que Marianinha adoecera, o bruxo apressou-se, antes de ir ao seu encontro, em tomar as medidas que julgava necessário para dar continuidade ao seu maquiavélico projeto, faltando ainda seis dias para o derradeiro ato de presumível insanidade. Mandara chamar seu aliado, Feliciano, a sua sala: autodidata, culto, ao velho homem não faltava também nuances de requinte e etiqueta que facilitariam seu trânsito pelo mundo das finanças. A idade avançada também traria necessária aparência de seriedade que se exige para transações monetárias de vulto.

Godofrino acompanhara diariamente ao longo dos últimos anos oscilações das bolsas de valores não só de seu país, como as de Nova Iorque e China. Desta última, porém, dependia o êxito final de sua estratégia apocalíptica. Desdenhando jornais e revistas nacionais e internacionais, especializados em economia, procurara análises financeiras naqueles profissionais que foram expulsos do sistema por excessiva competência: existem, e em número muito maior do que se imagina! A característica do "establishment" em cercar-se de subalternos que não tenham a devida inteligência para discordarem de estatísticas fraudulentas, moldados pelo pensamento único econômico, é justamente o ponto mais fraco do sistema. Através de gráficos, como quem percebe o ponto futuro do voo da perdiz para abatê-la, constatou através de uma segura fonte chinesa, uma tendência econômica que se acelerara nos últimos meses, e daí sua volta premeditada justamente naquele momento a Capinaim: a China, o grande país asiático oriental vinha desfazendo-se rapidamente de parte de seus créditos da Dívida Pública dos EUA - reservas em dólar - transferindo-os para fundos europeus da Dívida Pública, especificamente, os da Alemanha. Ora, como afirmou Jung, a revoada repentinamente dos pássaros em meio à floresta, traz instintivamente a sensação de perigo, a quilômetros de distância, a um simples esquilo. E por que um dos principais parceiros econômicos de um país com finanças supostamente inabaláveis, baseando-se na confiança da solidez de sua economia ao ponto de possuir 30% de sua Dívida, resolve paulatinamente e depois subitamente, desfazer-se de suas ações, símbolo, exatamente, de sua maior confiança? O fato, que passara em branco, sem uma nota de rodapé nos grandes jornais convencionais, também era um indício de que uns poucos sabiam o que estava se passando no mundo financeiro, mas ocultavam a informação dos demais. Ou muitos sabiam e as escondiam propositadamente. E por quê? O capitalismo financeiro é um gigantesco castelo de cartas o qual, no entanto, pode ruir caso se lhe retire uma e somente uma peça, pequena, mas essencial, que lhe de sustentação:

- Seo Feliciano, chamei-o aqui para que cumpra um importante papel no saneamento mundial da economia. Para isso, preciso de sigilo e certa dose de astúcia. Primeiro, necessito que o senhor viaje a São Paulo, e converta todas as ações que tenho de investimentos, em dinheiro vivo, e procure um jornalista econômico amigo meu, o inglês, Phill Davison, correspondente do principal jornal econômico da Inglaterra no Brasil, para entregar-lhe o seguinte recado:

"Prezado Phill

Chegou a hora do Teorema Zero. Providencie a divulgação de que um dos maiores magnatas sul americano está desfazendo-se de todos os seus investimentos, para a compra em bloco das ações dos títulos públicos de um único país, a Alemanha, com ações em preço razoável nas bolsas de Nova Iorque e Hong Kong. Faça-o de modo informal, como combinamos, através de seus contatos ao redor do mundo. Obrigado"

Godofrino sabia que, quanto mais informal fosse uma notícia econômica - o boato - mais aparência de informação de sigilo teria, e quanto mais sigilo, mais a cobiça dos pervertidos se atiçaria. A estratégia, em questão de dias, daria certo: o efeito em manada - constatada as fontes que, nestas alturas seriam milhares e nenhuma especificamente, mas até de agências de risco e outras instituições mercenárias do grande capital – levaria a um crescimento súbito dos preços das ações da Dívida Pública Alemã em quase todas as bolsas de valores do mundo, de forma inexplicável.

- O endereço do homem é este aqui, seo Feliciano, e ele o estará esperando. Cuide para não ser seguido. Após ter feito isso, aguarde em São Paulo mesmo novo telegrama com novas instruções. Parta imediatamente, e aqui está o dinheiro para suas acomodações e viagem!

Feliciano ouviu atentamente as ordens do Godofrino, o qual alisava suavemente e absorto as penas de seu garnisé debaixo do braço, dando a entender a um observador desatento que tudo aquilo não passava de uma distraída mudança de um peão num tabuleiro de xadrez, sem maiores pretensões. Depois de acomodar alguns poucos pertences em uma mala, Feliciano, vestindo um impecável terno de linho, sabedor intuitivamente da importância de sua missão – para pessoas do métier, explicações em demasia são redundantes - tomando precaução para não ser seguido como recomendara o Artífice, rumou para a estação de trem, justificando seu sumiço a pretexto de uma tia que estava padecendo de câncer na capital, de modo a não causar alarde.

A par do recente debacle da economia mundial com relação aos títulos públicos de vários países, com a queda generalizada das bolsas em virtude de contratos fraudulentos sobre hipotecas nos EUA, Gododrino previa o próximo passo do mundo financeiro: os países e os trabalhadores, nunca os banqueiros, ao redor do planeta pagariam pela crise no epicentro e mais ainda na periferia do capitalismo, já que o poder bélico e a influência norte-americana, não deixam que se punam os culpados que, de tantos, não cabem nos presídios. Países sucumbem, a bancarrota afeta a todos, e alguns poucos países e grandes bancos (cinquenta precisamente) saem lucrando, aumentando o monopólio e o controle das finanças internacionais nas mãos de poucos. Mas, se estes próprios países, receptores e compradores das economias de países emergentes em um momento de crise como esse, também sucumbissem devido a um ataque súbito, e se tornassem vítimas do próprio sistema que criaram? A toda poderosa Alemanha seria, para ele, o próximo porto seguro do "dinheiro sem lastro" mundial. E isto estava prestes a acontecer com o caos na Grécia, um dos países periféricos proclamado anteriormente como sucesso do neoliberalismo. A cartada final seria precisamente intuir qual país se apossaria dos títulos públicos de um país a beira da falência e de outros em semelhante situação. Sim, quais seriam aqueles apostariam no jogo draconiano do capital em sucumbir nações inteiras, fazendo que a população pague a conta a qualquer custo? Quem teria tal espírito? Ora, uma civilização racional que aposta na irracionalidade do sistema de se auto preservar, ou seja, os alemães mesmo.

Capítulo XV

Adentrando Ritinha ao quanto de Marianinha – o qual se assemelhava longinquamente ao quarto de algum pintor cujas orelhas teriam sido decepadas: coloridas as paredes de azuis celestes, chão de madeira tosca de pinho, duas cadeiras, uma cômoda simples, uma cama, algumas imitações de quadros do próprio famoso pintor, presenteados por Godofrino mesmo à amada, janelas cobertas com uma seda azul para impedir a entrada das moscas - deu com um homem já não altivo, em lágrimas, segurando a mão pálida de sua amiga. A cena era comovente e por alguns minutos Ritinha, sem ser percebida à porta, a contemplou com lânguido olhar de incompreensão: o que um homem, lunático ou não, com tanto conhecimento, riqueza e poder, fazia ali, compungido, tendo visível em seu semblante uma dor que lhe parecia dilacerar a alma?

Marianinha, por sua vez, num fugaz abrir de olhos, percebeu a presença da amiga, sorriu satisfeita e balbuciou seu nome. Godofrino levantou as pálpebras de forma enigmática, como que não convencido de que era realmente Ritinha. A moça levou seus olhos ao chão, como que pedindo para não ser encarada, e ali os deixou. Sutilmente, o amante percebeu a delicadeza do momento e evitou maior constrangimento, pois já era sabedor, pelos seus informantes, dos intuitos da moça em limpar os cofres do município. Levantou-se calmamente da cadeira colocada ao lado da cama para o amparo à enferma, evitando qualquer troca de olhares com a visitante, pegou sua bengala e chapéu, e retirou-se suavemente do recinto.

- Vou providenciar a carruagem para levá-la, minha querida! – resignou-se a dizer Godofrino à porta, recebendo de volta o menear de cabeça carinhoso e afirmativo de Marianinha, a qual parecia não ter forças para agradecer com palavras.

A meretriz Ritinha, após a saída de Godofrino, caminhou em direção à cama de Marianinha, e ocupou o mesmo lugar do outro visitante, segurando-lhe as mãos:

- Vim para despedir-me Marianinha e agradecer-lhe a profunda amizade! Como você deve saber... converti-me ao Nosso Senhor Jesus Cristo e vou logo partir! – disse em tom de remissão, como que falando a sua própria consciência, confidenciando inconscientemente seu segredo!

Marianinha sorriu, e segurou com suas mãos gélidas, as da amiga, sobrepondo-as:

- Quem bom teres vindo amiga minha! Precisava mesmo falar contigo! Dar-te outra espécie de despedida, porque já deves saber... não tenho muito tempo... não me engano...

- Sim, informei-me de seu estado, mas é preciso ter fé... ao Senhor tudo é possível – falou desta vez de forma sincera, realmente acreditando em seu íntimo que os milagres pudessem existir, em último caso.

- Não, não alimento falas ilusões e por isso, devo confessar-lhe algumas coisas... – falava quase resmungando, obrigando a interlocutora a aproximar-se de seu ouvido – Minha alegria ao vê-la é porque para mim, sempre a tive como se fora uma filha que não pude ver crescer e por isso a chamei nesta hora de dor. Você substituiu para mim, outra filha, que realmente era meu sangue e minha carne. Uma que infelizmente abandonei quando era ainda um bebe, por não ter tido condições de criá-la.

Ritinha então, finalmente, encontrara a explicação para o afeto diferenciado que recebera de Marianinha desde que chegara ao bordel...

- Tivestes uma filha? Mas nunca constastes a ninguém acerca disso...

- Sim, tive... e por algum motivo, sua presença no Flor de Lis, Ritinha, pareceu substituir a ausência de minha filha verdadeira, já que esta teria, a estas alturas, a mesma idade tua...

Curiosa com relação ao fato revelado, Marianinha quis saber mais detalhes da tal criança abandonada:

- Mas, porque não voltastes para buscá-la...?

- É uma longa história. Ainda muito jovem fui seduzida por um homem que amei e que, no entanto, sumiu repentinamente de minha vida. Abandonou-me sem nenhuma explicação, apesar das juras de amor que me havia feito. Vi-me desamparada, pois minha família era muito pobre e, meu pai, protestante, fanático, não aceitou a criança em nosso lar, expulsando-me juntamente com ela! Julgada pelos puritanos de Esperança do Alvorecer, minha cidade natal, não encontrei alternativa senão entregá-la a um mulher cristã da mesma Igreja, de uma cidade vizinha, Terra Vermelha. Aos vinte anos, dois anos depois de tê-la abandonado, pretendia voltar para buscá-la, quando fui acometida por um mal súbito... causado pela sífilis, pois difamada e perseguida como uma bruxa, não me restou outro caminho a não ser o da prostituição. Em meu leito de morte já anunciada, naquela idade, naquele ano, obtive o auxílio de Godofrino que me levou às pressas para ser tratada pelos melhores médicos na Capital, tal amor encontrei neste bom homem, que todos tomam por lunático. Não fora ele, teria morrido. Lunático ele não é! É, na verdade, um homem que ama profundamente a humanidade e, os poucos que o conhecem intimamente, sabem que nunca concordou com os métodos que os Godofrinos utilizaram para saquear Capinaim. Por isso, talvez, queira se desfazer de um dinheiro maldito que, na verdade, nunca lhe pertenceu de fato. Quando por fim, recuperei-me, Godofrino também me ajudou na tentativa de encontrar minha querida filha, mas sem sucesso. Anunciamos em toda parte, colocamos anúncios em jornais de todo Estado, porém, não tivemos resposta. O objetivo de Godofrino, caso a tivéssemos encontrado, seria o de partirmos juntos para a Europa, já que ele não pode ter filhos, para que a criança se afastasse da pequenez sórdida de Capinaim e tivesse chances de estudar nos melhores colégios. A única coisa que realmente importava em minha vida era ter minha filha de volta e dar-lhe as condições que nunca tive para poder ser uma mulher honrada e honesta. .- diz, visivelmente comovida Marianinha, deixando algumas lágrimas caírem lentamente, de modo contínuo e contrito, como se fossem lâminas afiadas que insistentemente cortassem seu rosto.

Enquanto ouvia a narração de Marianinha, Ritinha ficara ainda mais pálida do que a moribunda. Terra Vermelha era justamente o nome da cidade a qual sua mãe dissera teriam vindo, quando ela possuía apenas dois anos, para Santo Antônio, em outro Estado vizinho. Por um cálculo rápido, feito mentalmente por Ritinha, por diferença de apenas alguns meses não teria encontrado uma mãe a filha, e esta seu verdadeiro destino? Um calafrio percorreu sua espinha, fazendo com que apertasse ainda mais as mãos de sua amiga: apenas uma incrível coincidência? Uma pergunta se fazia necessária, já que de onde ela, Ritinha, viera, e também o nome de seus progenitores, nunca tivera coragem de contar a ninguém. Sentira-se envergonhada pelo fato de ter sido violentada pelo padrasto, e tentara, a todo custo, ocultar qualquer rastro de parentesco: seria a melhor coisa a fazer de modo a limpar de sua memória os vergonhosos acontecimentos de sua vida! Calou-se, no entanto, por alguns minutos, receosa de fazer a pergunta. Olhou suavemente para Marianinha... os cabelos, a pele, os traços... até que por fim, largou de suas pálidas e gélidas mãos e, um pouco atordoada pelas revelações que se afiguravam pela semelhança, pediu desculpas, alegando que desejava ir ao toalete, para poder ficar só com seus pensamentos. Trôpega, caminhou atordoada ao banheiro, fechando a porta abruptamente atrás de si, levou, a sós, às mãos ao rosto, intuindo não ser possível tamanha coincidência que, por mais que tentasse afastar de seus pensamentos, não conseguia impedir se avolumar-se: E... se... aquela mulher moribunda na cama... fosse...sua mãe verdadeira? Mas não era possível. Tivera um padrasto, mas não uma mãe postiça. Havia muitos pontos em comum entre a sua própria história e a da filha de Marianinha. Só uma pergunta revelaria se de fato aquela hipótese absurda era verdadeira ou não: o nome da mulher a quem Marianinha entregara a criança: àquela a qual a identidade Marinha escondera para acalmar sua dor e que Ritinha não ousara nunca mencionar, tentando fugir desesperadamente de seu passado. Diante de tal conclusão, no entanto, o espelho a sua frente, mais do que qualquer prova, parecia ameaçá-la, trazendo uma certeza tão absoluta da resposta, ao mirar seus próprios olhos, que parecia não haver outra explicação: via neles a própria Marianinha de uma forma tão irrefutável que desabou em lágrimas. E se fosse verdade? Se fosse... não só tentara trair sua própria mãe, como fora a pior filha que uma mãe haveria de querer na face da terra! Ao comparar o seu caráter ao de Marianinha - pela primeira vez - sentira-se como uma pessoa extremamente má, mesquinha, cruel, vingativa, invejosa. Defeitos de caráter que se o destino o quisesse, não herdara de sua mãe, prostituta como ela, porém generosa, solidária, amiga e protetora. E não seria melhor então deixar as coisas como estavam? O destino lhe reservara tal papel... por que fugir dele, agora, com tanto dinheiro que poderia simplesmente dar-se a uma nova vida? Sim, é isto que faria... beijaria o rosto de Marianinha e iria definitivamente embora para sempre sem saber com certeza nunca, se realmente a hipótese era verdadeira. Porém, ao abrir a porta, ao perceber o corpo imóvel de sua suposta mãe, o mundo friamente calculado de Ritinha ruiu. Pensou, em um átimo, que nada neste mundo valeria mais do que ter tido uma mãe como Marianinha e, por supô-la já morta – devido ao estado letárgico no qual a mulher se encontrava - correu desesperada para o leito e, num impulso, abraçou-a com uma afetividade que parecia ter guardado desde sua infância para aquele preciso e único instante da vida:

- Não morras! Não morras agora! Conte-me, por favor, conte-me, a qual mulher entregaste tua filha, qual era o nome dela? – erguendo-a nos braços, beijando-lhe a testa, suplicando.

E Marianinha, como se reunisse todas as suas forças para voltar do mundo dos mortos e dar seu derradeiro suspiro, sussurrou baixinho, como uma confissão arrancada das maiores profundezas da alma:

- Lindalva... Lindalva das Dores... - mal dando tempo de pronunciar as palavras, dobrou mornamente os braços, curvou a cabeça, partindo com um semblante sereno de quem finalmente cumprira com a principal missão de sua vida terrena: encontrar a filha perdida.

Como já previra o reflexo do espelho de Ritinha, engolindo antecipadamente o destino, era ela... a mãe, a sua verdadeira mãe, ali, ela, entorpecida, anestesiada e sem forças para largar o corpo já desfalecido da progenitora: sentiu-se como ela, Marianinha, morta também para tudo que acreditara até então. Não pensava, apenas sentia... uma dor tão dilacerante que nada do que passara se assemelhava àquilo: nem o coito forçado, nem a mãe conivente com a violação, nem os irmãos que não pareciam seus, nem a pobreza, nem a desgraça, nem todos os homens que se lambuzaram de seu corpo... e agora, nem a vingança, nem o dinheiro, nem a Europa, nem a riqueza, nem o passado, nem a vileza... nada parecia fazer sentido diante de tal descoberta! Era ela, Marianinha... sua mãe, uma mulher que tivera praticamente o mesmo destino que o dela, que sofrera da dor do abandono, dos mesmos homens vagabundos em cima de seu corpo, da mesma crueldade da vida... mas optara por outro caminho...o da redenção, o da grandeza, o do caráter e talvez até o da loucura, e por que não? Ou não seriam os supostos sãos deste mundo, os verdadeiros loucos, pela cumplicidade que tem com toda maldade nele existente?

Havia soluços saídos das entranhas pairando no quarto e o gesto incoerente de Ritinha tentar achegar-se mais ao travesseiro com os lábios buscando ainda os vestígios de alguma lágrima que há pouco havia sido vertida por Marianinha. Sabia-a já morta... sabia pelo destino que não havia de ser outro destino – pensava se auto afligindo - por si mesma sabia, como se fora um castigo... mas o que pareceu uma eternidade foram alguns segundos até a racionalidade voltar e levantar-se afoita, aos gritos pedindo socorro, como se tentasse lutar contra o inevitável, mesmo inconscientemente já sabendo ser irreversível, mas pelo sobrenatural... pelo milagre, pelo desejo que vivesse... com um amor que nunca sentira antes ou soubera ser possível:

- Meus Deus... Meus Deus! Ajudem-me! Marianinha está morrendo! Socorram-na! Chamem os médicos! Senhor Godofrino, pelo amor de Deus, venha aqui... Rosa dos Anjos acuda!

Os gritos foram ouvidos pelas "operárias" da casa que logo afluíram ao quarto, reproduzindo os apelos da visitante. Logo em seguida, o próprio Godofrino surgia e, afastando gentilmente as mulheres com as mãos, abaixou-se para tomar o pulso da falecida e comprovar o óbito. Percebendo que já não mais batia coração, ergueu-a nos braços, com o semblante abatido e foi, levando-a, catatônico, como que em estado de choque, sem dar explicações a ninguém, até que, após cruzar com Rosilda dos Anjos à porta, sussurrou quase imperceptível:

- Terei com ela, enquanto sua alma ainda ronda este mundo. Cuide-lhe os pertences. Mandarei um criado pegá-los ainda hoje. Tratarei do enterro, como não tem ninguém por ela!

Rosilda dos Anjos balançou a cabeça afirmativamente, comovida não só pela visível dor estampada na face do homem, mas pela sua própria dor ao ver que não havia mais nenhuma esperança. Uma mórbida tristeza tomou conta do bordel nas horas que se seguiram, até adentrar a madrugada: ouvirem-se lamentos e lágrimas escorreram voluptuosamente, relembrando-se histórias e mais histórias de companheirismo e amizade de Marininha com todas as meninas. Aos poucos foram apagados os lampiões, conforme recolherem-se, uma a uma, as mulheres aos seus quartos, despedindo-se contritas, após Rosilda dos Anjos anunciar a um ou outro "habitué", que não havia tomado conhecimento do fatídico que, naquela noite, o Flor de Lis não abriria. Ritinha todo o tempo permaneceu ali, no quarto de Marianinha, mesmo após o criado de Godofrino ter voltado, naquela mesma noite, e levar tudo o que lá havia. Deitada sobre a cama, no cômodo vazio, todas as tentativas de amparo e palavras de consolo externadas pelas amigas de ofício e Rosa dos Anjos, não obtiveram sequer um olhar de reciprocidade da amiga da falecida. Após horas e horas de pranto convulsivo que dilacerava o coração das demais convivas do bordel e atravessava as paredes como se não existissem, podendo ser ouvidos muito antes, além do zunir das moscas, no terreiro e nas imediações, Ritinha deixara-se quieta, encolhida como que ferida e agonizante, segurando o mesmo lenço que servira para enxugar os suores da moribunda quando em vida. Rosilda dos Anjos, que não supunha um laço de união tão grande entre Ritinha e Marianinha, entendeu que nada mais poderia ser feito, mesmo assim tentou acompanhá-la na dor até onde pode, também de forma silenciosa, ao seu lado, sem dizer nada, com uma vela acesa em orações, até que adentraram ambas à note profunda. Finalmente Rosa levou de volta o prato de sopa intocado, o qual tentara fazer Ritinha ingerir, horas antes, e jazia frio sobre a cômoda. Ao fechar a porta, ainda procurou acalmar a amiga:

- São nossos dias deste mundo como que flores. Como elas, deixamos nosso perfume a todos que passam por nós e, mesmo após nossa ida, mesmo tendo nossas pétalas já murchado e o inverno nos levado as cores da vida, o perfume que desprendemos permanece!

Em resposta à tentativa de amparo através das palavras, Rosa dos Anjos recebeu apenas um gemido e uma leve contração do corpo de Ritinha, como se a tentativa de consolo, ao invés de aliviá-la do sofrimento, servisse como um bisturi que abrisse ainda mais seu coração e o deixasse exposto, de tal modo apertara de encontro ao peito o lenço de Marianinha, como que para estancar uma estranha hemorragia de sentimento e dor. A cafetina entendera o sinal: nada neste mundo poderia ser dito que servisse como lenitivo. Encostou então, a cafetina, suavemente a porta, deixando-a levemente entreaberta, recomendando que a vizinha de quarto permanecesse atenta durante a noite, no sentido de se evitar o pior, já que temia Rosa, pelo estado de letargia que vira se apoderar de Ritinha, esta tomasse alguma uma medida extremada. Jamais vira uma amizade tão arraigada no coração como a que parecia agora nutrir Ritinha pela falecida Marianinha.

Como o homem que sofreu um brutal acidente que o deixou completamente paralisado de tal modo que escreveu um livro somente piscando as pálpebras dos olhos, dentro de um corpo já sem reação, imóvel, Ritinha, também imóvel, ouvia, além do quarto, distorcido pelas sombras bruxuleantes da vela, a narrativa de sua própria alma. Conforme brotavam as lembranças, uma ou outra lágrima riscava o gelo estático do rosto, como uma gota de lava de um vulcão que, apesar de aparentemente calmo, deixa escorrer incandescente um fio de magma que derrete tudo que encontra pela frente:

- O quão ingrata fui com quem sofreu em vida as mesmas dores que eu e, mesmo assim, escolheu amar a todos e o desapego como forma de vencer o sofrimento – repetia a si mesma, como mantra. Tivera sua mãe uma situação financeira estável, agora o sabia, mas escolhera um destino de modéstia e solidariedade - E Godofrino? Quais sentimentos de gratidão e amor levaram um estranho a apaixonar-se de tal forma e salvar-lhe a vida quando jovem? Qual sentimento leva um homem a procurar por uma filha perdida que nem ao menos é de sua descendência? E acompanhá-la até o leito de morte? E tentar tirá-la do bordel e não conseguir, mas mesmo assim prover suas necessidades? – Não, não eram eles, Godofrino e Marianinha, os lunáticos que imaginara! Ela sim, era a ensandecida! A que procurara justificar todas as injustiças sofridas através da vingança, do amor ao dinheiro, ao conforto, ao luxo! E agora, do que tudo isto lhe adiantaria? Tentara trair sua própria mãe que, mesmo sem sabê-la filha, tentara protege-la de todo mal. Que a aconselhara tantas vezes a deixar a vida libertina! Lembra-se amargurada, com detalhes, que, de certa feita, Marianinha prometera falar com Godofrino, quando este voltasse do exterior, no sentido de emprestar-lhe certa quantia em dinheiro para que ela Ritinha, como que "adotada" por estranho afeto, fosse para a Capital estudar em um bom colégio. Achou ser desvario. Que tal dinheiro nunca viria e não era menos do que um delírio doentio, as histórias de

Marianinha, acreditar que um homem bom, havia prometido, um dia voltaria para resgatá-la. Mas o homem nunca viria, informara-se com as outras internas: era apenas um louco que partira sem maiores explicações à quase uma década. Que não se lhe desse crédito às fantasias de que fora ela que negara ao Bruxo, o deixar-se acompanhar na viagem pelo mundo junto a ele, ainda na esperança de que obtivesse notícias de uma filha que perdera e nem ao menos sabia estar ou não viva. Não, não era no dinheiro a salvação que procurava! – Concluía Ritinha - Era o sentimento redentor que agora, aflorava, apesar de toda dor: o dinheiro de nada vale se não possuímos virtudes. Pelo contrário, sem virtudes, o dinheiro nos embrutece, nos leva à loucura, nos domina e nos faz perder tudo que mais amamos.

Ao acordar pela manhã Rosilda dos Anjos, a novata encarregada de vigiar Ritinha anunciou que esta partira de madrugada. Faltava um cavalo na estalagem, o qual o encarregado da segurança mantinha em um cercado no fundo do bordel para algum caso de urgência e que, pelo que deduziram ambos, furtivamente a visitante levara. Rosilda não mostrou preocupação. Seu julgamento, agora, sobre Ritinha, era intuitivamente outro: era uma mulher que realmente se convertera.

A notícia da morte prematura de Marianinha já chegara ao povoado e causara pesar, mesmo entre as beatas de Miroslavo Josafat. Estas, por não permitirem a formação de uma "associação de quengas", sentiam doer no âmago de suas consciências o terem combatido tão ferozmente o desejo de condições dignas de sobrevivência das prostitutas, e mesmo assim aceitarem as doações secretas de Marianinha que eram responsáveis para sustentar boa parte das crianças do orfanato. Imediatamente comunicaram ao Padre Miroslavo o falecimento da filantropa e pediram uma missa de corpo presente, mesma reivindicação dos fiéis da Igreja Batista das Almas Purificadas, do pastor Juvenal Marcondes. Mas e o corpo? Emissários religiosos de ambos os credos foram enviados ao Bólido para solicitarem o corpo para que o ritual fosse realizado, mas Godofrino nem se dignou a recebê-los.

Do outro lado da trincheira, Emengardo convocara a réstia para uma reunião urgente logo pela manhã, em sua própria casa. Raciocinando politicamente, pensara em denunciar um rapto "defuntório" como marketing, ao saber da recusa de Godofrino em entregar o corpo, permitindo a entrada no Bólido somente do médico Dr. Tibúrcio das Neves, para que, segundo a lei, lavrasse o obituário. Desistira, porém ao constatar, estupefato, que Marianinha, segundo Rosilda dos Anjos, contraíra matrimônio no Civil com Godofrino quando jovem – fato que haviam mantido em segredo - ainda na primeira viagem à Capital, quando este buscara auxílio para a moça:

- Mas que tipo de ronca-e-fuça deixa sua própria esposa em uma Zona e vai embora? Podemos acusá-lo de irresponsabilidade sacra de conjunção carnal seguida de abandonamento nupcial? – Consultou a matilha, Emengardo, tentando a todo custo imputar a Godofrino a morte de Marianinha.

- Infelizmente, Dr. Emengardo, não vamos poder caluniar o indecente. A própria Rosa dos Anjos, apesar de ser nossa aliada, afirmou que foi Marianinha que não quis ir morar no Bólido e partir com ele para as Oropa. Ficou aqui na esperança de encontrar uma filha abandonada, sendo que Godofrino cumpria mensalmente com seus compromissos financeiros para com a falecida e que estes foram utilizados pela mesma até para encher a barriga dos órfãos. No prosseguimento da caluniação vamos sofrer outro revertério, porque Rosa dos Anjos mesmo afirmou que, neste momento de dor pela morta de sua pupila e braço direito, não vai permitir que a reputação da Marianinha seja enlameada pela política. É mais fácil perdermos a aliada, se forçarmos a conjuntura defuntesca, do que obter algum êxito – alertava convicto, Albuquerque.

- E Ritinha, o nosso trunfo? Onde se encontra? Soubemos que foi vista indo em direção ao Bólido, ainda nas primeiras horas do dia, nos informaram secretas disfarçados de monges ao longo da estrada. – pergunta, preocupado, Emengardo.

Teolino, batendo com o punho à mesa com retumbância, soltou um pigarro de aviso como introdução da novidade que finalmente colocaria uma estaca no coração do vampiro:

- A Nórdica enviou-me bilhete! Enviou bilhete que me foi entregue logo pela manhã por um carroceiro. Já ia lhes contar. Afirmou que vai se aproveitar do momento de infortúnio do Lunático para finalmente surrupiar-lhe as fatias do bolo, senão o bolo inteiro da herança, prometendo que nada haverá para ser queimado na Praça Diógenes de Queiroz. "A emenda saiu melhor que a sineta!" – sentencia o vereador.

Acalmaram-se os conspiradores, diante da notícia: a eleição e o status quo estavam aparentemente salvos, bastando manterem a guarda levantada para não serem atingidos por um golpe inesperado.

Capítulo XVI

> "É injusto que toda a sociedade contribua para custear uma despesa cujo benefício vai a apenas uma parte dessa sociedade."

Alheio ao que acontecia em Capinaim, Feliciano aguardava notícias de Godofrino sobre qual seria o próximo passo a ser tomado com relação à fabulosa quantia em dinheiro que já se havia convertida em papéis de títulos públicos da Alemanha. O debacle da economia de países inteiros refletia a roubalheira dos bancos nos EUA. Em Espanha, Portugal, Itália, Reino Unido, medidas de austeridade eram impostas ao custo da polícia reprimir com rigor populações inteiras que lutavam para que seus históricos direitos sociais não lhes fossem retirados, tudo com o objetivo de satisfazer a sanha dos banqueiros. O caos financeiro se instalava no mundo. Na Itália, os juros já chegavam a 6%, patamar insuportável para os padrões daquele país. Os jornais traziam manchetes de que o perigo de desmoronamento econômico mundial era total. Mas um país, em particular, sofria mais do que todos os outros as consequências do desregulamento econômico - que nas décadas de Margareth Thatcher e Ronald Reagan foram saudadas como a salvação do mundo: a Grécia, antes proclamada como o paraíso do capitalismo na terra, com índices de crescimento econômico aprovados por todas as Agências de Risco mundiais, agora era acusada de perdulária pelo mesmo sistema que lhe pariu. Sucessivos motins e revoltas populares derrubavam líderes políticos naquele país que, ao invés de estancar a sangria financeira dos fraudulentos Títulos Públicos, impunham, por ordens da Troika, draconianas medidas de corte de gastos sociais, ao ponto de pessoas incendiarem seus próprios corpos em sinal de protesto e famílias entregavam suas crianças às creches, vendo-se impossibilitados de criá-las. As condições de trabalho na Grécia passavam a serem as mesmas do Início da Revolução Industrial, com a destruição de sindicatos e a retirada dos direitos dos trabalhadores, enquanto os garrotes da Troika (Banca) apertavam cada vez mais o pescoço da condenada à morte.

Diante deste quadro geral da situação econômica no mundo, Feliciano recebera outra vultosa quantia em dinheiro para convertê-las em ações da Dívida Pública Alemã. E o velho se perguntava por que, como, mas não deixava de cumprir as ordens de seu discípulo:

"Prezado Feliciano PT Conseguimos mais adeptos para nossa teoria PT Angariamos fundos para que nossa estratégia logre êxito total PT O plano inicial permanece PT Amealhe mais títulos da Dívida Alemã imediatamente".

"Assinado: Godofrino Queima-Dinheiro"

A compra dos títulos alemães da Dívida, pelos investidores latinos americanos, também era devidamente anunciado de forma sorrateira para os investidores de todo o mundo, que seguiam a mesma manobra inicial, agora encorajados pelo aporte de recursos de outro continente, chegando já a alguns trilhões investidos na fraude: acreditavam que, em meio ao caos econômico, alguém, de alguma forma, achara um porto seguro para as sanguessugas do dinheiro público e este não era o dólar, que despencava. Até mesmo a Bolsa de Hong Kong iniciava timidamente a compra dos tais títulos alemães, tendo, contudo, prudência oriental. A nova remessa de compra dos títulos, adquiridos por intermédio de um fundo inglês, demoveram finalmente da China a cautela: para onde os saxões fossem o dinheiro do mundo todo, uma hora ou outra, acabaria indo.

Em outro front, Godofrino protocola um oficio na Administração Municipal, através de um advogado, solicitando permissão para um grande evento na Praça Diógenes de Queiroz, exatamente no dia em que se celebraria a suposta emancipação do município. Concluindo que quanto mais corda se desse ao lunático, mais o enforcamento seria convincente, a matilha não se opôs ao pedido.

Mas, para o Estrategista, faltando três dias para a queima da sua fortuna, chegara a hora de quebrar o bloqueio imposto à mídia ao acontecimento central de exterminação de sua fortuna. Servindo-se de uma rede de amigos jornalistas no exterior, enviara cartas para colunistas econômicos e jornais sensacionalistas, com manchetes e releases já previamente elaborados:

Excêntrico milionário latino queimará fortuna em protesto à Ordem Econômica mundial

"Enquanto o mundo caminha para o caos econômico, um excêntrico milionário alcunhado "Godofrino Queima Dinheiro" promete literalmente torrar fortuna de herança de família em praça pública de Capinaim, município no interior do Brasil, em protesto contra a Ordem Econômica Mundial. A quantia total de sua fortuna ainda não foi anunciada, mas presume-se que sejam milhões de réis".

No transcorrer do segundo dia que antecederia ao hecatombe, a corriola dos Emengardos deparou-se com centenas de correspondentes da imprensa nacional e estrangeira desembarcando na estação de trem de Capinaim. E não só por trem, mas de automóvel, e até em pequenos aviões fretados que pousavam em um modesto aeroporto de um fazendeiro em Anta Gorda, município vizinho.

Emengardo sentiu-se encurralado, e não demorou nada para que jornalistas nacionais e estrangeiros começassem a perguntar pela situação econômica e a transparência dos atos administrativos do município, valendo-se a imprensa de todos os artifícios para obterem informações, inclusive suborno às autoridades e funcionários municipais: era um dos logradouros mais atrasados do Mundo, com um IDH semelhante aos dos países mais miseráveis da África. Toda a história da cidade e a os acertos políticos, de domínio perene dos

Emengardos e Godofrinos, estavam sendo esmiuçados. O prefeito não encontrou alternativa a não ser trancar-se a sete chaves dentro do seu casarão para evitar os intrusos. Teolino, o presidente do Partido Popular para Sempre, pressionado pela imprensa e pelos seus eleitores, foi o primeiro a anunciar oposição ao antes aliado Emengardo, diante da pressão dos jornalistas acerca das finanças do município, vendo na oportunidade uma chance de ascender politicamente:

"-Jamais supúnhamos que os Emengardos fossem traidores da confiança dos capinainses ao ponto de surrupiarem até a merenda das crianças das escolas" - afirmara a um diário internacional.

A moral, no entanto, do próprio Teolino já tinha sido posta em dúvida, pois comprovadamente fora beneficiário, através de familiares, de nepotismos escancarados, e várias empresas de fachada suas em nome de "laranjas" ganharam fraudulentas licitações.

O próximo a sucumbir, na trincheira dos Emengardos, foi o professor Albuquerque, artífice das seguidas vitórias eleitorais dos Emengardos, acusado de compra de votos, desvio do escrutínio de urnas inteiras para favorecer o aliado e todo tipo de falcatruas; em seguida, recaíram sobre Malafaia as suspeitas de assassinatos de posseiros e adversários políticos, bem como de desvio de volumosas quantias do erário público. O Jornal "O Democrata" tentou safar-se de acusações, estampando na capa, algemados, Albuquerque e Malafaia, porém, depois das denuncias internacionais, a própria imprensa da Capital do Estado procurou distanciamento do periódico, assinando, em parceria com os Sindicatos dos Donos de Jornais, uma nota onde afirmava com todas as letras que "O Democrata era um mau exemplo de jornalismo com o qual não comunga a imprensa livre e ética do Estado e do País". E vários jornais dos municípios vizinhos começaram a publicar matérias e fotos das quantias em dinheiro recebidas por Arnaldo e detalhar o estilo nababesco de vida do Editor do Jornal, com seus vinhos caros e carros importados, sem falar nas regalias com as meretrizes do bordel Flor de Lis. Rosilda dos Anjos, sob a luz dos holofotes da imprensa, era a mais requisitada: dizia-se indignada com a política da cidade e que fora vítima de chantagem para denegrir Godofrino, "um homem bom, apesar de ter uma doença rara contraída por morcego".

Como um barco abandonado sem capitão, Capinaim tentava resolver, em mares revoltos, a sua própria situação constitucional dentro de parâmetros supostamente republicanos, instalando os vereadores, vários deles também acusados de conluio com os Emengardos, uma CPI para apurar os fatos. Tão atarefada estava a situação, que não tinha tempo de concentrar-se no adversário e perceber a imensa construção que a todo dia levantava-se, como uma torre de Babel, na Praça Diógenes de Queiroz.

A edificação era como que uma cópia do Bólido, desconexa, confusa, com patamares para onde iam sendo transferidas as plantas e ornamentos estapafúrdios do Castelo, com simulacros de cachoeiras improvisadas oriundas de um enorme reservatório de água construído as pressas, e tudo de exótico que se podia ao local ser acrescentado para chamar a atenção. A obra, porém, era protegida de olhares de curiosos e jornalistas, através de uma gigantesca cerca de madeira, continuamente emendada. O que se podia ver, além dela, eram somente alguns degraus de uma escada que provavelmente levaria Godofrino para o topo. Vigiada, dia e noite, por jagunços contratados por Godofrino, a maior da obra permanecia uma incógnita.

As autoridades municipais desprestigiadas, pegas também de surpresa, emitiram um tardio pedido de reforço policial ao Governador que o retransmitiu ao Exército: uma multidão de famintos e fanáticos começava já a dirigir-se em romaria do vale do Bólido para cidade. Temia-se a completa depredação da cidade ou mesmo o fim dela - queimasse o dinheiro ou não Godofrino - tal o número de pessoas que chegavam ao município de todas as partes do Estado e até do país, somando-se àquelas que lá já estavam. Eram milhares e a dimensão extravagante dos acontecimentos, fugiam ao controle: as tropas do Exército demorariam a chegar e as de policiais temiam o enfrentamento já que os adeptos de Godofrino estrategicamente colocaram as crianças e as mulheres nos limites entre o início da cidade e o começo da aglomeração. Apesar de separados ideologicamente por motivos diferentes, os expectadores estavam bem organizados e, não se sabia se, além das foices, facões e canivetes, portavam armas de fogo escondidas. Em meio a fumaça para espantar os mosquitos, tendas, cavalos, animais domésticos e toda sorte de bugigangas que se espalhavam por quilômetros, o cenário apocalíptico de Capinaim se desenhava. O melhor - deduziam as autoridades - era deixar o município à própria sorte do que comprometer a imagem do governo estadual e central numa carnificina. De qualquer modo Godofrino e Emengardo seriam responsabilizados. O segundo, por omissão, o primeiro por crime de ameaça à ordem pública, senão incentivo à insurreição, através da Lei de Segurança Nacional. Lavavam as mãos as autoridades centrais: Capinaim estava sendo deixada por sua própria conta e risco. E os fatos que se sucediam já ganhavam cada vez mais notoriedade na imprensa mundial. O The New York Times, o The Guardian e outros, iniciaram a divulgação do insólito com breves notas pouco explicativas. Porém, com a notícia de que multidões se aglomeravam para assistirem ao ato irracional, especulavam os periódicos, Godofrino seria preso ao queimar a primeira nota de mil réis, já que a Constituição o proibia. Notícias desencontradas falavam que um homem demente, porém letrado, havia comprando uma fortuna em ações da bolsa de valores. A letargia, porém, da imprensa em descobrir de quem eram tais ações, em meio ao caos econômico mundial, fez Godofrino ganhar mais um dia. E foi o suficiente. Faltando um dia para a anunciada aberração, a Alemanha - em contrato assinado em outro país, que não o devedor ou o credor, pois escondiam em cláusulas secretas os detalhes da roubalheira – adquirira, em contrato, além da maior parte das Dívidas dos Países europeus com problemas, a Dívida Pública da Grécia, o país c com maior fragilidade econômica. Os termos do contrato, estranhos até então ao meio jurídico econômico mundial, garantiam o pagamento não só do dinheiro já emprestado aos bancos gregos, mas um montante absurdo que deveria ser resgatado a todo custo, nem mesmo que a Grécia penhorasse suas cuecas. Nestas alturas, devidamente ajudados pelo dinheiro dos contribuintes norte-americanos e de todo o mundo, os grandes bancos dos EUA promoveram fusões e monopólios, concentrando cada vez mais o poder (mundialmente, segundo um estudo suíço, apenas 270 e poucas empresas, e destas um núcleo central de 50 bancos, controlam praticamente toda a economia): eram grandes demais para quebrar! Mais do que o poder econômico, agora, os bancos possuíam poder bélico, imprensa e políticos de quase todo mundo no bolso. Mal os "bankers" realizaram os desavergonhados acordos, já deixavam as setas da balbúrdia apontar o caminho supostamente seguro para as aplicações financeiras dos vampiros: e todas levavam aos títulos públicos da toda poderosa Alemanha. No entanto, era sabido que, apesar de contabilizarem este dinheiro das dívidas como existente, os cofres alemães estavam abarrotados apenas de papéis de compromissos futuros de seus devedores. O dinheiro "de verdade" não existia. E não existiria mesmo de forma alguma, caso os investidores suspeitassem de que não receberiam seus depósitos ou se houvesse alguma desconfiança de que a Alemanha não tivesse condições de arcar com os prejuízos de outros países dos quais comprara as dívidas. E de fato, no cenário apocalíptico econômico mundial, não seria suficiente apenas uma suposta segurança jurídica, pois bastaria um estalido nos gravetos para que a manada econômica estourasse desordenadamente, levando tudo que havia a sua frente: um salve-se quem puder! A Economia Mundial mal se recuperara de um debacle, fazendo o mundo todo pagar por isso: não suportaria um novo ataque especulativo. Porém, sem preocupação alguma desta ordem, os investidores compravam ações de títulos da Alemanha que começavam a se avolumar, em nível sem precedentes.

No penúltimo dia anunciado por Godofrino, todas as atenções da Nação, apesar de não haver veículos de comunicação mais evoluídos do que o telegrafo e o rádio, estavam voltadas para Capinaim. "Speakers", narradores como que de telenovelas e outros profissionais de imprensa acamparam em frente do Bólido, procurando, sem sucesso, uma coletiva ou um furo de reportagem com o protagonista do espetáculo. Mas afora alguns fanáticos mais extremistas que se autoflagelavam, quase ninguém permanecia nas imediações do Castelo. Não se sabia ao certo nem mesmo se Godofrino estava na residência. Aos poucos, toda a parafernália necessária ao "show" fora transferida em carroças, devidamente cobertas, para a Praça Diógenes de Queiroz. Emengardo, que conseguira, por alto custo financeiro, através de um juiz, um habeas corpus, permanecia, no entanto, enclausurado em seu casarão, pois temia o ódio dos cidadãos que já haviam tomado conhecimento de todas as suas falcatruas. Esperava ansiosamente notícias de Ritinha e confiava na cobiça da moça: no último momento,

Godofrino iria dar-se conta do roubo de toda a sua fortuna. Espias enviados para sondar o terreno, no entanto, davam conta do sumiço completo da moça.

Após uma intensa e agonizante espera, com policiais a guardarem a entrada do Bólido repleta de jornalistas, amanhecia finalmente a hora de Mefistófeles. No Dia "D", precisamente às cinco da manhã, mal raiava o dia e o sol se anunciava claro, com pontiagudos raios dourados banhando o vale - onde outrora se avistavam frondosas árvores agora mais se assemelhava a um campo de guerra, tal o estrago deixado pelos romeiros - rangeu a porta do Mausoléu. Para surpresa de todos, quem saiu foi um senhor idoso, com um terno em linho, clássico, todo de branco, mas sapatos pretos, como se fora um Pai de Santo, chapéu aprumado Panamá, nada mais, nada menos, do que o velho Feliciano que voltara de sua misteriosa viagem:

- Em vão esperam... – diz Feliciano, com uma voz rouca e longínqua – pelo sábio! Este há muito partiu secretamente para a praça, valendo-se de seus poderes metafísicos e dialéticos. Escafedeu-se da imprensa cafajeste que acoberta os demônios travestidos de investidores fraudentos, velhinhas rentistas tomadores de chá das "Ôropa", cafetões e cafetinas do sistema, investidores glutões e toda espécie de parasitas que acabarão por fazer sucumbir a humanidade no pantanal movediço do dinheiro fácil! Lá, ele, o Profeta, vos aguarda, na irredutível fé de transformar este mundo de fantasias em pó! E a queima do dinheiro se dará precisamente às 12 horas!

Speakers, como se narrassem um jogo de futebol, colocaram a voz de Feliciano ampliada, com sons ao fundo que lembravam Orson Welles anunciando a invasão do mundo por alienígenas. Mal ouviram Feliciano, os bichos da carestia não perderam tempo: amontoaram-se em carroças, cavalos ou velhas ximbicas e partiram para o local anunciado.

Ao chegarem à praça, aí pelas seis horas da manhã, a fumaça densa promovida pela queima dos eucaliptos impedia uma visão mais acurada do que acontecia no simulacro do Bólido. Apesar de altos andaimes colocados pela imprensa no sentido de tentar penetrar no mistério da construção, pouca coisa poderia ser vista. Ao longe, afirmavam os radialistas, era difusa a imagem de duas mulheres, uma sentada em uma espécie de trono, e outra em pé, como que numa dança frenética embalada pelos tambores, chocalhos de alguns pajés e cantos indígenas misturados com contraltos de óperas amplificados, intercalados pela Sinfonia Nº 1 de Brahms. E por estranho que pareça o caos visual, estético arquitetônico e musical, não parecia contraditório, mas encaixava-se simultaneamente em uma peça teatral inédita e sedutora. Até mesmo as moscas, que escapavam, ao longe, dos artifícios para mantê-las distantes, pareciam em júbilo: começaram a alvoroçar-se diante de tanto sangue disponível e reunido em um só lugar onde o sol se prometia escaldante. Fanáticos em autoflagelos, queimas aqui e ali de maços de notas, discussões, debates, porcos, galinhas, cabritos, policiais, mulheres, crianças, sob o incenso de folhas de cores e perfume diferentes, que ora se diluíam ora se avolumavam, constituíam um cenário indescritível. Os narradores e jornalistas, importunados continuamente pelos insetos, procuravam manter a linha do raciocínio, mas a perdiam e os telegramas saíam ininteligíveis: "Milhares de moscas PT Incenso de eucalipto PT Mulheres no palco PT Brahms e indígenas PT Aguardamos lunático Godofrino PT".

As pessoas que se amontoavam ao redor da praça para assistirem melhor ao espetáculo e chegavam cada vez em maior número, impediam, com um cordão de isolamento de carne humana, a aproximação dos jornalistas. Mendigos evacuavam ali mesmo, somando o odor das excrecências aos dos animais, alguns já sacrificados diante da fome semanal da turba. O objetivo de Godofrino ao marcar o anúncio da queima do dinheiro em um dia ensolarado de verão, coincidia propositalmente com o desejo de provocar deliberadamente o cansaço de corpos e mentes. Um grande número de presentes preparava-se para o saque, mal vissem a fortuna, mas eram impedidos aos socos e ponta pés de organizarem-se em colunas, pelos extremistas fundamentalistas que esperavam o fim do mundo e tinham Godofrino como profeta. O Escalafobético também se preocupara com a segurança da apresentação, instalando mourões resistentes de imbuia reforçados por tábuas e pedras, sob os olhos de ameaçadores vigias armados, de modo que somente ao longe o espetáculo pudesse ser visto.

Por volta das onze horas da manhã, rufaram tambores com o cessar das demais interferências musicais e a fumaça provocada pelo incenso no palco foi diminuída intencionalmente. Desta forma, podia-se ver com mais exatidão quem estava no tablado: a mulher sentada imóvel em uma poltrona clássica, levando uma coroa improvisada de penas e adereços semelhante aos dos faraós egípcios, era nada mais, nada menos, do que Marianinha. Incrédula, a plateia murmurou entre ela mesma, aos espasmos: "Mas... ela não estava morta?". "Como ele conseguiu revivê-la?". E a algaravia ia aumentando juntamente com uivos e catarses das mais variadas, mais e mais autoflagelações e sinais visíveis de histerismo coletivo. A tese de que Godofrino seria um Bruxo, em plena acepção da palavra, foi universalmente aceita, a não ser por um ou outro céptico que não conseguia argumentar, diante de tantos ensandecidos, para contestar o suposto milagre da ressureição. Por outro lado, a silhueta de outra mulher que dançava sensual e seminua anteriormente, esgueirando-se como uma serpente por entre a fumaça no palco improvisado, agora se postava altiva ao lado do trono de Marianinha: era ela, a própria Ritinha. Em trajes de gala que imitavam os dos Incas, mas recortados de modo a deixar a mostra parte das carnes desnudas, empunhava uma lança. Novos espasmos da multidão: espanto e medo, frenesi e admiração! Os sentimentos mais difusos fluíam e as falas ecoavam às vezes uníssonos, às vezes solitárias, aos brados: "O feiticeiro das Américas seduziu até mesmo a filha de Jeová!" "Levantou das trevas sua amada e a coroou com a dança da serpente a cristã!" "Trouxe do ventre seu amor, e encantou a libertina pastora!".

E, eis que Feliciano, após chegar lépido, e subir por uma lateral secreta, aparece de súbito através um alçapão - como se fora do nada, para quem avistava ao longe - completando o quarteto. Com apenas um gesto e sem nada dizer, o velho aponta para Ritinha. Esta por sua vez se posta no centro do tablado e todos subitamente se calam diante de sua voz enérgica:

- O Livro Sagrado já afirmava que "o amor ao dinheiro é a raiz de todos os males"! Agora, finalmente entendi as razões do Mestre, em queimar sua fortuna. É que já não somos mais nós que dominamos o dinheiro... É ele, o dinheiro, quem nos domina! Justificamos todas as nossas dores pela falta de prata e de ouro. É verdade, todos nós que sofremos de privações somos engolidos por um mundo no qual cada vez é mais importante ser do que ter. Veja o caso desta mulher, Marianinha, a rainha que nos vê a todos com seus olhos eternos. Poucos sabem, mas esta santa mulher tem dinheiro e muito. Mas ao invés de escolher o caminho que muitos acham fácil, confortou os órfãos, atendeu as mulheres que todos julgam impuras e leva uma vida de humildade e respeito, apesar de morar em um prostíbulo. Ela nunca foi dominada pelo que possui! Ela usou o que possuía para beneficiar os que nada tinham. É por causa dela que tomei a decisão de doar todo o dinheiro desta cidade para abastecer a fogueira do mestre! Este dinheiro, que foi retirado das autoridades municipais, é na verdade, dos cidadãos de Capinaim, e foi dos cidadãos subtraído por motivos vis: para o pagamento de propinas que, agora vocês todos sabem, sacrificaram milhares de vidas ao longo do domínio político de Emengardos e Godofrinos! Faltavam vagas nas creches, faltavam remédios nos hospitais, faltava educação, faltava tudo nesta cidade! E a culpa era do dinheiro? Não, a culpa nunca foi do dinheiro, mas sim de quem não sabia utilizar o dinheiro e era dominado por ele. E por que então queimá-lo, se ele não é o culpado de todas as nossas dores? Como explicou-me o Mestre, grande parte do dinheiro do mundo que dizem existir, na verdade, não existe! Existe só na cabeça de pessoas que, movidas pela cobiça, planejam nosso destino para daqui dez, vinte ou cem anos de escravidão. Ao faltar o dinheiro, haverão de ter que recolocá-lo no mundo. E de onde o tirarão? De nossos bolsos, de nossos direitos, de nossas próprias vidas? Não, não mais! Que todos paguem pela sua cobiça! Dinheiro não mais haverá para que não tenham como encobrir sua loucura! Não poderão emiti-lo de uma hora para outra sem que a podridão de todo o sistema seja exposta! Todos saberão que o sistema financeiro dos bancos na verdade é um vampiro! Eles, os senhores e senhoras rentistas, agiotas, parasitas, é que ficarão acuados e com medo de todos nós. Que o Mestre cumpra sua promessa como o quarto anjo do Apocalipse: que devolva a sanidade e a humildade ao mundo! Saúdem-no todos aqueles que desejam purificar o mundo da guerra eterna dos fortes contra os fracos, dos ricos contra os pobres, dos agiotas contra os que trabalham: queimai o dinheiro dos vampiros, ó Gododrino!

E neste momento, utilizando o mesmo alçapão por onde entrava Feliciano há pouco, surge Godofrino, em paramentos jamais sonhados pelos estilistas de Guerra nos Estrelas. Dele, só se viam os olhos, utilizando uma espécie de armadura medieval que lhe cobria o corpo e o elmo a cabeça, pois temia a morte, com dois capangas postados com rifles, a sua frente e as suas espaldas. Por cima da roupa medieval, adereços tupis-guaranis. Em sua mão direita, só um papel! Um único e não tão grande papel. A histeria coletiva parecia durar uma eternidade diante da aparição do Feiticeiro, até que Feliciano, silencioso sempre, somente gesticulou para que fizessem silêncio. Godofrino tinha a sua frente uma plateia de milhares de pessoas que se supunha não poderia ouvi-lo tal a distância que separava os primeiros dos últimos:

- Prestem atenção, senhores e senhoras cidadãos do Admirável Mundo Novo da Justiça Econômica! - bradou com sua voz reproduzida aos ecos por um estranho sistema de som que havia sido instalado sem autorização e ocultamente no cume da Igreja Ortodoxa, dando a impressão que estava simultaneamente no templo, de tal modo que os ouvintes não sabiam precisar de onde vinha o emitente, mas o ouviam claramente.

- Nós, em maioria, somos descendentes de bugres, caboclos e índios. Não conhecíamos a arte do acúmulo e, portanto, vivíamos felizes. Chegaram os europeus e nos ensinaram que era preciso acumular, para o inverno, para o futuro, diziam. Eles nos disseram: acumulem para vários invernos e guardem tudo em nossos bancos. E nós guardamos o equivalente a muitos invernos em seus bancos. Mas enquanto nosso trabalho, transformado em moeda, dormia em seus bancos, eles utilizavam todos os nossos invernos futuros para conseguirem que os invernos se prolongassem cada vez mais. Até que chegamos aos dias de hoje, nos quais, para eles, todos os dias serão invernos. Eles levaram nossos dias de sol em nome dos invernos! Um inverno que nos congela a alma e o sentimento. Nações sucumbem, em invernos eternos, enquanto cada vez mais, alguns poucos roubam a vida de todas as primaveras. 1% das pessoas, precisamente oito, concentra em suas mãos 50% da renda dos mais pobres do mundo, ou seja, metade dos seres humanos está nas trevas, para que oito pessoas tenham uma luz que não vai se extinguir em seus dias! Onde está a Justiça de um sistema como esse? Onde está a verdade? Quem defende banqueiros, agiotas e rentistas com mísseis e bombas e carnificinas e bárbaras invasões? Como pudemos chegar a tal nível de atrocidade? E se vocês não acreditam no que digo, a prova está aqui, neste simples pedaço de papel! Sim, neste pequeno pedaço de papel está a riqueza de todos os meus antepassados que saquearam nossa cidade! Neste papel está toda a vida de Marianinha, está a maior parte das riquezas de uma cidade que foi explorada como uma prostituta pelos Emengardos e Godofrinos, e por todos os políticos da capital e do exterior! E como um papel pode conter tanta riqueza? Um simples papel como este simboliza a vida inteira de muitos de vocês, dos pais de vocês e do avós de vocês, os quais trabalharam assiduamente, de sol a sol, durante décadas e décadas! E como a humanidade pode criar tamanha distorção de valores? Este papel simboliza os títulos da Dívida Pública da Alemanha. Um país forte que comprou a dívida de muitos países - e entenda-se dívida como um mecanismo de fraude, de injustiça perpétua, porque não é nem de longe uma dívida aos moldes cristãos, que proíbe a prática da usura! É uma dívida de embustes, de juros sobre juros sobre juros, que nunca poderá ser paga nem mesmo com toda a riqueza que venha a ser extraída da terra e sacrifique toda a humanidade!

E neste momento, olhares perplexos de dúvida e terror se espalhavam sobre os expectadores: não havia fortuna, mas, em seu lugar, apenas um papel que simbolizava uma fortuna que também não existia de fato no mundo real! Não havia distribuição de riqueza para todos, mas apenas um possuidor de tudo, o banco! Não era um dinheiro palpável! Era uma bruxaria jamais imaginada: transformar vidas e dinheiro em um mero pedaço de papel! Imediatamente os fanáticos começaram a entoar hinos de louvor à queimação da fortuna e, de modo completamente inesperado, a maioria dos ali presentes inverteu seu papel. Já que não haveria nunca dinheiro para todo mundo, era melhor mesmo que fosse queimado, se de alguma forma isso pudesse trazer de novo a justiça e a igualdade para todos. Entenderam imediatamente, por irreal que possa parecer, o que Godofrino tentara explicar e, como que tomados por algum espírito desencarnado, começaram aos poucos, mas em um "crescendum", a gritar:

- Queime! Queime! Queime! Queime!

E assim, aos milhares e ecos repetindo a palavra de ordem, Godofrino aproximou-se da pira instalada estrategicamente no centro do palco. Com apenas um gesto, jogou o papel que segurava nas mãos dentro dela. Em segundos, o papel transformou-se em cinzas. Os narradores do episódio, apesar de não saberem exatamente o total da quantia, afirmavam que títulos da Dívida Pública Alemã estavam sendo queimados. Telégrafos enviaram simultaneamente a mensagem para suas matrizes: "Bilhões de Títulos da Dívida Alemã são incinerados PT" "Títulos da Dívida Alemã viram cinzas" PT.

A notícia de que os títulos alemães da Dívida Pública estavam sendo queimados como papéis sem valor, foi retransmitida por analistas econômicos, o que fazia parte do plano de Godofrino. O efeito "manada" reproduziu-se imediatamente e o Títulos alemães começaram a serem rapidamente desvalorizados na bolsa, pois se imaginou, pelos boatos, que estes haviam perdido completamente a garantia. Os ingleses foram os primeiros a se desfazerem deles por menos da metade do preço. Aí veio a China, seguida pelos demais países. Para a economia mundial é como se mal tivessem se recuperado de um terremoto e viesse outro logo em seguida, soterrando nos escombros os bombeiros e todos aqueles tentavam salvar os sobreviventes das ruínas. Em questão de horas, os títulos alemães mudaram de mão tão rapidamente a tal volume que ao final do dia já não tinham valor algum, sendo repassados cada vez a um preço menor: ninguém queria comprá-los! Centenas de trilhões de dólares evaporaram e sumiram no nada. O sistema não tinha como repô-los mesmo com a máquina bélica dos EUA, o único lastro do dólar. O caos instalava-se, agora não só em Capinaim - onde a turba enfurecida saiu saqueando a cidade e destruindo tudo que encontrava pela frente - mas também em nível mundial.

Finalmente Godofrino cumprira sua missão. Os olhos petrificados de Marianinha mumificada por estranhos unguentos permaneceram estáticos, em meio à balbúrdia, como sempre estiveram desde quando morrera. Mas havia neles um quê de indescritível alegria, ironia e esperança, como a dizer: um novo mundo precisa ser construído em outras bases que não o acúmulo irracional de uma riqueza que não existe! Outras história e cultura financeira precisam ser escritas de forma que haja mais justiça e igualdade entre os homens!

FIM

pólen 80 gr/m2
tipologia Cambria
impresso no inverno de 2020